ein Ullstein Buch

ÜBER DAS BUCH:

Mit großer Sympathie hat Barbara Noack seit der Geburt ihres Sohnes Jan – in ihren Büchern als Philip der »Hauptheld« vieler Geschichten – beobachtet, wie Kinder aufwachsen, wie sie sich in der Umwelt zurechtfinden, sich zu kleinen Persönlichkeiten entwickeln. Eine Auswahl ihrer schönsten Kindergeschichten liegt in diesem Band vor. Die Autorin erzählt von einem Familiensonntagsspaziergang, von den Nöten eines kleinen Bruders gegenüber den größeren Geschwistern, von den unzähligen Schulsorgen, von Elternabenden, Großmüttern und sehnsüchtig erwarteten Weihnachtsbescherungen ... Ein Buch, das Eltern, Großeltern, Onkel und Tanten mit großem Spaß lesen werden und all jene, die manchmal gern wieder Kind wären, und nicht zuletzt ein Buch, das ein besseres Verständnis schafft zwischen den Generationen.

DIE AUTORIN:

»Deutschlands erfolgreichste Schriftstellerin« (*Welt am Sonntag),* 1924 in Berlin geboren, begann nach Studien an Universität, Kunstakademie und Modeschule eine Karriere als Autorin heiterer Geschichten und Romane. Was sich in ihren Büchern so federleicht liest, ist – so Barbara Noack – »der harten Schule in den Redaktionen bekannter Berliner Zeitungen« zu verdanken. Hinzu kommt jene Mischung von Herz, Humor und Melancholie, mit der sie, jede Oberflächlichkeit vermeidend, den direkten Weg zum Leser findet. »Ja, so war es, genau so.« Barbara Noack lebt heute am Starnberger See.

Barbara Noack

Täglich dasselbe Theater

Die schönsten Kindergeschichten

ein Ullstein Buch

ein Ullstein Buch
Nr. 20834
im Verlag Ullstein GmbH,
Frankfurt/M – Berlin
Redaktion: Brigitte Sinhuber-Erbacher

Ungekürzte Ausgabe
des 1985 unter dem Titel
Ein Platz an der Sonne
erschienenen Geschichtenbandes

Umschlagentwurf:
Theodor Bayer-Eynck
Illustration: Gisela Aulfes

Taschenbuchausgabe mit Genehmigung
der Albert Langen – Georg Müller
Verlag GmbH

Printed in Germany 1989
Druck und Verarbeitung:
Ebner Ulm
ISBN 3 548 20834 7

März 1989
41.–52. Tsd.

Von derselben Autorin
in der Reihe der
Ullstein Bücher:

Geliebtes Scheusal (20039)
Die Zürcher Verlobung (20042)
Ein gewisser Herr Ypsilon (20043)
Eines Knaben Phantasie hat meistens schwarze Knie (20044)
Valentine heißt man nicht (20045)
Italienreise – Liebe inbegriffen (20046)
Danziger Liebesgeschichte (20070)
Was halten Sie vom Mondschein? (20087
. . . und flogen achtkantig aus dem Paradies (20141)
Auf einmal sind sie keine Kinder mehr (20164)
Der Bastian (20189)
Flöhe hüten ist leichter (20216)
Ferien sind schöner (20297)
Eine Handvoll Glück (20385)
Drei sind einer zuviel (20426)
Das kommt davon,
wenn man verreist (20501)
So muß es wohl im Paradies
gewesen sein (20641)
Ein Stück vom Leben (20716)

CIP-Titelaufnahme
der Deutschen Bibliothek

Noack, Barbara:
Täglich dasselbe Theater: d. schönsten
Kindergeschichten / Barbara Noack. –
Ungekürzte Ausg. d. 1985 u. d. T. »Ein
Platz an der Sonne« erschienenen
Geschichtenbd., 41.–52. Tsd. –
Frankfurt/M; Berlin: Ullstein, 1989
(Ullstein-Buch; Nr. 20834)
ISBN 3-548-20834-7
NE: GT

Inhalt

Wie eine Liebesnacht entsteht

Eine Liebesnacht ist an sich eine feine Sache. Schriftzustellende Liebesnächte mit brandeiligem Termin sind es nicht. Sei mal einer sinnlich auf Kommando, den Auftraggeber im Nacken.

Versteuern muß man diese Nächte auch noch. Fragt man sich – warum mußtest du ausgerechnet Schriftsteller werden? Wenn schon was Künstlerisches, warum nicht Maler, Bildhauer, Musiker? Die haben Farben und Formen und Töne und Rhythmen zur Anregung. Und was haben wir? 26 kleine, knochentrockene Buchstaben, mit denen wir Glück, Schmerz, Gerüche, Gegenstände, Klänge, Aktionen und so weiter herstellen müssen und eben diese Liebesnacht, die so pressiert.

Ich frage mich, wie die Kollegen damit fertig werden.

Denn abgesehen vom lumpigen Abc, das von sich aus so gar nichts unternimmt, um einen in Stimmung zu versetzen, sind da noch die äußeren Umstände, die eine schriftzustellende Liebesnacht scheitern lassen können, zum Beispiel die Tageszeit.

Wenn es Nacht wird im Manuskript, muß noch längst nicht Nacht sein beim Hersteller derselben.

Nehmen wir nur mal den heutigen Vormittag. Ich habe nicht ausgeschlafen und trete nun mißgestimmt und amusisch bis in die Knochen, ausschließlich vom Ablieferungstermin getrieben, an meinen Schreibtisch.

Ein halbbeschriebener Bogen steckt erwartungsvoll und

genauso, wie ich ihn heute nacht bei hereinbrechender Müdigkeit verlassen habe, in der Maschine. Ich lese den letzten Satz: »Er richtete sich jäh auf, lachte, seine nackten, harten Männerschultern kamen langsam näher, und Marianne ...«
Aus.
Seit heute nacht, genaugenommen acht Stunden, wartet mein Liebespaar braungebrannt, fabelhaft gewachsen und splitterfasernackt auf Saugpapier, in eine graue Reiseschreibmaschine eingeklemmt, darauf, daß sich endlich etwas tut.
26 kleine, knochentrockene Druckbuchstaben und das Liebespaar gucken mich erwartungsvoll an, und ich sage mir: Mütterchen, nun konzentriere dich. Morgen mußt du abliefern. Ich konzentriere mich also und konzentriere mich und konzentriere mich auf den Brummer an der Fensterscheibe. Hätte nie gedacht, daß mich ein Brummer mehr zu fesseln vermag als eine Liebesnacht.
Er richtete sich jäh auf – nicht der Brummer, der Liebhaber –, richtete sich jäh auf, lachte, seine nackten, harten Männerschultern kamen langsam näher, und Marianne ...
Es geht nicht ohne Anregung. Es geht nicht. Ich werde mir einen Kaffee machen.
In der Küche treffe ich Ilse. Ilse fegt.
»Sie sind ja schon wieder da«, sagt sie. »Klappt wohl heute nicht, wie?«
Nein, klappt nicht.
Ilse hat es gut. Sie darf abwaschen, putzen, Betten ma-

chen und all so was Schönes. Unsereiner ist zu schriftgestellten Liebesnächten verdonnert.
Ich nehme den Besen und zeige ihr, was man alles unter einem Schrank hervorzukehren vermag, wenn man sich vorm Schreiben drücken will.
Ilse guckt mich mitleidig an. Sie kennt das schon. »Nu gehn Sie mal wieder dichten. Ich mach' Kaffee.«
Ein schlimmer Vormittag. Keine interessante Post heute. Niemand ruft an. Nichts, was mich ablenken könnte. Und die Muse, das Luder, pennt.
»Er richtete sich jäh auf, lachte, seine nackten, harten Männerschultern kamen langsam näher, und Marianne ...«
Tjaja, die Marianne, die müßte jetzt vielleicht was Sinnliches zu ihm sagen, aber was?
Dem Kaffee fällt auch nichts Gescheites ein.
Nun sag schon was, Marianne! Sag was, Himmelarmundzwirn. Ilse kommt herein, um zu fragen, ob wir mittag Buletten mit Möhren wollen, die hatten wir lange nicht.
»Ausgerechnet jetzt!«
»Ich geh' ja schon«, sagt sie, »aber ich brauch' Geld.«
»In meiner Tasche.«
Sie geht wirklich. Ich muß mich konzentrieren. Zu diesem Zweck suche ich den Brummer an der Fensterscheibe. Er ist nicht mehr da. Wie soll ich mich ohne den Brummer auf die verflixte Liebesnacht konzentrieren!?
Alle guten Geister haben mich verlassen.
»Er richtete sich jäh auf, lachte, seine nackten, harten Männerschulern kamen langsam näher, und Marianne ...«

Es muß dringend was geschehen. Ich versuche es mal logisch.
Ehe ich dazu komme, wird es draußen sehr laut. Als ob ein Kosakenheer in den Garten einfällt. Schüsse. Johlen. Kreischen. Aufgeregtes Hundebellen. Dazwischen die sich überschlagende Stimme des Hausmeisters: »Verdammte Bengels! Ich bring' euch um!«
Philip ist aus der Schule heimgekehrt. Soweit ich mich erinnere, habe ich bloß einen Sohn, aber der tritt meistens in Scharen auf.
Sie stürmen das Haus und brechen – Ilses Warnrufen zum Trotz – in mein Zimmer, in meinen endlichen Höhenflug ein, schießen ihn ab.
»Ach, Jungs«, sage ich bekümmert, »was gibt's denn? Wie war's in der Schule?«
Einstimmiges »Doof«. Sie hängen sich von hinten über meinen Stuhl.
Benjamin stiert auf die eingespannte Manuskriptseite. »Warum schreiben Sie erst was hin, wenn Sie es nachher doch wieder ausstreichen?« Und dann, ehe ich es verhindern kann, buchstabiert er »Seine nackten – har-ten Männer-schultern ...«
Alle fünf sehen mich an.
Gute Nacht, Marie, denke ich und reiße das Blatt aus der Maschine und aus Versehen mittendurch.
»Jetzt ist sie kaputt«, sage ich vorwurfsvoll.
»Was für Schultern?« fragt Oliver.
»Wie meinst du das, Mami?« fragt Philip.
»Und warum sind sie nackicht?« fragt Frankie.
»Er ist eben Sportler«, sage ich.

»Wer?« fragt Rolfi.
»Na, der Mann.«
»Welcher Mann?« fragt Oliver.
»Was für'n Sport?« fragt Frankie.
»Fußball«, sage ich.
»Haha. Du und Fußball«, sagt Philip. »Verstehst du doch gar nichts von.«
»Ich hab's eben abgeschrieben«, sage ich.
»Von wem?« fragt Philip.
»Von einem Kollegen.«
»Was ist ein Kollege?« fragt Rolfi.
»Ich denke, Sie tippen selber Bücher, dabei schreiben Sie ab«, sagt Frankie.
»Nackichte Männerschultern«, sagt Oliver. »Beim Fußball! Wo die doch das Trikot anhaben!«
»Raus!« sage ich. Wenn ich nicht mehr weiter weiß, sage ich immer »Raus«.
Keiner geht. Denken ja gar nicht dran.
Fünf Knaben mauern stur um mich herum, und zwischen ihnen und mir lauern diese vermaledeiten, noch immer nicht geklärten Männerschultern.
»Wessen Schultern denn nu?« fragt Philip. »Pappis?«
»Quatsch«, sage ich.
»Wessen dann?«
»Vielleicht die vom Kollegen«, überlegt Rolfi.
»Nee«, sagt Frankie, »von dem schreibt sie bloß ab.«
Muß ich mir das als erfolgreicher Erwachsener eigentlich gefallen lassen? Nein.
»Rrraus! Aber dalli!« Ich scheuche sie wie Hühner aus den Gemüsebeeten zur Tür hinaus. Sperre ab. So.

Ist es nicht typisch? Das, was sie lesen sollen, lesen sie nicht. Aber das, was sie nicht lesen sollen...

Vier kleine Jungen bewegen die nackten, harten Männerschultern in ihrem Gedächtnis, tragen sie mit sich nach Haus und werden sie spätestens beim Mittagessen zum Zwecke einer öffentlichen Diskussion auf den Teller legen. Mir selbst stehen sie bei den Buletten mit Möhren bevor.

Ich brauche Tesafilm, um die zerrissene Liebesnacht wieder zusammenzukleben. Ich finde denselben und mein übriges, heftig vermißtes künstlerisches Werkzeug, wie Filzstifte, Uhu, Locher, Gummis, nach längerem Suchen in Philips Zimmer. Ich finde auch Philip dort.

»Was soll'n das eigentlich für 'ne Geschichte werden, die du grad schreibst? Wieder 'ne Liebesarie aus Noacks achtem Alphabet?«

»Sei nicht so frech.«

»Warum schreibstu nich mal was Vernünftiges?«

»Was findest du denn vernünftig?«

»Na, Krimis. Warum schreibstu nich mal so was wie die – na die – die öfter im Fernsehen kommt – die so heißt wie ein katholischer Feiertag?«

Feiertag? Katholischer?

»Meinst du Agatha Christie?«

»Ja, die.«

»Kann ich leider nicht. Das ist eine andere Begabung.«

Sagte ich Begabung? Von der habe ich heute vormittag wenig gemerkt.

Aber dabei kommt mir eine andere Idee. Die erste

brauchbare heute: Philip und seine Freunde. Warum schreibe ich nicht mal über sie? Stoff haben sie mir schließlich genug geliefert.

Das Kind braucht einen Namen

Brigitte Sedlhuber erwartet ein Baby. Jeden Tag kann's losgehen.

Bevor sie in die Klinik muß, hat sie uns, ihre Freunde, noch einmal eingeladen. Zu Gulasch und Apfelstrudel. Wir sind noch beim Gulasch, als Gustl fragt: »Wißt ihr denn nun endlich, wie es heißen soll?«

»Ja«, sagt Toni, der hochschwangere Vater, »wir dachten an Angela.« Er schaut sich beifallheischend um. Wir gucken stumm zurück. Er sagt: »Warum guckt ihr so? Angela ist ein schöner Name.«

»Na ja«, sagt Maria, »aber ich kannte mal eine, die hatte Warzen an den Händen. Seither denke ich bei Angela immer an Warzen.«

»Wir hatten auch ein Mädchen mit Warzen in der Klasse«, sagt Chris, »aber die hieß Elisabeth.«

»Nennt das Kind bloß nicht Elisabeth«, sagte Gustl, denn er ist einmal mit einer befreundet gewesen, die ihm anonyme Gemeinheiten schrieb, als es aus war.

»Was haltet ihr von Manuela?«

»Du spinnst«, sagt Toni. »Da können wir unser Kind ja

gleich Soraya nennen. Unser Kind braucht einen blonden Namen. Aber nichts Nordisches, das paßt nicht zu Sedlhuber.«
»Was paßt denn zu Sedlhuber?«
»Angela«, sagt die baldige Mutter.
»Was ist mit Marie Theres oder Caroline?« fragte ich.
»Oder mit Verena?« fragt Chris.
»Verena klingt nach Arztroman«, sagt Toni.
»Dann nennt sie doch nach euren Müttern«, sage ich.
»Die heißen Elfriede und Gertrud«, sagt Brigitte.
»Gottes willen«, sagt Gustl, »ich hab bei einer Elfriede Hertlein in Untermiete gewohnt.« Und nun erzählt er, wie schlimm es ihm da ergangen ist.
Bei Untermiete fällt mir eine Berliner Zimmerwirtin ein: Frau Papke. Die schwärmte fürs gehobene Britische und nannte ihre Tochter Lady Astor. Lady Astor Papke. Das arme Kind. Brigitte holt den Strudel aus dem Ofen. Ein sagenhafter Apfelstrudel, an dem sich alle den Mund verbrennen. Warum nennt man eigentlich kein Kind nach so was Schönem? Strudel Sedlhuber klingt doch lustig.
Brigitte schaut uns leidend an. Sie kann nicht mehr sitzen. Wir sagen, wir gehen ja gleich, wir trinken bloß noch aus. Wir trinken aus, und Gustl holt eine neue Flasche, er weiß ja, wo sie stehen.
»Was haltet ihr von Petra oder Katharina?« fragt Maria.
»So heißen sämtliche Töchter in unserm Bekanntenkreis«, lehnt Toni ab.
Was immer wir den Sedlhubers anbieten – ob Claudia, Anette, Charlotte, Marie, Constanze, Natalie, Ariane – sie

lehnen ab. Sie machen es ihren Freunden nicht leicht, einen Namen für ihr Kind zu finden.
Brigitte stöhnt. Sie weiß nun wirklich nicht mehr, wie sie sitzen soll.
»Dann geh schlafen, Mütterchen«, sagen wir. »Du mußt dich schonen. Sonst kommt das Kind, bevor wir einen Namen gefunden haben.«
»Wir haben ja einen«, sagt Brigitte.
»Was für einen?«
»Angela.«
»Mei, seid ihr stur«, sagt Gustl.
»Mir gefällt Stephanie gut«, sagt Maria.
Stephanie finden alle anwesenden Freunde hübsch. Gustl, hattest du eine unangenehme Freundin, die so hieß? Gustl hatte nicht. Auch keine Wirtin. Also heißt das Kind Stephanie.
»Nein«, sagt Toni, »schließlich ist es nicht euer, sondern unser Kind. Und das heißt Angela.«
»Aber Franziska, was ist damit?« fragt Chris.
»Franziska hieß die Familienpension meiner Tante, da mußten wir jedes Jahr hin«, wehrt Brigitte ab.
»Und Manon?« fragt Maria.
Bei Manon denkt Gustl sofort an ein unanständiges Lied.
Jetzt fällt dem werdenden Vater selbst noch ein schöner Name ein.
»Sag mal, Toni!«
»Olga.«
Wir schweigen kurzfristig unter der Wucht des Namens Olga.
Dann Gustl: »Meine Oma hatte mal einen Mops...«

»Schweig«, unterbricht ihn Toni und spricht klangprüfend vor sich hin: »Olga Angela Sedlhuber...«
Also mich persönlich stört daran vor allem das Sedlhuber.
»Ich kannte mal eine bildhübsche Gloria«, fällt Chris ein.
Gloria? Wenn schon Gloria, dann gleich Bavaria. Bavaria Sedlhuber.
Von jetzt ab sind wir bloß noch albern. Wir lesen unsere Namen rückwärts. Sedlhuber heißt Rebuhldes. Mein umgedrehter Vorname Arabrab erinnert die Anwesenden an die Ölkrise.
Die Uhr schlägt zwölf. Brigitte stöhnt. Toni geht ins Nebenzimmer. Wir denken, er holt neuen Wein, aber er holt bloß Taxis per Telefon für uns. Was soll das heißen? Etwa ein Rausschmiß? Ist das der Dank für all unsere Müh, die Sedlhubers daran zu hindern, ihre Tochter so zu nennen, wie sie gerne möchten?
Und was ist, wenn es ein Junge wird? Wir haben ja noch gar keinen Namen für einen Jungen...
»Besten Dank«, sagt Toni und schiebt uns zur Haustür hinaus. »Der Bub heißt Benedikt. Basta.«
Mit Benedikt sind wir rausgeschmissenen Freunde sofort einverstanden.
»Ihr vielleicht«, sagt Toni, »aber gegen den Namen meutert nun wieder unsere Familie.«
»Und das laßt ihr euch gefallen«, sagt Gustl empört. »Schließlich ist es doch euer Kind – oder?«

Mittagsschlaf ist so gesund

Es ist alles eine Frage der Erziehung«, sagt Julius. »Wenn es euch gelingen würde, den Jungen von der Richtigkeit und Notwendigkeit einer Sache zu überzeugen, gäbe es überhaupt keine Schwierigkeiten.«

»Na, dann mach mal«, sage ich und lege mich auf die Terrasse.

»Was denn?« fragt er, gereizt durch meine so aufreizend bürgerlich über dem Magen gefalteten Hände, die eine längere Passivität ankündigen.

»Überzeuge einen hellwachen Jungen von der Notwendigkeit, Mittagsschlaf zu halten. Und vergiß dabei nicht – es handelt sich um deinen Jungen.«

»Na und?« sagt er. »Na und?«

Um mir den Beweis für die Richtigkeit seiner Theorie bringen zu können, muß er das muntere Kerlchen erst einmal einfangen.

Fängt es auch. Trägt es – unter den Arm geklemmt – an mir vorbei. Spricht begütigend auf sein Gezappel ein. Spricht von »Gesundheit... Wachstum – alle Kinder müssen mittags... Pappi und Mami möchten auch gerne...«

Beide gehen ab. Aber nur kurz.

Nach einer Minute ist Philip wieder da – mit herunterhängenden Hosen und Nachttopf. Nimmt gesellig neben mir Platz. Er hat gern Unterhaltung dabei. Sein Vater hebt ihn vom Topf.

Schimpft: »Das ist doch alles Falle. Du mußt ja gar nicht. Du willst bloß Zeit gewinnen. Nicht bei mir!«
»Ich denke, du wolltest ihn von der Notwendigkeit des Mittagsschlafes *überzeugen*?« sage ich hinter den beiden her.
Sie verschwinden gemeinsam im Bad.
Geräusche werden laut, die auf einen harten Nahkampf schließen lassen. Aha. Händewaschen. Philip bringt von diesem Unternehmen leidlich saubere Finger mit und sein Vater klatschnasse Hosen.
Vater hebt Sohn ins Gitterbett, das bis vor zwei Monaten noch eine Festung war, auf deren Unüberwindlichkeit sich die Erziehungsberechtigten getrost verlassen konnten.
Seit der ersten selbständigen Übersteigung der Gitter sind dieselben zum Turngerät degradiert, aber mit der nötigen Überzeugungskraft...
Philip streckt sich brav auf dem Laken aus, läßt sich zudecken und wünscht: »Nun sing, mein Julius.« Keiner, der seinen Julius jemals singen hörte, fordert ihn ein zweites Mal dazu auf. Aber Philip liebt die Stimme seines Herrn, liebt jede Stimme, die ihm beim Einschlafen Gesellschaft leistet. Er lutscht sich auf zwei Fingern ins Schlafdämmer hinüber.
Vater schleicht auf Zehenspitzen aus dem Kinderzimmer.
»Nacht, mein Julius«, flüstert Philip hinter ihm her.
»Ich weiß gar nicht, was du willst. Von *mir* läßt er sich ohne Widerspruch ins Bett bringen«, sagt Julius mit milder Anklage zu mir.

»Das liegt am Zauber deines Baritons«, sage ich, »der haut jeden um.« Und bin ein bißchen böse auf Philip: Warum bei seinem Vater sofort – warum bei mir nie?
Da geht die Tür auf, und ein glückliches Kinderstrahlen wird unterhalb der Klinke sichtbar.
»Philip wieder da.«
»Und auf bloßen Füßen!« tobt sein enttäuschter Pädagoge. »Hast du keine Hausschuhe?«
»Hat Philip in Hand.« Zum Beweis hebt er seine Tüffel hoch und will es sich schon gemütlich bei uns machen, da steht die Ohoh auf.
Die Ohoh ist seine Großmutter-auf-Besuch, und wenn sie es für richtig hält, hat sie einen harten Griff. Das weiß ich noch aus meiner Kindheit. Philip und Ohoh verschwinden samt Tüffeln im Kinderzimmer.
»Tss –«, macht Julius. Stocksauer. Schwiegermutter will Schwiegersohn beweisen, daß Schwiegermutter in der Lage ist, dafür zu sorgen, daß Junge ins Bett geht und vor allem – auch drin bleibt.
»Sie wird ihm drohen«, sagt er, als keiner von beiden wiederkommt. »Na ja, mit Strenge kann man in dem Alter noch alles erreichen, aber die Folgen –!! Denk bloß mal an die Folgen! Verklemmte, hemmungsbelastete Schattenkreaturen! Wie soll sich denn auch eine Persönlichkeit entfalten, wenn sie von klein auf zu bedingunslosem Gehorsam erzogen wird?«
»Sprichst du von deinem Sohn?« frage ich.
»Natürlich.« Er sieht mich an. Ganz wild. »Du sollst nicht grinsen, verdammt noch mal!«
Philip in seinem Kinderzimmer macht indessen keine

Schwierigkeiten. Er ist absolut bereit, sich hinzulegen. Er hat vorher nur noch eine kleine Bitte: Die Ohoh soll ihm zuschauen, wie er das Gitter seines Bettes von außen übersteigt! Und wenn er dann hineinplumpst, soll sie »Bravo« rufen. Durch bewußte Fehlstarts und verschämte Fisimatenten gelingt es ihm, diese artistische Nummer auf zehn Minuten auszudehnen.

Die Ohoh klatscht Bravo.

Philip: »Noch mal?«

Die Ohoh: »Das war sehr schön, aber nun wird geschlafen. Sonst holt die Ohoh den Stock.«

»Stock liegt da oben«, sagt Philip und zeigt erklärend auf den Schrank, damit sie im gegebenen Fall nicht allzulange suchen muß. Danach winkt er sie höflich, aber bestimmt zur Tür hinaus.

»Philip nun seine Ruhe haben. Nun!«

»Kriege ich vorher noch ein Küßchen?«

»Nein«, sagt er ablehnend, »vier Uhr.«

Alle Unternehmungen, zu denen er nicht sofort bereit ist, verschiebt er gern auf diese Tagesstunde.

Ohoh stellt sich auf der Terrasse ein.

»Naaa?«

»Wir werden sehen«, sagt sie vorsichtig.

Spannungsgeladenes Schweigen.

Aber es kommt kein Philip.

Ohoh lächelt erleichtert.

Julius giftig: »Zufall.« Jetzt fühlt er sich von seinem Sohn im Stich gelassen. »Was hast du mit ihm gemacht?«

»Nichts. Weder angebunden, verdroschen noch bedroht.«

»Vielleicht ist er wirklich müde«, versuchte ich zwischen uns dreien zu vermitteln.
An sich könnten wir uns jetzt auch hinlegen, wir haben es nötig, wir waren letzte Nacht ausführlich auswärts.
Aber vorher will Philips Julius noch mal gucken, ob Philip wirklich schläft.
Die Ohoh zu mir:
»Wetten, daß er ihn jetzt absichtlich wachmacht, bloß weil er mir nicht gönnt, daß es mir gelungen ist –«
Ein Ausruf des Entsetzens unterbricht ihre schwiegermütterlichen Vermutungen.
Wir stürzen gleichzeitig durch die Tür des Kinderzimmers. Finden folgendes vor: einen triumphierenden Schwiegersohn. Einen hellwachen, rotgeschminkten Clown im Bett. Geschminkte Bezüge, Gitter, Tapeten – so weit er langen konnte.
Die Ohoh: »Ach Gott, mein Lippenstift!«
Julius: »*Deshalb* war er so ruhig!«
Philip, selbstzufrieden: »Philip aber schön malen!«
Ich: »Na warte, jetzt setzt's was!« und hole aus.
Philip, beschwörend: »Vier Uhr!!!«
Ich wüßte auch gar nicht, wo ich im Augenblick zuhauen sollte. Er färbt überall ab.
Vater expediert Sohn in Badewanne. Ohoh zieht Betten ab und neu auf, guckt dabei auf die Tapete, an der ich vergebens herumschrubbe.
»Du mußt zugeben, daß seine Zeichnung gar nicht so schlecht ist – vom abstrakten Gesichtspunkt. Es liegt was drin.«
»O ja«, sage ich, »dein ganzer, neuer Lippenstift.«

Philip kehrt – nur noch hellrot – in sein Bett zurück. Gemeinsam betrachten wir sein Wandgemälde.
»Das darfst du nie wieder tun, hörst du? Wir müssen neu tapezieren lassen, das kostet viel Geld. Vielleicht müssen wir sogar ausziehen, und wo sollen wir dann hin?«
Interessiert ihn überhaupt nicht. »Hat Mami Bombom?«
»Nein, ich habe keinen, und du wirst jetzt schlafen, verdammt noch mal.«
»Aber Ohoh hat.«
»Ohoh hat auch keine für ungezogene Enkel. Versprich mir, daß du nie wieder...«
»Ohoh hat Bombom im Mantel.« Er will schon aussteigen und auf den Flur rennen zur Garderobe, um mir zu beweisen, daß Ohoh in der Manteltasche Bonbons hat.
O Gott. Andere Eltern legen ihre Gören mittags hin, und die schlafen. Schlafen freiwillig.
Warum ist bei uns alles Aufstand, Umstand, kurz – so mühsam!?
Ich gehe aus dem Kinderzimmer. Philip folgt mir auf dem Fuße. Noch enger – sozusagen Ferse-Zehen – folgt er mir. Ich dreh' mich um und walke ihn durch. Tut ihm nicht weh. Empört ihn bloß.
»Is eine Verschämtheit, Philip ßu hauen!« Er marschiert freiwillig zurück. Ist beleidigt. Aber nur kurz. Kommt gleich wieder mit Kasperle, um eine Vorstellung zu geben. Ist so gesellig veranlagt. Besonders, wenn er schlafen soll.
Ein zähes Kerlchen.
»Laß ihn hier«, sage ich.

»Wenn wir jetzt nachgeben, macht er mit uns, was er will«, sagt sein Vater.
»Das macht er doch jetzt schon«, sagt die Ohoh.
»Wenn wir ihn einschließen, brüllt er das ganze Haus zusammen. Das geht nicht, wir haben schon genug Ärger.«
»Und außerdem – womit willst du denn was in dieser Wohnung noch abschließen? Kannst du mir das mal sagen, bitte schön?«
Philip hat alle Schlüssel abgezogen und in das Kellerfenster der Mieterin fallen lassen, die zur Zeit bei ihrer Tochter in Chicago weilt. Mir kommt eine andere Idee. Das ist eine ganz schlimme Idee. Darf man keinem erzählen, schon gar nicht einem Pädagogen.
Mir ist der Otto Noack eingefallen.
Der Otto Noack war mein Hund, bis ich mich verheiratete. In der Aussteuer von Philips Vater befand sich ebenfalls ein Spaniel, eine Hündin.
Den Otto interessieren keine Geschlechtsunterschiede. Den Otto interessiert bloß das Umlegen. Er muß beißen – jeden Hund außer sich selbst. Und jedes Kind. Darum wurde er nach der Hochzeit der Ohoh geschenkt, ob sie wollte oder nicht. Darum liegt der Otto Noack, wenn er uns mit der Ohoh besucht, fest angeleint in der Garderobe. Wenn wir Otto in die Arena, sprich Kinderzimmer, schicken, wird Philip ganz gewiß nicht sein Bett verlassen. Es gibt immerhin drei Dinge, vor denen er großen Respekt hat: die Müllabfuhr, große, dunkle Wolken und den Otto.
Von seinem Gitterbett aus beobachtet er mit verkniffe-

nem Gesicht den tapsig trottenden Einzug des Raubtieres in die Arena. Begrüßt die Bestie mit tiefen, eilfertigen Verbeugungen: »Guten Tag, guten Tag, Otto. Philip artig. Philip gleich einschlafen.« Wir verlassen das Kinderzimmer, maßlos beschämt, weil wir einen unberechenbaren alten Spaniel holen mußten, um unseren dreifachen Willen durchzusetzen.

Die Ohoh: »Wenn er trotzdem aus dem Bett steigt?«

Philips Julius guckt mich an wie der getaufte Römer, dessen Familie den Löwen vorgeworfen wurde. Das halte ich nicht aus. Ich öffne die Kinderzimmertür um einen Spalt.

Philips sachlich-bedauernde Stimme von drinnen: »Noch immer nicht. Leider.«

Nein. Er schläft noch immer nicht. Er liegt vor der Bestie auf dem Schafwollteppich und ist gerade damit beschäftigt, seine eigene Bettdecke um Ottos dicken Bauch zu klemmen.

Philip wichtig: »Otto Noack todmüde.«

Als er ins Bett zurück soll, fängt er an zu brüllen. Anfangs fand er unsere Einmischung in seine ureigensten Privatangelegenheiten wie Mittagsschlaf oder nicht ja ganz unterhaltsam. Jetzt reicht's ihm. »Philip nun aber böse! Philip Müllabfuhr holt. Nun! Man soll in Ruhe lassen, welcher nich will! Nun!« Die Ohoh schaut mich an. »Du warst so ein unkompliziertes Kind.«

Und guckt ihren Schwiegersohn an und sagt nichts. Aber denkt: Das da hat deine Erbmasse eingeschleppt. Nun!!!

Wir gehen auf die Terrasse zurück. Als letzter kommt Julius, zu Tränen gerührt: »Philip packt. Es reicht ihm bei uns. Wir lassen ihm keine Ruhe, sagt er.« Mit einem Buddeleimer, aus dem ein Funkwagen, eine Unterhose und seine weißen, mit Dokumentenstift bemalten Gummistiefel ragen, schnauft er theatralisch an uns vorbei zur Flurtür.

»Philip geht nun. Tschüß, Ohoh, tschüß Mami, tschüß, mein Julius.«

Weg ist er. In der Garderobe verabschiedet er sich herzlichst vom wieder angeleinten Otto. Dann hören wir seine Schritte auf der Treppe – zwei hinunter, zwei hinauf –, da ist er wieder. Schnauft an uns vorbei, verschwindet wort- und blicklos Richtung Kinderzimmer.

»Vielleicht hat er was vergessen«, sage ich. Aber er kommt nicht wieder.

Ich gehe zu ihm, um ihn anzuziehen für die Einladung heute nachmittag. Es ist inzwischen vier Uhr geworden. Aber wir können nicht hingehen. Wir müssen absagen, denn Philip ist samt Reisegepäck in sein Gitterbett gestiegen und auf der Stelle eingeschlafen, und wenn er wirklich einmal schläft, dann kann man Kanonen neben ihm abschießen. Dann läßt er sich durch nichts und gar nichts wecken.

Topfpremiere

Daniel ist jetzt ein Jahr und vier Monate alt. Seine Eltern finden, daß es höchste Zeit wird, ihn an einen Topf zu gewöhnen. Der Kinderarzt meint zwar, das käme ganz von allein, aber wie soll Daniel von ganz allein nach einem Topf verlangen, wenn er gar nicht weiß, wozu der da ist?

Es befinden sich zwei Nachtgeschirre in der Wohnung. Eines aus Porzellan und aus der Junggesellenzeit seines Vaters. Es diente einer Zimmerlinde als Untersatz. Die Zimmerlinde ist dann lieber eingegangen. Der zweite Nachttopf ist aus Plastik in Form einer Ente, vorn mit erhöhtem Nippel, damit nichts drübergeht, hinten mit angedeuteter Rückenlehne. Ein Modell, das jeden Erwachsenen nachträglich mit Neid erfüllt, dem die Erinnerung an den eiskalten Porzellanrand seiner Kinderzeit noch heute als Schock im Po sitzt.

Selbstverständlich wählt der Vater das Entenmodell für den ersten Versuch, seinen Sohn mit einem Topf bekannt zu machen.

Er flötet nach Daniel, welcher voll heiterer Spannung ins Zimmer trabt und stutzt, als er die Ente auf dem Teppich sieht. Die ist ihm neu.

Sein Papi streichelt den Topf – eii, guter Topf –, um seine Kinderfreundlichkeit zu demonstrieren. Danach erklärt er, wozu er da ist. Daniel hört aufmerksam zu, denkt nach und holt Ernstl, sein Schlaftier, um es hineinzustopfen.

Sein Vater erklärt ihm noch einmal den Sinn des Topfes. Jetzt hat Daniel aber verstanden. Er läuft zu seiner Spielkiste, um Bauklötze…

»Nein. Wieder falsch!«

Der Vater gibt das Erklären auf und fängt mit der Praxis an, das heißt, er befreit den jungen Mann von seiner wasserdichten Verpackung und setzt ihn, barfüßig bis zur Taille, auf den Topf.

»Jetzt mach!«

Daniel überlegt und hat's. Seine Händchen legen sich um den Entenkopf, drehen an ihm. Dazu macht er »Wurrrch-wurrch…«

Es besteht kein Zweifel: der Topf ist ein Auto.

Nun demonstriert der Vater das Vorhaben akustisch, bis er rot anläuft. Daniel lacht sich schief. Fällt beinah vom Topf vor Lachen. Ahmt ihn nach – äh – äh…! Na? Sollte er etwa begriffen haben?

Der Vater hebt ihn von der Ente und schaut nach. Daniel schaut auch nach und sieht ebenfalls nichts.

Es ist doch schwerer, als er sich das gedacht hat, stellt der Vater fest. Und gibt für heute die Hoffnung auf.

Daniel umarmt indessen den Entenhals. Liebt seinen neuen Besitz und pieselt gleichzeitig in hohem Bogen auf den Teppich. Ehe sein Vater ihm den Topf entreißen und unterhalten kann, ist es geschehen. Kann man nichts machen.

Rom ist auch nicht an einem Tag erbaut worden und der Vater mit dem Resultat der ersten Lektion nicht unzufrieden: Immerhin hat Daniel seinen Topf schon *umarmt*, während er den Teppich sprengte.

Warum Anna sich bereits im Juni vorm nächsten Winter grault

An jedem Dezembermorgen zieht Anna ihr Julchen an. Zu Julchen gehören:
1 Höschen
1 Hemd
1 Bluse
1 Strumpfhose
1 Pulli
Jeans
Hausschuhe.

Es dauert etwa zehn bis zwölf Minuten, bis Julchen komplett ist, d. h. wenn alles glattgeht.

Es geht aber selten glatt, weil Julchen plötzlich die roten Strumpfhosen nicht mehr leiden kann. Es möchte auch keine Jeans anziehen, sondern einen Rock.

Julchen möchte aber nicht Julchens Rock anziehen, sondern Christines Rock. Der ist schöner, findet Julchen.

Christine brüllt, sie gibt ihren Rock nicht her. Das ist ihr Rock. Julchen hat selber einen. Anna reißt die Geduld. Sie zieht dem zappelnden Julchen weder einen Rock noch Jeans an, sondern ein Hängerkleid.

Julchen haut vor Wut in den Kakao und muß umgezogen werden.

Christine ist ein Jahr älter als Julchen und kann sich

schon ein bißchen selbst anziehen, aber es dauert lange. Und dann stimmen die Knöpfe nicht, die Nähte sind gern außen und das, was vorne sein soll, nicht vorn.
Anna korrigiert an Julchens Werk wie an einem Schuldiktat.
Christinchen geht nach draußen, spielen. Sie soll eine Mütze aufsetzen. Christinchen haßt die Mütze und sagt, sie kratzt. Anna sagt: »Wenn du deine Mütze nicht aufsetzt, darfst du nicht raus.« Christinchen setzt murrend die Mütze auf und läßt sie so lange auf dem Kopf, wie Anna sie vom Küchenfenster aus sehen kann. Dann nicht mehr. Christinchens Kopf gewöhnt sich daran, daß er im geschützten, warmen Hausflur bedeckt ist und dort, wo der Eiswind um die Ecken pfeift, nicht.
Anna geht einholen und nimmt Julchen mit. Zu diesem Zweck zieht sie

1 gefütterten Overall
1 Mütze
Handschuhe
warme Stiefel
1 Schal

auf Julchen. Sobald dasselbe rundum eingepuppt ist, fällt ihm ein, daß es auf den Topf muß.
Anna packt Julchen also wieder aus. Und zehn Minuten später wieder ein. Dann gehen sie endlich los. Wenn sie vom Einholen heimkommen, muß sie Julchen die Stiefel, die Mütze, die Handschuhe und den Overall wieder ausziehen und eine Schürze anziehen, denn nun gibt es gleich Mittagessen. Nach dem Essen pellt Anna den Rest von Textilien, der noch auf Julchen drauf ist, von Julchen

runter und zieht ihm den Schlafanzug an, denn jeder tägliche Vorgang hat nun mal sein eigenes Kostüm und den damit verbundenen Umstand.
Wenn Julchen ausgeschlafen hat, steht Anna mit ca. ein Dutzend Kleidungsstücken vor Julchens Bett und quält ihm den ganzen, scheinbar notwendigen Krempel Stück für Stück wieder an, denn jetzt wird spazierengegangen. Julchen ist ja gutmütig, aber was zuviel ist, ist Julchen eben zuviel. Es kommt der Moment, wo es in den Textilstreik tritt.
Es schreit und zappelt und wehrt sich, stößt Anna vor den Bauch, meint's ja nicht so, hat bloß genug von dieser pausenlosen An- und Auszieherei. Dabei ist erst früher Nachmittag. Bis zum Schlafengehen stehen ihm noch mehrere solcher Prozeduren bevor.

Anna kämpft mit Julchen und denkt voll Sehnsucht an heiße Sommertage, an denen sie ihm nicht mehr anzuziehen braucht als

1 Höschen.

Oder gar nichts. Und wenn sie fortgehen, noch ein Ringelhemd und Sandalen. Macht drei Kleidungsstücke für den ganzen Tag. Macht den Tag so unkompliziert...
Ist es ein Wunder, wenn Anna bereits im Juni Angst vorm nächsten Winter hat?

Wer sagt, daß Daniel eine Nervensäge ist?

Daniel ist mit seinem Vater allein zu Hause.

Sein Vater – ein Journalist – muß einen eiligen Artikel schreiben. Für diesen Artikel braucht er Unterlagen. Die Unterlagen befinden sich im Schrank, aber der Schrank ist abgeschlossen …

»Daniel, sag dem Papi, wo du den Schlüssel gelassen hast, komm, sag's dem Papi. Wenn Papi nicht an den Schrank kann, kriegt er großen Ärger, und das will Daniel doch nicht, nicht wahr?«

Nein, das will Daniel nicht. Trotzdem sagt er nicht, wo er den Schlüssel gelassen hat.

Während er sich – ob der ernsten Worte ganz bedrückt – ins Bad zurückzieht und Trost im Abrollen des Klopapiers sucht, bricht sein Vater den Schrank auf. Was bleibt ihm anderes übrig? Er setzt sich an den Schreibtisch, spannt ein Blatt in die Maschine und hört es scheppern, kollern, plätschern – diesmal aus der Küche. Daniel räumt den Eisschrank aus.

Sein Vater räumt ihn wieder ein, wischt die umgekippte Milch auf und stößt sich den Kopf beim Hochkommen. Er setzt sich an den Schreibtisch. Daniel setzt sich unter den Schreibtisch und räumt den Papierkorb aus.

Sein Papi tippt siebeneinhalb Wörter, da nähert sich ihm eine kleine Hand von unten: Daniel schenkt ihm einen Papierschnipsel. Sein Papi bedankt sich. Daniel schenkt ihm noch einen Schnipsel. Sein Papi dankt – Daniel

schenkt, und so fort. Ein unendlicher, herzlicher Austausch von Schnipseln und Dankesbezeugungen, bis Daniels Papi den Papierkorb auf den Schrank stellt. Auf dem Schrank stehen schon die Schnapsflaschen, der Toaströster, Streichhölzer, zerbrechliche Nippes und noch mehr.
Daniel seufzt. Womit soll er jetzt spielen? Sein Papi schlägt ihm die vielen Stofftierchen vor. Aber Daniel spielt lieber mit der Steckdose. Sie ist kindersicher, das langweilt ihn.
Nun macht er die Schranktür auf und zu und auf und zu und auf und klemmt sich den Finger. Er brüllt. Sein Papi muß pusten.
Sein Papi schreibt zwei Zeilen. Daniel sammelt Kekskrümel vom Teppich und steckt sie in den Mund.
Er lutscht auch an einem grünen Filzstift. Sein Papi muß telefonieren. Inzwischen trinkt Daniel das Bierglas leer.
Er macht sich in die Windeln. Sein Papi überlegt, ob er – und tippt weiter, denn er muß es ja noch nicht bemerkt haben.
Er tippt vier Sätze ungestört, bis ihm mit Schrecken auffällt, daß er vier Sätze ungestört tippen durfte.
Was macht Daniel???
Daniel trägt den Inhalt des Mülleimers zu der großen Bodenvase, die auf der Diele steht, und läßt ihn hineinfallen.
Sein Papi stülpt die Vase um und findet zwischen Butterpapieren mit Teeblättern, Zigarettenstummeln und Bananenschalen seinen lang vermißten Führerschein, eine Krawatte, das goldene Armband seiner Frau und fünf

Schlüssel, darunter auch den vom aufgebrochenen Schrank.
Er kehrt zu seinem Artikel zurück und tippt immer nervöser – in einer halben Stunde muß er abliefern. Neben dem Schreibtisch steht Daniel und schaut ihn unentwegt an. Sein Papi gibt sich Mühe, es nicht zu bemerken. Er tippt. Daniel seufzt und schiebt sich immer näher heran. Und lehnt sich auf Papis Knie. Und schaut ihn an. Und schaut ihn an. Und seufzt. Das brächte selbst einen Eisschrank zum Tauen.
Daniels Papi sagt: »Also schön.« Nun sitzt er auf dem Schoß – eingekeilt in zwei tippende Arme, zieht an Papis Bart, bohrt mit dem Finger in seinen Nasenlöchern. Noch eine halbe Seite, dann ist der Artikel fertig. Dann braucht er ihn nur noch abzutippen...
Es läutet an der Wohnungstor – ist aber keiner draußen. Daniels Papi geht auf den Flur hinaus, um nachzuschauen. Daniel macht die Tür hinter ihm zu. Peng. Nun stehen sie da. Der eine drinnen, der andere draußen.
Daniel brüllt. Sein Papi ist ebenfalls den Tränen nahe, wenn er an seinen unvollendeten Artikel denkt und an den Redakteur, Herrn Knüppel, der dringend auf ihn wartet und so gar kein Verständnis dafür hat, daß es zu Terminschwierigkeiten kommen kann, wenn ein kleiner Sohn um einen dichtenden Papi herum die große Welt entdeckt, die Steckdosen und Mülleimer und seine eigene Schenkfreudigkeit. Was soll nun werden? Du lieber Himmel, was wird jetzt?
Daniel legt seine Händchen von innen gegen das Türholz. Sein Papi hört es an dem leichten Klatschen und

legt seine Handfläche von außen dagegen, so in der Höhe, wo er Daniels naßgeweinte Finger vermutet. Nun sind sie auch räumlich in ihrem Leid verbunden, das tröstet irgendwie.

Und so findet sie die heimkehrende Mutter.

»Er hat mich ausgesperrt! Der Artikel ist nicht fertig, es wird einen Riesenärger geben. Der Knüppel tut mir so leid.«

»Warum?« fragt die Mutter.

»Weil er keinen Daniel hat«, sagt sein Papi.

Die Pfingstreise

Philip packte schon Tage vorher. Packte ein und um und immer noch was dazu. Sein Bärchen Klemke, Kasperlepuppen, eine Spieluhr mit Weihnachtslied. Einen Tuschkasten und ein Stempelkissen und alte Cremedosen. Und die Wasserpistole und Buddelzeug. Und Autos natürlich. Autos brauchte er auf alle Fälle – schon wegen der langen Sitzungen auf dem Klo. Mehrere Reklamedrucksachen packte er ein und ein Notizbuch aus dem Jahre 1960.

Und Bücher zum Vorlesen.

Am Abfahrtsmorgen schleppte er noch den Roller und sein Dreirad an. Da reichte es seinem Vater. Sein Wagen wäre schließlich keine Müllabfuhr und auch kein Möbeltransporter. Fahrrad und Roller bleiben zu Hause. Basta.

Die Pistole auch. Wozu brauchst du unterwegs eine Wasserpistole, kannst du mir das mal sagen, bitte schön?
Philip sagte es ihm.
Wegen der Tante Inge, die wir besuchen wollten.
Philip konnte sie nicht ausstehen, weil sie gesagt hatte, wenn Philip ihr Sohn wäre, würde sie ihn pausenlos vertrimmen.
»Ich geb' ihr nich die Hand«, versicherte er schon jetzt, »ich schieß' ihr tot.«
»Du schießt *sie* tot«, verbesserte sein Vater.
»Du wirst überhaupt nicht schießen«, sagte ich und beschloß, den Besuch bei Tante Inge vom Pfingstprogramm zu streichen.
Dann wurden wir alle zusammengefaltet und ins Auto gestopft. Zweieinhalb Personen, sieben Gepäckstücke und Spielzeug in einem zweisitzigen Sportwagen. Und die Dicke natürlich.
Bei der Dicken handelt es sich um eine solide gebaute alte Spanielhündin. Sie klemmte seit dem frühen Morgen unterm Steuerrad aus Angst, vergessen zu werden.
Die Dicke pflegte unser Auto vor Fremden zu verteidigen wie eine Adlerin ihre Jungen. Die Adlerin hatte der Dicken gegenüber bloß einen Vorteil: Sie bellte weniger. Wegen der Dicken konnten wir auch selten nach dem Weg fragen und wurden bevorzugt an polizeilichen Kontrollen abgefertigt. Kaum erreichten wir die Autobahn, ließ Philip einen Funkwagen über ihren breiten Rücken rollen und schrie dazu: »Hüüüüahüüü! Achtung, Pollezei! Bitte kommen! Autounfall! Alles kaputt! Bitte kommen! Ende!«

»Fahr bloß vorsichtig«, sagte ich zu seinem Vater.

»Sind wir bald da?« fragte Philip.

»Wir fahren ja erst los«, sagte sein Vater.

»Aber bald sind wir da, ja?«

Er fragte alle fünf Minuten. Langeweile ist was Schlimmes. Sein Sinn für die Reize vorüberflitzender Natur war noch unterentwickelt. Einzig Raststätten erregten ihn. Sobald wir eine passierten, brüllte er:

»Philip hat Durst.«

Ich bot ihm Apfelsaft aus der Thermosflasche an. Den wollte er nicht. Philip hatte Durst auf Raststätte.

»Sind wir bald da?«

Ich erzählte ihm das Märchen von Rotkäppchen. Rotkäppchen und der Hund – denn vom bösen Wolf wollte er nichts hören. Da Haushunde jedoch selten Omas fressen, stimmte die Story nicht mehr. Sie degenerierte zu einem harmlosen Familienbesuch mit Kuchen und Wein.

»Wir können vielleicht die Indianer kommen lassen, um die Spannung zu heben«, sagte ich.

»Au ja«, Philips Vater, »die skalpieren dann Großmutter. Das ist mal was anderes.«

Philip wollte wissen, was skalpieren bedeutet.

Wir sagten es ihm.

»Nein«, sagte er, »dann lieber fressen. Ist überhaupt ein doofes Märchen.«

Das fanden wir auch.

»Sind wir bald da?« Langeweile tut manchmal richtig weh. Philip packte seinen Buddeleimer aus und harkte meinen Hinterkopf mit einer Plastikfolie und stülpte der

Hündin den Eimer auf, und als es ihr reichte, stieg sie über den Sitz und plumpste auf meinen Schoß.
»Wenn wir bloß bald da wären«, sagte ich.
Beim Mittagessen in der Autobahnraststätte bestellte Philip Huhn und Nudeln und Eis. Er machte ein paar Kleckse aufs Tischtuch, ich deckte sie mit meiner Serviette zu und stieß dabei mein volles Rotweinglas um.
Die Dicke hatten wir eng an ein Stuhlbein gebunden. Jedesmal, wenn der Ober vorbeikam, ging sie mit dem Stuhl durch und dem Ober an die Waden. Den Tisch konnten wir noch gerade retten, den Ober nicht.
Er war ein gutmütiger, alter Mann, der selber Kinder, Enkel und Tiere durchlitten hatte und ihnen mit der nötigen Toleranz begegnete.
Philips Vater ließ für ihn ein großes, schuldbewußtes Trinkgeld auf dem Teller zurück.
Wir jagten schon wieder über die Autobahn, als Philip seine klebrige Faust vor meine Nase hielt.
»Rat mal, was Philip hat.«
»Keine Ahnung«,
Er öffnete die Finger und ließ mehrere Markstücke in meinen Schoß fallen.
»Hat Papi auf dem Tisch vergessen. Aber Philip hat aufgepaßt«, sagte er stolz.
»Was ist das?« fragte sein Vater.
»Das Trinkgeld für den guten, geduldigen, alten Ober«, sagte ich.

Es war ein wunderschöner Nachmittag mit langen, goldenen Lichtern auf grünen Weiden rechts und links. Und

alle Bergspitzen fein säuberlich da – die ganze, oberbayerische Laubsägearbeit.
Das Rindvieh käute wieder mit verträumten Blicken.
»Halt mal an«, sagte ich und marschierte in die nächste Wiese hinein.
Kein pausenlos sprudelndes Kinderstimmchen. Keine Harke im Genick. Kein entnervter Hund. Kein Motorbrummen. Funkstille.
Und die Kuhglocken läuteten Pfingsten ein.
Ich legte mich unter eine knispernde Hecke und wünschte beinah, sie würden ohne mich weiterfahren.
Man ließ mir zehn Minuten Wiesenglück. Dann wurde die Hündin auf meine Fährte gesetzt. Kam angeschossen, wuselte beglückt um mich herum. Sie war ja von Anfang an gegen die Anschaffung dieses Knaben gewesen, der unser friedliches Dasein auf den Kopf stellte und keine Rücksicht auf ihr Alter nahm.
Ihr wedelndes Hinterteil stieß gegen die Hecke. Da wuchs das leise Knispern in den Zweigen zu gewaltigem Brausen an. Der Himmel über uns verdunkelte sich. Hunderte von Maikäfern burrten nach allen Richtungen. Hinterließen kahlgefressenes Gesträuch und zwei zu Tode erschrockene Weiber.
»Was ist denn mit euch los?« fragte Philips Vater, als wir hechelnd auf den Wagen zuwetzten.
»Maikäfer! Tausende! Und ich hab' druntergelegen!«
»Hast du wenigstens welche mitgebracht?«
»Geh du hin. Sind bestimmt noch'n paar da.«
Er sammelte ein halbes Dutzend ein und sperrte sie in Ermangelung einer Schachtel ins Handschuhfach.

Früher hatte ich Maikäfer richtig gerne. Früher, ja.
Zehn Minuten vorm Tegernsee schlief Philip endlich ein. Wir stellten ihn auf dem Parkplatz einer Pension ab und ließen die Dicke als Wache bei ihm. Wenn er ihr auch ständig auf die Nerven ging – verteidigen tat sie ihn doch. Dazu pöbelte sie viel zu gern. Es war ein hübsches Hotel, in dem Philips Vater vor unserer Ehe abzusteigen pflegte. Die Besitzerin kannte ihn sofort wieder. »Also der Herr Doktor, nein, wie mich das freut!«
Nur an die Frau Gemahlin konnte sie sich nicht so recht erinnern – was keineswegs ihrem schlechten Gedächtnis zuzuschreiben war. Philips Vater war selten mit denselben »Gemahlinnen« hier abgestiegen. Das Hotel war vollbelegt – schließlich hatten wir Pfingsten, aber weil der Herr Doktor so ein seriöser, stiller Mensch war, quartierte die Wirtin zwei nicht so seriöse Amerikaner einfach zum Huber um und gab uns ihr Doppelzimmer mit Seeblick. Erst jetzt gestand Philips Vater, daß wir noch eine Kleinigkeit draußen im Auto hätten – an sich zwei Kleinigkeiten. Söhnchen und Hündchen. Alles beide stille, liebe Kerlchen – wie der Vater. Ich holte zuerst die Dicke herein. Sie zerrte und schnaufte an der Leine wie eine verhinderte Dampflokomotive und legte sich umgehend mit dem Hotelhund an. Danach soff sie aus einer Blumenvase. (In den Goldfischteich sprang sie erst am nächsten Tag.)
Philip benahm sich großartig. Gab sogar Hand. Sagte auf Befragen seinen Namen und sein Alter und bestellte nach langem, ernstem Überlegen Huhn und Nudeln

und Eis zum Abendbrot. Kleckerte nicht einmal und verblüffte durch perfekte Tischmanieren.

Am Nebentisch fand man ihn süüß. »Ein richtiger kleiner Lord.«

»Was ist ein Lord?« fragte Philip.

»Was Englisches«, sagte ich.

»Was zum Essen?«

»Nur im Notfall«, sagte sein Vater.

Philip ließ sich ohne langwieriges Feilschen und Argumentieren ins Bett bringen, das heißt aufs Sofa, das zu Füßen unserer Betten querstand.

Wir schoben Stühle vor und ließen eine Nachttischlampe brennen. Er schlief schon beinahe, als wir aus dem Zimmer schlichen.

Die Hündin schnarchte auf dem Teppich wie ein betrunkener Bierkutscher. Und in einem Seifenkarton mit Schlitzen im Deckel die Maikäfer auf einem Stuhl neben Philips Sofa.

»Nacht, Mami. Nacht, Papi.«

»Nacht, unser Schätzchen. Schlaf schön.«

Wir gingen zum Bachmayr und tranken Wein und brauchten dabei niemand ans Stuhlbein zu binden und niemand zu ermahnen.

Wir waren ein gepflegtes Ehepaar auf Reisen. Ganz lässig. Ohne krampfhafte Wachsamkeit. Ohne diesen nervösen Zug um den Mund.

»Dein Wohl.«

»Ja, du auch.«

»Es ist mal herrlich – so ganz ohne.«

»Wundervoll.«

Mir fiel ein anderes Pfingsten vor fünf Jahren ein. Sonntag morgen, sieben Uhr früh in einer Gartenwirtschaft am Wannsee. Das traditionelle Pfingstkonzert fand statt. Eine Blaskapelle mit großen, blanken Instrumenten, in denen die Sonne im grellen Dur blitzte. Ihr Programm war reichhaltig – »Untern Linden, untern Linden«, »Es war in Schöneberg, im Monat Mai«, »Frau Luna« als Potpourri und dann »Komm, lieber Mai, und maaache...« Dasselbe so getragen geblasen, als ob der Pfingstsonntagmorgen auf einer Lafette hinterhergezogen werden sollte. Wir waren eine größere Clique, die warmes Helles trank und Spiegeleier aß auf Speck, der nicht durchgebraten war. Es schmeckte alles ziemlich scheußlich, vor allem so früh am Morgen.

Bei der Ouvertüre zu »Orpheus in der Unterwelt« stieß der Herr W. mit seinem schwarzen Spaniel zu uns. Damals war die Dicke noch ganz zierlich.

Die Fortsetzung dieses Vormittags fand in einem Motorboot auf den Havelseen statt und endete mit einem ausgewachsenen Kater für alle Pfingstteilnehmer. Und mit einem nachhaltigen Interesse des Herrn W. für mein weiteres Schicksal.

Nun ist mal wieder Pfingsten.

»Möchtest du noch was essen?« fragt er.

»Huhn und Nudeln und Eis«, sage ich.

Und er sagt: »Wetten, daß er die Dicke ins Bett geholt hat?«

Über dem See hängen weiße Schleier, als wir zurückgehen. Einsame Lichter zittern an schwarzen Berghängen.

Philips Vater sieht zuerst den wuchtigen Gegenstand im Blumenkasten unseres Balkons. Der Gegenstand muß uns auch gesehen haben, denn er stößt kleine, glückliche Beller aus.

Um Himmels willen! Die Dicke als Geranie!

»Braaaves Hündchen! Schön brav sitzen bleiben! Braav!« flüstern wir beschwörend aufwärts und stürmen das Hotel.

In unserem Schlüsselfach liegen mehrere Zettel.

»Ihr Sohn hat dem Hausdiener geschellt.«

»Ihr Sohn hat dem Zimmermädchen geschellt und Coca Cola verlangt.«

»Ihr Sohn hat mehrmals telefoniert.«

Philip schläft fest, als wir das Zimmer betreten.

Sein Vater holt die Hündin aus den Balkongeranien. So behutsam, als ob es sich um eine Schlafwandlerin handelt.

»Wir dürfen sie eben nicht allein lassen«, sagt er.

»Nein«, sage ich, »nie wieder. Es kann zu leicht was passieren.«

»Ja, eben«, sagt er. »Stell dir vor, der Junge hätte im Blumenkasten gehockt.«

»Und die Dicke hätte telefoniert! Stell dir mal vor!«

Aber das Schlimmste steht uns und dem Hotel noch bevor. Und zwar um fünf Uhr früh.

Zu dieser Stunde durchbricht Philip im Schlaf das Stuhlgitter vor seinem Sofa und plumpst unsanft auf die Dielen. Er brüllt, erwachend, wie am Spieß. In seiner Hast, das Brüllen abzustellen, tritt sein Vater mitten in die Dicke hinein. Stolpert. Reißt den Stuhl mit den Maikäfern

um. Die Dicke quietscht. Philip brüllt. Ich finde endlich den Knipser der Nachttischlampe.
Nun ist es hell, aber deshalb nicht leiser. Wir stopfen Gummibären in das Gebrüll und halten der Hündin die Schnauze zu, und in diesem Augenblick burren zwei Maikäfer plump und stark wie Transportflugzeuge auf meine Nachttischlampe, klatschen dagegen, fallen wie betäubt auf mein Laken, leider nur kurz betäubt, burren weiter, jetzt schrei auch ich. Und Philip: »Meine Maikäfer! Meine Maikäfer!!!« Rechts und links und auch von oben klopft es mahnend. Das Hotel ist wach, zumindest auf unserem Flügel. Ich komme mir vor wie in einem Klamottenfilm aus der Stummfilmzeit, bloß mit Ton. Mit sehr viel Ton. Bei dem Versuch, einen ausgebrochenen Maikäfer einzufangen – Philip verlangt, daß sie eingefangen werden, ich auch, sonst kann ich nicht schlafen, sagte ich schlafen?–, bei dem Versuch also, den Käfer zu fangen, stößt Philips Vater gegen Philips Köfferchen und setzt dabei die mitgebrachte Spieluhr in Gang.
Sie klimpert ein paar Takte »Stille Nacht«.

»Stille Nacht, heilige Nacht.
alles schläft, einsam wacht
nur das traute, hochheilige Paar...«

...und sein Sohn. Und sein Hund. Und das ganze Hotel mit ihnen.
Wir sehen uns an und grinsen. Total entschärft.
»Frohe Pfingsten«, sage ich.

Um halb sieben Uhr früh, als der Ort noch schläft und der Nebel den See zudeckt, geht der Vater mit dem Sohn durch die menschenleeren Straßen spazieren. Philips schrilles Stimmchen plätschert heiter durch die Stille, und die Dicke trabt mürrisch, weil unausgeschlafen, hinter ihnen her. Ich hatte ihnen nachgedroht: »Kommt mir nicht vor neun zurück in dieses seriöse Hotel, in dem der Herr Doktor mit seinen falschen Gemahlinnen so einen fabelhaften Eindruck hinterlassen hatte – und mit seiner echten Familie so gar keinen fabelhaften.« Die Maikäfer reisten noch tagelang mit uns von Hotel zu Hotel. Dann krepierte der erste und erhielt ein Staatsbegräbnis, dann der zweite, der dritte… auch Trauerfeierlichkeiten nutzen sich bei zu vielen, schnellen Wiederholungen ab. Die letzten drei haben wir ins Klo gespült. Und Pfingsten sind wir nie wieder verreist.

Daniel und der Supermarkt

Vater und Sohn gehen einkaufen. Der eine hat es wie immer sehr eilig, der andere hat wie immer sehr viel Zeit. Er ist ja auch noch klein. Zwei Jahre – und was dem Christoph Kolumbus seine selbstentdeckte neue Welt, das ist dem Daniel Sedlhuber sein Supermarkt.
Das fängt vor der Tür des Marktes an. Sein Vater hält ihm

dieselbe schon eine Weile auf – (mehrere Leute haben sich bereits herzlich dafür bei ihm bedankt) –, Daniel, nun komm endlich!!! Daniel steht staunend vor einem angebundenen struppigen Hund. Lächelt ihn liebenswürdig an, säuselt: Kuckuck!

(Kuckuck ist sein Lieblingswort zur Zeit. Es bedeutet Hallo, Guten Tag, Ich will das haben, Ich mag dich, Du kannst mich mal!)

Der Hund reagiert nicht auf fremde Ansprache, schon gar nicht auf Kuckuck.

Daniel landet mit Schwung in einem Einkaufswagen, der vorn einen ausbruchssicheren Sitz mit zwei Öffnungen zum Durchbaumeln der Beine hat. Ab geht die Fahrt zu den Haarwaschmitteln, dem ersten Artikel auf der Einkaufsliste, die Daniels Mutter geschrieben hat, bevor sie ins Büro fuhr. Während sein Vater die Sorte gegen Schuppen sucht, packt Sohn mehrere Färbemittel und ein Trockenshampoo in den Wagen.

Auf dem Wege zu den Spaghettis kommen sie an einem Werbestand vorbei. Der Vater wird zu einer österreichischen Weinprobe eingeladen – grüner Veltliner. Prost!

Daniel, gewöhnt, beim Metzger ein kaltes Würstel und beim Bäcker einen Keks zu schnorren, indem er den Kopf schief legt und liebenswürdig Kuckuck tönt – Daniel legt den Kopf schief und kuckuckt so niedlich vorm Weinfräulein – aber nix kriegt er. Nicht einen Tropfen. Da wird er tückisch.

Wenn nicht mit Kuckuck, dann eben mit Gewalt. Er röhrt unwirsch, trommelt mit den kurzen Beinen, dreht seinen Zorn auf Superlautstärke...

Daniel!!!! Es ist seinem Vater so peinlich, einen Schnorrer zum Sohn zu haben. Er flieht mit ihm zum Yoghurt. Auf dem Zettel steht neben Yoghurt in Klammern: achte auf das Datum!
Der Vater achtet aufs Datum und nicht auf Daniel, der sich mit seinem Wagen an die Gefriertruhe herangezogen hat. Er angelt sich ein Hühnchen. Weil es aber ein so schweres und so kaltes Hühnchen ist, läßt er es fallen.
Peng. Das knallt. Daniel spürt die allgemeine Bewunderung – und will noch eins schmeißen – aber da ist schon sein Vater wie ein Känguruh herangesprungen und rettet das zweite Huhn vorm freien Fall – kann aber nicht verhindern, daß ihm dabei das Yoghurt aus der Hand rutscht.
Platsch.
Kaputtes Yoghurt ist auch lustig. Daniel jauchzt. Sein Vater – bis in die Ohrzipfel errötet – biegt mit ihm um die nächste Kurve, bloß weg vom Tatort, hält erst beim Bord mit den Puddingpulvern an. Braucht er Pudding? Nein. Käse steht auf seinem Zettel.
Auf zum Camenbert.
Während er die Deckel von denselben hebt und jeden einzelnen mit leichtem Fingerdruck auf seinen Reifegrad hin prüft, verschiebt Daniel die Preisschilder in der Plexiglasleiste des Regals. Auf einmal kostet ein Harzer Käse dreifünfundachtzig. Wenn das nicht Inflation ist!
Jetzt zu den Gürkchen im Glas. Wo sind nun wieder die Gürkchen? Irgendein psychologisch verschulter Marktforscherdepp hat mal wieder viele Artikel umräumen

lassen, damit nur ja keine optische Gewöhnung aufkommt und ein eiliger Kunde bloß die Hälfte von dem findet, was er besorgen wollte. Daniels Vater stellt seinen Sohn mitten im Gang ab, an einer Stelle, wo er an nichts, aber auch an gar nichts heranlangen kann, und macht sich auf die Suche nach Gürkchen.

Inzwischen ist Daniel auch nicht untätig. Er pult die Preisschilder vom Eingekauften. Und hat die Freude, daß kurzfristig ein fremder Wagen neben seinem geparkt wird.

Es geht zur Kasse. Daniels Vater vermißt die Butter und den Camembert, dafür soll er ein Döschen Anchovis bezahlen, Haarfärbemittel, einen Kuchen für Diabetiker und Katzenfutter. Er schwört, das hat er nie gekauft, das muß ein fremder Wagen sein.

»Ist das vielleicht auch nicht Ihr Kind?« fragt die Kassiererin und zeigt auf Daniel, der gerade so niedlich den Kopf schief legt und Kuckuck sagt, weil er bunte Guttis haben möchte, die es an der Kasse zu kaufen gibt.

Sein Vater hebt ihn eilends aus dem Wagen, zahlt – auch das Katzenfutter – bloß raus hier – stopft seine Ware in zwei Tüten und steht einem absoluten Verkehrschaos gegenüber.

Keiner kann in den Supermarkt hinein, keiner kann hinaus. Daniel hat alle Wagen, die er erwischen konnte, ineinander verkeilt. Und wenn man bedenkt, wie wenig Zeit er dafür benötigt hat! *Daniel!!!!*

Daniel legt sein Köpfchen schief und sagt... (Wenn er jetzt Kuckuck sagt, dann – aber dann!!! Das verspricht ihm sein Vater.) Daniel legt also den Kopf schief und sagt: *Papi?*

Nach welcher Methode erziehen Sie Ihr Kind?

Endlich habe ich meine überquellenden Bücherregale von allem Überflüssigen befreit. Wozu brauche ich 27 Kochbücher? Bin ich Gastronom?
Und wozu hebe ich noch immer die diplom-psychologischen Werke über Kindererziehung auf? Philip ist inzwischen achtzehn.
Ihr Kauf wurde damals von meinen Freundinnen angeregt, die psychotherapeutisch geschult an ihren Nachwuchs herangingen. Jede Grimasse des Säuglings wurde bereits auf ihre Ursache hin durchforscht. Kein psychologischer Test, den sie nicht an ihren heranwachsenden Kindern ausprobiert hätten und bei ihren Besuchen auch an meinem sehr mißtrauischen Philip. Was dabei herauskam, war ziemlich vernichtend.
Selbst seine Strichmänneken nahmen sie unter die Lupe: »Weißt du, weshalb dein Sohn alle Männchen braun anmalt?«
»Vielleicht mag er Neger.«
»Das hat gar nichts damit zu tun. Braun ist die Farbe für sinnliche Triebkraft«, wurde ich von einer Freundin

belehrt, während die andere einen Farbtest anführte, wonach die Vorliebe für Braun auf Faulheit schließen läßt.

»Ist dir aufgefallen, daß Philip die Sonne immer links oben ins Bild malt statt rechts?«

»Na und? Darf er das nicht?«

»Linke Sonnen sind Ausdruck für innere Gehemmtheit.«

Wenn das stimmte, dann mußte Philip die Sonnenseiten genauso vertauscht haben wie der Installateur die Hähne an unserer Dusche. Aus dem kalten kam heißes und aus dem heißen kaltes Wasser.

Gerade sein totaler Mangel an Hemmungen gestaltete den Umgang mit ihm so kompliziert. »Nach welcher Methode erziehst du ihn?« fragte eine Freundin. Du lieber Himmel – Methode! Wie sollten wir einen kleinen Teufel überhaupt in einem hellhörigen Haus über dem Haupt der Vermieterin erziehen? All unsere, seinem starken Eigenwillen zuwiderhandelnden pädagogischen Maßnahmen brachen im Nu zusammen, sobald er schrie. Philip schrie, sobald wir ihm einen Wunsch verweigerten oder Ansprüche an ihn stellten, die ihm mißfielen. Er schrie, weil er wußte, daß wir Erwachsenen dann zähneknirschend spurten, aus Angst vor einer neuen Kündigungsandrohung.

In jener Zeit trieb mich die Not in eine Buchhandlung, ich erstand gleich drei wissenschaftliche Werke über moderne Kinderbewältigung, aber in keinem stand, wie man einen tonstarken Rebellen in einem hellhörigen Haus über dem Kopf der Vermieterin zähmt. Also ging ich noch einmal in die Buchhandlung und fragte nach

etwas Speziellem für unseren Problemfall. Die Verkäuferin bedauerte. Ich schloß daraus, daß Autoren pädagogischer Werke in schalldichten Gebäuden leben oder mildere Kaliber gezeugt hatten als wir.
Die Verkäuferin gab mir jedoch einen Rat mit auf den Weg: Ziehen Sie um.
Das taten wir denn auch, das heißt, wir mieteten mit einer anderen berufstätigen Mutter gemeinsam ein Haus ohne Ober- und Unterbewohner, die sich beschweren konnten. Unsere Nachbarn zur Linken waren Pferde, unsere Nachbarn zur Rechten ein Tonstudio, dessen Besitzer froh waren, wenn *wir* nicht wegen akustischer Belästigung zur Polizei rannten.
Vorübergehend wohnte noch eine junge Witwe mit zwei Söhnen bei uns im Haus. Wir drei Mütter hatten endlich die Möglichkeit, ohne Rücksicht auf Umweltnerven unsere Brut zu erziehen.
Das Ergebnis: nun dröhnten vier Knaben und ein Hund durch alle Zimmer, über Treppen, Polster und in jedes Bett mit Anlauf – wum! Und schrien und ballerten und hämmerten, und wir Erziehungsberechtigte – immerhin Berechtigte! – fuhren mit Stimmen wie Trompeten dazwischen, nicht etwa in der Hoffnung, gehört zu werden, sondern um dieses beschämende Gefühl der Hilflosigkeit in uns zu übertönen.
Nicht unsere Knaben waren leiser und folgsamer geworden, sondern wir Mütter rabiater und lauter. Bei so vielen Phon und ausufernden Temperamenten war für feinere Psychologie kein Raum. Aber wenn wir sie abends aus schwimmenden Badezimmern in ihre Betten

gescheucht hatten, nahmen sie ebenso stürmisch, wie sie uns tagsüber auf die Nerven gegangen waren, von uns Abschied.

Als die Witwe mit ihren beiden auszog und die andere Micterin mit ihrem Knaben in die Ferien fuhr, als das wilde, verwegene Heer auf einen Philip zusammengeschrumpft war, zeigte er sich mütterlicher Ansprache notgedrungen zugänglicher.

Damals begab ich uns auf Anraten einer Freundin unter den psychotherapeutischen Einfluß des Dr. Hiam Ginott. Er hatte ein berühmtes Buch geschrieben, »Parents & Child«, das in viele Sprachen übersetzt worden war, sogar ins Japanische. Die von Ginott geschilderten Eltern brüllten nicht. Sie hüteten sich auch, den Widerstand ihres Kindes herauszufordern oder seinen Stolz durch unkontrollierbare Unmutsäußerungen zu verletzen. Verweise erteilten sie nur indirekt.

Beispiel: wenn Philip früher mit moddrigen Schuhen auf einen Sessel stieg, tobte ich: »Ja, bist du noch zu retten? Mit Dreckstiebeln auf das teure Polster??« Von nun an verwies ich ihn »indirekt«: »Der Stuhl ist zum *Sitzen* da.« Und das teure Polster erwähnte ich überhaupt nicht, denn wenn man seinem Kind vorwirft, was die Sachen gekostet haben, die es beschmiert oder zertöppert, kann das leicht einen Schuldkomplex in ihm hervorrufen.

Die Methode des indirekten Entschärfens prekärer Situationen hatte einen Haken: Wer entschärfte *mich?*

Der Mensch, der ständig sein Temperament unter Verschluß halten muß, kriegt Schäden anderswo.

Als ich auf eine von Philips Missetaten nicht impulsiv,

sondern Ginott'sch reagierte: »Ich bin ärgerlich, ich bin sehr ärgerlich, ich bin sehr, sehr ärgerlich«, schaute er mich verdutzt an.
Meine anhaltende Sanftmut irritierte und besorgte ihn.
»Mami, was ist los mit dir?«
Ich sagte ihm, daß ich eine neue Erziehungsmethode ausprobiere.
»Noch lange?« fragte er.
»Wieso, gefällt sie dir nicht?«
»Doch, aber wir haben jetzt gar keinen Grund mehr, uns zu vertragen.« Und nach langem Überlegen: »Es ging doch bisher ganz gut mit uns. Du hattest Verständnis für meinen Blödsinn.«
»Woher weißt du?«
»Du hast gegrinst beim Schimpfen. Und ich hatte Verständnis dafür, daß du mal brüllen mußt. Wozu brauchen wir eigentlich eine neue Methode?«
Eines Tages gab er sein Rabaukentum von selber auf.
Er hatte sich an meiner langen Longe ausgetobt. Und erinnerte sich plötzlich an alle Ermahnungen und Belehrungen.
Er hatte wirklich zugehört, wenn ich manchmal verzagend glaubte: Wozu redest du dir den Mund fusselig, es geht ja doch zu einem Ohr hinein und zum anderen wieder heraus. Er hatte alles gehört, nur noch nicht hören *wollen* ...

Womit Kinder in Tutzing, Warschau, Oklahoma, Argentinien, Australien und überall sonst in der Welt ihre Eltern ärgern

Manche fangen damit schon ganz früh an, indem sie sich bereits zu einem Zeitpunkt einstellen, zu dem man sie noch gar nicht geplant hatte.
Tagsüber schlafen sie sich aus, damit sie nachts schön munter sind.

Sie schmusen mit Vorliebe mit Leuten, die ihre Eltern nicht ausstehen können.

Sie mögen nicht die Hand geben.

Sobald sie laufen können, trödeln sie.

Sie malen viel lieber auf Tapeten als in die hübschen Malhefte, die ihnen Tanten schenken.

Einen richtigen, ausgewachsenen Bock haben sie selten zu Haus, aber gerne in der Öffentlichkeit, wo ihnen Publikum sicher ist.

Sie müssen immer alles anfassen.

Sie spielen freiwillig mit jedem Rowdy, aber nur sehr ungern mit den Kindern des Vorgesetzten ihres Vaters.

Je künstlicher etwas schmeckt, um so lieber trinken sie es.

Wenn sie sich die Hände waschen, ist das Handtuch hinterher schwarz und die Hände immer noch.

Alles muß man ihnen nachräumen.

Bei anderen Leuten futtern sie so viel, daß der Eindruck entsteht, sie müßten zu Hause Hunger leiden.

Sie haben niiie schuld. Es sind immer die anderen gewesen.

Geschenke wollen sie haben, aber Dankesbriefe schreiben wollen sie nicht.

Immer nehmen sie *unser* Handwerkszeug, dabei haben sie selber welches.

Wenn man mit ihnen Staat machen will, fallen sie garantiert in eine Pfütze.

Sie kippeln ständig mit dem Stuhl.

Sie wollen immer das haben, was sie nicht haben, und wenn sie es endlich haben, liegt es herum.

Sie hören nie zu, wenn man ihnen was sagt, aber sie hören alles, was sie nicht hören sollen.

Abends braucht man ein Pferdegespann, um sie ins Bett zu ziehen, und morgens muß man wieder vorspannen, um sie herauszuziehen – letzteres allerdings erst seit dem Tage, da sie zur Schule gehen. Vorher waren sie immer um halb sieben putzmunter.

Es gibt so reizende Kinder in ihrer Klasse, aber mit denen sind sie leider nicht befreundet.

Gute Hosen kratzen angeblich, Jeans nie.

Sie kriegen den Mund nicht auf, wenn man sie etwas fragt. Aber kaum telefoniert man – dann sind sie plötzlich da und quasseln pausenlos dazwischen.

Bei Sonnenschein spielen sie gern im Zimmer.

Wenn man sie mit einem Auftrag fortschickt, kann man sicher sein, daß sie unterwegs einen Bekannten treffen oder ein Ereignis, das sie davon abhält, den Auftrag auszuführen.

Sie sind Meister im Erfinden von Ausreden.

Sie lungern im Haus herum und wissen absolut nichts mit sich anzufangen. Bittet man sie aber, mit dem Hund Gassi zu gehen, fallen ihnen spontan fünf unaufschiebbare Beschäftigungen ein, die sie daran hindern.

Daniel, der Partyschreck

Einmal im Jahr geben Daniels Eltern eine große Party. Da fordern sie alle Leute auf, denen sie eine Einladung schuldig sind, und es gibt ein heftiges Gedränge in ihrer Wohnung. Aber besser, seine Verpflichtungen in einem Abwasch hinter sich zu bringen als dieses kleckerweise Einladen. Es kommt so auch billiger.

Daniel erzählt schon Wochen vorher überall herum: »Wir machen ein Fest bei uns. Da ist was los.«

Von ihm erfahren es auch die Verwandten, die aus Platzmangel nicht eingeladen worden sind. Nun reden sie schlecht über Daniels Eltern.

Im Kinderzimmer wird das kalte Buffet aufgebaut. Deshalb müssen Daniel, sein Bettchen, seine Tiere, Autos und überhaupt alles, was Platz wegnimmt, ins Schlafzimmer umgeräumt werden. Da kann man nun nicht mehr treten. Am Morgen des Geschehens überrascht Daniel seine Mutter mit hohem Fieber. Es sind wieder einmal seine Mandeln, diese chronischen Spielverderber. Immer, wenn man sie am wenigstens gebrauchen kann, werden sie renitent.

Daniel erhält ein fiebersenkendes Mittel von seiner Mutter, die zwischen Salatschnipseln und Kinderbett hin und her wetzt. Nachdem das Fieber herunter ist, setzt die Quengelei ein. Er langweilt sich in seinem Bett herum. Will aufstehen. Darf aber nicht. Warum nicht? Hat Hunger. Möchte was essen, aber was Schönes. Was trinken. Was zum Spielen. Nicht das, was anderes. Warum liest ihm keiner vor? Einmal wird er in der Küche erwischt. Er hat Streusel vom Kuchen gepolkt und die teuren Spargelspitzen aus den Schinkenröllchen. Wie sehen die schönen Platten jetzt aus, die soviel Mühe gemacht haben –!

Marsch ins Bett und laß dich ja nicht wieder blicken!

Punkt acht schellen die ersten Gäste, die schon auf der Straße auf und ab gegangen sind, weil sie zu früh kamen. Daniels Vater erwartet die Ankunft des Lifts. Da kollert ein Pfirsich an ihm vorbei in den Hausflur. Er schaut sich um. Sieht Daniel bedauernd die Achsel zucken. Saftflasche und drei Pfirsiche auf einmal tragen ist eben schwierig. Selbstverständlich ist er barfuß.

Sein Vater, ein heftiger Gegner der Prügelstrafe, droht ihm Prügel an für den Fall, daß er sich noch einmal sehen läßt.

Daniel wartet den Inhalt des Lifts ab: ein Ehepaar und ein Blumenstrauß. Haben sie ihm was mitgebracht? Leider nein.

Er zieht sich mit Kirschsaft und Pfirsichen ins Schlafzimmer zurück und turnt über die Betten seiner Eltern in sein eigenes. Hat leider vergessen, sich einen Becher mitzubringen. Na, macht nichts, plempert er den Saft eben in ein Sandförmchen und trinkt daraus. Nun ist sein Pyjama vorne rot und sein Kopfkissen ist rot und naß. Sieht auch nicht schön aus.

Er legt es darum seiner Mutter aufs Bett und holt sich ihr sauberes.

Pausenlos geht draußen die Türklingel. Ein Gast nach

dem anderen kommt, und Daniel kann leider nicht sehen, wer es ist. Manche Stimmen erkennt er. Eine Frau sagt: »Das ist für Ihren Kleinen, Frau Sedlhuber.« Ein Geschenk für ihn. Aber seine Mutter bringt es ihm nicht. So eine Gemeinheit.

Er hört das Klappen der Küchenschranktür und Gläserklirren und Stimmen und Lachen.

Jetzt kommt der Radau der Erwachsenen aus seinem Kinderzimmer, wo das schöne kalte Buffet steht. Das ist die beste Gelegenheit, sein Mitbringsel aus der Diele zu holen. Er flitzt über die Betten zur Tür hinaus und steht vor einem Mann.

»Ich will bloß mein Geschenk holen«, sagt er zu ihm und grapscht nach dem Päckchen.

»Was ist es denn?« fragt der Mann.

»Weiß nicht.« Sie wickeln es gemeinsam aus. Es handelt sich um ein kleines Polizeiauto. Damit gehen beide zu Boden und sausen los. Daniel macht »Hüahüahüa...«

Sein Vater hört das Sirenengeheul beim Weinnachschenken. »Wer hat denn – verdammt noch mal – den Knaben rausgelassen?« zischt er seiner Frau zu. Sie geht nachsehen.

Auf der Diele ist niemand mehr. Daniel hat den netten Mann aufgefordert, ins Schlafzimmer mitzukommen. Da habe er noch mehr Polizeiautos.

Ein Gast im Schlafzimmer! Wo sie alles hineingeschmissen haben! Wo es ausschaut wie in einer Räuberhöhle! Der muß ja denken, sie wären Schlampen. (Dabei ahnt sie noch nichts von dem mit Kirschsaft bekleckerten Kissen!) Sie öffnet die Tür und sieht den Chef ihres

Mannes quer über den Ehebetten liegen und mit Daniel Funkstreife spielen.

Sie fällt nicht in Ohnmacht, aber beinah!

Als der Chef genug hat vom Polizeiautofahren, schnappt sich Daniel mit seinem herzgewinnenden Lächeln einen anderen Dummen, der mit ihm spielt. Die Eltern verbieten es, die Gäste sagen: »Aber warum denn, er ist doch so lieb!«

Somit lernen noch mehrere den verwegenen Wohnstil der Sedlhubers in ihrem Intimbereich, sprich Schlafzimmer, kennen.

Um drei Uhr früh ist alles vorbei.

»Du, das schwör ich dir«, sagt Daniels Vater zu Daniels Mutter beim Ausziehen und blickt dabei auf das Kinderbett, in dem sich nun nichts mehr rührt. »Nie wieder Party mit dem da. Das nächste Mal bringen wir ihn vorher zu deinen Eltern.«

»Deinen Chef müssen wir leider noch mal einladen«, sagt sie, ihr Kopfkissen abziehend. »Dann lassen wir die Schlafzimmertür weit offen.«

»Warum?«

»Damit er sieht, wie ordentlich es sonst bei uns ausschaut.«

»Was soll's«, sagt der Vater. »Dann läßt sich Daniel was anderes einfallen, womit er uns blamiert.«

Benjamin spinnt

Neulich kam eine entfernte Verwandte zu Besuch. Sie betrachtete den dreieinhalbjährigen Benjamin ausführlich auf der Suche nach Familienähnlichkeiten, fand keine, wohl aber, daß seine Augen viel zu nah beieinander ständen.

»Paßt bloß auf«, warnte sie, »Menschen mit so engstehenden Augen nehmen es selten mit der Wahrheit genau.«

»Wo hast du denn den Quatsch her?« wurde sie ausgelacht.

»Ich habe eben Erfahrungen.«

»Und die hast du bei dir zu Haus in Unterpfaffenhofen gesammelt?«

Darauf war die Verwandte beleidigt und ist einen Zug früher als vorgesehen heimgefahren. Benjamin war das nur recht so, schon wegen Mucky Fantl, der sich während des Verwandtenbesuches im Klavier hatte verstekken müssen. Nun durfte er wieder vorkommen und am Familienleben teilnehmen.

Es handelte sich bei Mucky um einen niedlichen jungen Elefanten, den Benjamin eines Abends erfunden hatte, um das Ins-Bett-Gehen hinauszuzögern. Ein liebes, zutrauliches Tierchen. Er konnte mit seinem Rüssel Kringel malen. Manchmal ritt Benjamin auf ihm, und manchmal saß ihm Mucky auf der Schulter. Er wedelte wie ein Hund, wenn Bennys Vater nach Hause kam, und er ist es auch gewesen, der die große Vase im Wohnraum kaputtgeschmissen hat.

Benjamin kann es beschwören! Eines Tages zog ein gleichaltriges Mädchen ins Nachbarhaus. Benjamin, von Natur aus kontakt- und mädchenfreudig, lernte sie bereits am Umzugsvormittag auf der Straße zwischen abgestellten Küchenmöbeln kennen.

Er war begeistert von ihr. Sprach in den folgenden Tagen nur noch von Carola Nebenan. Ging sie bereits zur Frühstückszeit besuchen. Als er sie gut genug kannte, nahm er einmal Mucky Fantl mit ins Nebenhaus. Außer bei den Großeltern hatte Mucky sonst noch nie Besuch gemacht.

Aber Carola war ein realistisch denkendes Mädchen. Sie konnte mit einem unsichtbaren Elefanten nichts anfangen.

Da verlor auch Benjamin die Lust an ihm.

Seine Mutter erkundigte sich: »Was macht eigentlich der Mucky?«

»Ach«, sagte Benjamin, »der ist krank und möchte seine Ruhe haben.«

»Der Mucky krank?« Das tat ihr aber leid. Es ist erstaunlich, wie leicht man sich an einen unsichtbaren Elefanten gewöhnen kann, wenn man ein paar Wochen mit ihm gelebt hat.

»Was hat er denn?«

»Rüsselschmerzen.«

»Aber dann müssen wir uns um ihn kümmern!«

»Ich sagte dir doch, daß er seine Ruhe haben will«, und Benjamin ging zu Carola Nebenan. Seine Mutter hatte dennoch ein schlechtes Gewissen dem kleinen, unsichtbaren Elefanten gegenüber, der irgendwo in der Wohnung vor sich hin litt. Sie hätte ihn gern getröstet, denn sie hing inzwischen an ihm.

Nicht so Benjamin. Er ging ganz unsentimental mit seinen Erfindungen um. Wenn sie ihm keinen Spaß mehr machten, wurden sie einfach vergessen. Aus und vorbei.

Dafür – von Carola Nebenan entzückt – hatte er einen neuen Einfall. Er wollte auch ein Mädchen sein. Und zwar mit Kleid.

»Benjamin mit Kleid!? Jetzt reicht's«, erklärte sein Vater, worauf Benjamin sich an seine Mutter mit der Frage wandte: »Wozu brauchen wir eigentlich einen Vater?«

Drei Tage lang lag er ihr in den Ohren und auf den Nerven herum: Ich will ein Kleid, ein Kleid, ein Kleid, ich will ein Kleid... bis sie, vom steten Fordern gehöhlt, zu Carola Nebenans Mutter ging und ihr Benjamins Anliegen vortrug. Sie kriegte ein Dirndl gepumpt.

Benjamin war selig, zog es überhaupt nicht mehr aus und verlangte, daß man ihn von jetzt an Elisabeth rufen möge.

Ersparen wir uns den Kommentar seines Vaters dazu, die elterlichen Diskussionen. Auch die Nachbarn schüttelten die Köpfe: Der geht bestimmt mal zum Ballett!

Fremden dagegen fiel nichts Absonderliches an dem kleinen, schwarzköpfigen Dirndlkind auf, solange es nicht sein kreischendes Spiel unterbrach, um an einem Baum sein Röckchen zu heben und – nein! Ein Dirndl, das in hohem Bogen pinkelt, das gibt's doch nicht.

»Wie heißt du denn, mein Kind?«

»Elisabeth.« Und dazu ein unschuldiger Blick aus engstehenden Augen.

Zu seinem vierten Geburtstag wünschte sich Elisabeth ein Plättbrett und ein Bügeleisen und gab gleichzeitig kund, daß er auf keinen Fall vier Jahre alt werden würde ohne Plättbrett und Bügeleisen.
Seine Mutter sagte in Gottes Namen ja. Sein Vater sagte, nun spinnen bereits zwei in der Familie. »Es muß dringend was geschehen.«
Sie meldeten ihren Elisabeth im Kindergarten an.
»Aber nicht im Dirndl«, heulte der Vater auf.
Benjamin, der daneben stand, schüttelte bloß den Kopf. Wie dumm doch dieser Vater manchmal war.
Dann brachte er sein Plättbrett und das Bügeleisen zu Carola Nebenan und gab auch das Dirndl zurück, denn nun war er lange genug Elisabeth gewesen.
»Nun bist du endlich wieder unser Benjamin«, freuten sich die Eltern.
»Nein«, sagte Benjamin, »jetzt bin ich Sheriff Kittler.« Und malte sich einen heftigen schwarzen Bart ins Gesicht.
Dagegen protestierte nicht einmal sein Vater. Es war ihm immer noch lieber, Benjamin ging mit Bart als mit Dirndl in den Kindergarten.
Aber im stillen fragte er sich manchmal: Was ist das bloß für ein Kind? Sollte es vielleicht doch etwas mit seinen engstehenden Augen zu tun haben?
An »Elisabeth« erinnerte sich Benjamin nur noch, wenn er einmal Fotos aus dieser Zeit in die Hände bekam.
»Ach ja, das war, als ich noch ein Mädchen war...«
Nach sechs Wochen Kindergarten kam er eines Mittags wutschnaubend nach Haus, schimpfte vor moralischer

Entrüstung nur so um sich herum: »Der Uli, Mensch, der Uli!« (Sein Kindergartenfreund) »Der lügt. Das ist ein Lüger!! Der lügt mir alles nach!«
Damit hätte der Uli dem Benjamin um ein Haar den Spaß an der schönen Spinnerei verdorben.

Daniel, Wilhelm, Ernst, Josef, Emmi

Jedesmal, wenn sie die Großeltern besuchten, wurden sie gefragt: »Wann laßt ihr den Buben endlich taufen?«
»Bald«, versicherten seine Eltern.
Darüber wurde Daniel immer älter. Als er beinah vier war, reichte es seiner Großmutter. Sie suchte von sich aus ein hübsches, langes Wochenende im Kalender aus, ein geradezu tauffreudiges Wochenende, und verschickte auch gleich die Einladungen.
Als Taufpaten waren Onkel Josef und ein der Familie seit vielen Jahren verbundenes Fräulein Emmi ausersehen. Für das strenggläubige Fräulein erfüllte sich damit ein Herzenswunsch. Endlich würde ihr kleines Herzerl kein Heide mehr sein.
»Was ist denn Taufe?« erkundigte sich Daniel bei ihr.
»Sie ist das erste und grundlegende Sakrament des Christentums, das die Erbsünde tilgte...«, und als Fräulein Emmi seinen nichtsbegreifenden Blick auffing, drückte sie sich konkreter aus. »Durch die heilige Taufe

wirst du in die Kirche aufgenommen und endlich ein kleiner Christ.«

»Nein!« Daniel wollte kein kleiner Christ werden. Er wollte ein kleiner Sedlhuber bleiben, dammtnochmal.

Sein Großvater meinte, es hätte schon etwas für sich, wenn man die Kinder im Säuglingsalter tauft. Da brauchte man ihnen noch nichts zu erklären. »Sagen wir ihm doch, die Taufe wäre ein Fest wie Geburtstag, das begreift er am ehesten.«

Das begriff Daniel sofort. »Mit Geschenken? Kriege ich ein Rennauto?«

Genau diese Erklärung zum merkantilen Denken hatte Fräulein Emmi vermeiden wollen. Daniel sollte sich der einmaligen, heiligen Wichtigkeit des Taufaktes bewußt werden und nicht dabei an Rennwagen denken. Also beschloß sie, mit ihm in die Kirche zu gehen, sobald dort eine Taufe stattfinden würde. Damit der Bub wenigstens einen Eindruck erhielt.

Leider kamen sie zu derselben zu spät, weil das klausichere Einparken seines Dreirades zu viel Zeit in Anspruch genommen hatte.

Der Taufakt war bereits vorüber, und der Täufling schrie wie am Spieß.

»Warum brüllt der so?« fragte Daniel. »Tut Taufen etwa weh?«

»Nein, überhaupt nicht, es ist wunderbar. Der Kleine hat sich nur so erschrocken, wie ihn der Pfarrer mit Wasser besprengt hat.«

»Mit warmem oder kaltem?«

»Mit geweihtem«, wand sich Fräulein Emmi heraus.

Nach der Heimkehr von der Kirche taufte Daniel seine Plüschtiere so gründlich, daß seine Großmutter sie anschließend fönen mußte. Dann reisten die Verwandten an. Daniel war inzwischen haarschneiden, hatte neue Schuhe und auch sonst alles neu. Dachte, er wäre nun Hauptperson. Ging statt dessen total in den hektischen Festvorbereitungen unter. Hörte einmal, wie seine Tante Hete fragte: »Wie sind denn eigentlich seine Taufnamen?«
Das interessierte ihn auch.
»Daniel – Wilhelm und Ernst nach seinen Großvätern – und Josef nach seinem Patenonkel.«
»Jetzt wird Fräulein Emmi aber traurig sein«, sagte Daniel.
»Warum?«
»Weil sie ja auch meine Pate ist. Wennschon, dann möchte ich Daniel, Wilhelm, Ernst, Josef, Emmi heißen.«
Am Morgen des großen Tages wollte ihm Fräulein Emmi ihr Taufgeschenk umbinden: ein goldenes Kreuz an einem Kettchen. Er schrie Protest. Wollte kein Halsband mit Schutzengel. War ja schließlich kein Mädchen! Erst als sein Großvater, der gerade beim Rasieren war, mit einem Perlenhalsband seiner Frau auftauchte und sein Vater sich eine Kette auslieh, war er bereit, sich von dem tief gekränkten Fräulein Emmi den Schutzengel umbinden zu lassen.
Statt der versprochenen Feierlichkeit erlebte Daniel Nervosität um sich herum. Keiner hatte an die Taufkerze gedacht. Auf dem Weg zur Kirche mußten seine Eltern wieder umkehren, weil sie die Dokumente vergessen

hatten. Pate Josef war die Laune verdorben, weil ihn die Polizei blitzte. Nicht mal auf dem heiligen Taufgang hatte man Ruhe vor denen! Zwei geschiedene Großeltern wollten nicht auf derselben Kirchenbank sitzen, aber auch keiner von ihnen in der Reihe dahinter. Onkel Alfons' Krückstock fiel mehrmals hallend um. Seine Frau Hete zischte ihn deshalb an. Alle haben es gehört.

Fräulein Emmi verschluckte sich an ihrer tränenreichen Rührung. Nun hustete sie Rührung. Jemand machte »Pschscht!« Und Daniel, der Täufling, war auch noch da. Vor Angst verstand er kein Wort, was der Pfarrer predigte, weil er ständig an das Taufwasser denken mußte, und wer ihn wohl hinterher fönen würde so wie seine Plüschtiere.

Aber dann waren es nur ein paar Tropfen, die seine Stirn benetzten, und dazu spielte die Orgel was Leises, Feierliches von Haydn.

Auf einmal mußten alle anwesenden Frauen weinen, als ob Schlimmes passiert wäre. Daniel heulte sicherheitshalber mit.

»Ist er nicht goldig, unser Herzerl?« schluchzte Fräulein Emmi. »So klein und schon gerührt.«

Nun war Daniel, Wilhelm, Ernst, Josef, Emmirich Sedlhuber endlich Christ und drängte zur Heimfahrt. Wegen der Bescherung, die man ihm nach dem Taufakt versprochen hatte.

Er hoffte auf Rennautos und Pistolen und auf eine Hupe für sein Dreirad.

Aber was fand er statt dessen auf der Kommode im Wohnzimmer vor? Ein Tischtuch mit Hohlsaum, auf dem sich Blumentöpfe drängelten und Telegramme und dazwischen silberne Löffel, Serviettenringe, Meyers Lexikon von Tante Hete (zu jedem Geburtstag ein Band), ein silbernes Zigarettenetui und Manschettenknöpfe und ein Goldstück, das ihm aus der Hand und unter den Bücherschrank kollerte. Wo waren denn nun die versprochenen Geschenke?

»*Das sind* deine Geschenke, Herzerl!«

»Das sind keine Geschenke«, begehrte er auf, »das sind Löffel, Ringe, Knöpfe und Schachteln...«

»Ogott«, sagte Tante Hete, die in Hörweite an ihrem Sektglas drehte.

Sie ging von Stehgruppe zu Sitzgruppe, bis alle Daniels Kommentar zu den Präsenten erfahren hatten.

Nun waren die Geladenen gekränkt. Schließlich hatten sie tief in die Tasche gegriffen oder zumindest in das Schubfach mit den eigenen Taufgeschenken, aus dem zum Beispiel der Mokkalöffel stammten, wer braucht denn heute noch Mokkalöffel, aber immerhin ein halbes Dutzend und das bei den rapide steigenden Silberpreisen...

Einzig die goldene Uhr von den Großeltern interessierte Daniel, die hätte er gern auseinandergenommen, aber die – so wurde ihm mitgeteilt – durfte er erst zu seiner Kommunion anziehen. Oder noch später.

Somit war auch die Uhr für Daniel gestorben. Denn später, wenn er groß war, wollte er eine wasserdichte haben ohne Zifferblatt, mit Computerzahlen.

Für den ganzen unnützen Kram sollte er sich auch noch bedanken, mit Bussis.

Daniel fiel noch rechtzeitig ein, daß er Pipi machen mußte. Er verließ an Fräulein Emmis Hand die Szene und kam so schnell nicht wieder. Man vermißte ihn übrigens nicht.
Die Erwachsenen feierten seine Taufe mit viel Speisen und Getränken, die eine renommierte Stadtküche samt Bedienung geliefert hatte. Weder Pudding noch Eis zum Nachtisch. Aber wer kümmert sich bei einer Taufe schon um die Wünsche des Hauptakteurs –!?
Dieser brrte mit einem schäbigen, kleinen Auto unter der Festtafel zwischen den Verwandtenfüßen, von denen schon mehrere die Schuhe ausgezogen hatten, herum. Umfuhr sorgsam sich räkelnde Zehen – brrtüüü-tüüü . . ., dennoch hätte es beinah einen Zusammenstoß gegeben, und zwar mit einem männlichen Lackschuh, der sich ganz unverhofft an eine rote Sandale heranschob und draufstieg, was dieser nichts auszumachen schien, wohl aber Daniel, denn nun war ihm eine Ausfahrt versperrt.
Oberhalb des Tisches wurde es immer lauter und lustiger. Einmal fragte seine Mutter: »Wo ist denn Daniel?«
»Unterm Tisch«, sagte Fräulein Emmi. Da hoben sie an mehreren Stellen das Tischtuch an und lugten nach ihm: »Spielst du schön, Herzerl?« und hatten ihn schon wieder vergessen. Alles in allem war Daniel reichlich enttäuscht von diesem groß angekündigten Ereignis und würde sich so bald nicht wieder zu einer Taufe überreden lassen.

Bis es endlich soweit ist...

24. Dezember, 6 Uhr früh. Anette rüttelt ihre Eltern wach und fragt, ob das Christkind schon da ist. Anettes Vater stöhnt: »Nei-ein.«
»Warum nicht«, fragt Anette.
»Weil das Christkind auch noch ne Stunde schlafen möchte. Darum.«
Kurz vor acht schwärmte die Familie zum Anstehen aus. Der Vater steht beim Fischladen an, die Mutter beim Metzger, Peter beim Bäcker und Anette vor der Tür zum Weihnachtszimmer. Damit sie die Ankunft des Christkinds nicht verpaßt.

8 Uhr 55. Peter holt den Weihnachtsbaum vom Balkon ins Wohnzimmer. Er schneit Nadeln auf den Teppich. Mickrig ist er auch, wer hat sich denn den andrehen lassen? »Es war ein Sonderangebot«, nuschelt der Vater und stülpt den Keller nach dem eisernen Ständer um. Und bellt Vorwürfe retour: »Wieso wird in diesem Haus nie etwas so weggeräumt, daß man es gleich wiederfindet, wenn man es braucht. Kann mir das mal einer sagen!?«

Von 9 Uhr dreißig bis 10 Uhr 14 schnitzt er am Christbaumstamm wie an einem zu groß geratenen Bleistift herum. Dann paßt er endlich ohne Schlagseite in den Ständer.

Es erhebt sich die Frage, ob in diesem Jahr ein stimmungsvoller Baum mit brennenden Kerzen oder ein garantiert brandsicherer mit elektrischer Beleuchtung hergerichtet werden soll. Die Kinder entscheiden sich für einen stimmungsvollen. Zur Sicherheit wird er mit Minimax (Vorkriegsmodell), Feuerpatsche, Sandeimer und gefüllter Gießkanne umzingelt.
Während die Mutter ihn schmückt, stellt sie fest, daß sie nicht genügend Kerzen hat. Peter wird losgeschickt. »Und bring zur Sicherheit noch ein Pfund Butter mit, Junge, hörst du?«

11 Uhr 23. Ein Postauto hält vorm Haus, Anette sieht es vom Fenster aus. Riesenspannung: Bei wem klingelt der Postmann mit dem Paket!?
Bei den Neumanns oben. Ach, wieso denn bei Neumanns? Die haben doch gar keine Kinder. Wozu brauchen alte Leute ein großes Paket?
Bis 11 Uhr 50 ist die Mutter mit dem Aufstellen der Geschenke beschäftigt. Anettes Päckchen (eingewickelt in Vorjahrsschmuckpapier, das noch nicht allzusehr zerknittert ist) kommen auf die Kommode, Peters auf den kleinen Tisch, die Eltern teilen sich das Sofa, und die Großeltern werden auf dem Klavier beschert. Hoffentlich gefällt Oma die Bluse. Sie sagt ja nie, was sie sich wünscht, bloß immer diese falsche Bescheidenheit: »Kindchen, ich brauch wirklich nichts. Das einzige, was ich mir wünsche, ist, daß ihr gesund bleibt.«
Ich möchte mal ihr Gesicht sehen, denkt ihre Tochter, wenn sie am Heiligen Abend mit liebevoll eingewickel-

ten Päckchen bei uns eintrifft, und es liegt auf ihrem Gabentisch nichts anderes herum als unsere Gesundheit, mit Peters Schnupfen als Dekoration.
Kann sie nicht sagen: Ich brauche eine Kaffeemaschine und eine Schürze?
Ein Glück wenigstens, daß Schwägerin Hilde mit einer Kollegin aus dem Büro nach Teneriffa geflogen ist. Das ist das schönste Geschenk für die Mutter: Einmal Weihnachten ohne Hilde! Wenn sie bisher anreiste, wünschte sie sich nur ein mageres Süppchen und einen Toast als Festessen, »du weißt doch, Liesl, meine Galle!«
Und dann fraß sie der Familie den halben Karpfen mit Buttersoße und Sahnemeerrettich fort, und anschließend lag sie flach und hatte Koliken. Einmal Weihnachten ohne Notarzt!
Hilde pflegt ihre Geschenke auf ihren weiten Reisen zu kaufen, denn auf Reisen sitzt ihr das Geld locker, sagt sie. So ist die Familie schon zu imitierten Schrumpfköpfen, bemalten Kokosnüssen, Muscheleulen und lila Mexikanerhüten mit Silberkordel gekommen. – Wohin mit all dem Zeug in ihrer mit gediegenen süddeutschen Bauernmöbeln eingerichteten Wohnung, in der das einzig Exotische bisher ein norddeutsches Biedermeiersofa gewesen war.
Vorige Weihnachten hat der Vater von seiner Schwester Hilde zusätzlich zu einer sehr unanständigen Holzfigur aus Haiti eine von Hilde in den Landesfarben umhäkelte Klorolle erhalten mit der Ermahnung, sie sichtbar vorm Heckfenster seines Autos zu postieren. Nun mag der Vater aber umhäkeltes Toilettenpapier nicht sehr und

sieht auch seinen Sinn nicht ein, denn wenn ihn in der Stadt ein unverhofftes Bedürfnis zur Schleunigkeit beflügelt, findet er auch irgendwo ein Klo und auf seinen Fahrten über Land ...

Allein die Vorstellung, in der Eile die Rolle aus ihrer Häkelei zu fummeln, dann ab damit ins Dickicht, danach die Rolle wieder ins Gehäkelte zurück, und überhaupt ist das bisher mit Kleenex als dem Handschuhfach so unkompliziert gewesen ...

Bei ihrem letzten Besuch im September fiel es Hilde in den ersten fünf Minuten auf: kein putziges Klorollen-Häkelhütchen vor der Heckscheibe des brüderlichen Wagens, ja, warum nicht? Da hatte sie sich soviel Mühe gemacht, allein mit dem gewellten Rand ...

»Ich hab's auf einem Parkplatz vergessen«, bedauerte ihr Bruder.

»Auf welchem?« wollte Hilde wissen.

Ja, du lieber Herr Gesangverein, auf welchem – es fiel ihm auf die Schnelle nur einer »in der Höhe von Murnau« ein.

Hilde bewegte sein Geständnis in ihrem Herzen.

12 Uhr. Anette brüllt gegen das Mittagsläuten des nahen Kirchturms an. Brüllt wie am Spieß. Was ist denn nun schon wieder?

Aus ihrem Schluchzen ist zu vernehmen, daß sie in der »Eile gestolpert und gegen die Tischkante geflogen ist. Hier. Sie zeigt wo auf ihrer Stirn. – Messer auflegen, damit keine Beule daraus wird. Schokoladenplätzchen auf den Kummer legen, damit er vergeht. Getröstet

fragte Anette, wann denn nun endlich das Christkind kommt.
»Bald«, sagt die Mutter.
»Wann ist bald?« fragt Anette.
(Gibt's denn noch nichts Vernünftiges im Fernsehen?)

12 Uhr 47. Türklingeln. Auch das noch. Wer kommt denn nun? Wie das hier aussieht, am besten nicht aufmachen. Ruhig klingeln lassen. Anette sagt, vielleicht ist es das Christkindl, und schaut aus dem Küchenfenster. Es ist nicht das Christkindl, aber Opa und Oma. Sie haben einen Zug früher genommen als angekündigt und noch nicht zu Mittag gegessen, »aber bitte, bitte, Liesl, mach dir keine Umstände.« Der Vater führt Oma und Opa ins Schlafzimmer, denn ins Wohnzimmer darf keiner mehr vor der Bescherung hinein. Die Oma sagt zu ihrem Schwiegersohn, daß sie ihm was Wertvolles aus dem Familienbesitz mitgebracht hätten. An sich sollte er das mal erben, wenn sie beide tot sind, aber Opa hat auch gesagt: »Mit warmer Hand geben ist schöner als mit kalter.«
Und diese bedeutende Mitteilung fünf Minuten vor Ladenschluß! Der Vater (ohne persönliches Geschenk für sie, überhaupt nicht daran gedacht) schießt auf Hausschuhen zur nächsten Drogerie, schmeißt sich mit Schulter gegen bereits geschlossene Ladentür, bummert mit Fäusten, japst: »Aufmachen! Brauche dringend warmen Dank für Schwiegermutter! Am besten Parfüm – na ja, Kölnisch Wasser tut's auch –«

1 Uhr 15. Die Mutter vermißt Peter mit den Kerzen und der Reservebutter. Wo steckt er denn nur? Er ist schon Stunden fort – der Bub kostet sie noch den letzten Nerv (den allerletzten kostet sie Anette mit ihrer Christkindlfragerei) – außerdem muß sie zu ihren Nachbarn Nonnenmachers, die haben ihre Gans in der Gefriertruhe aufbewahrt.
Die Mutter klingelt also bei Nonnenmachers. Und wer öffnet? Ihr Sohn Peter. Mit einem Teesieb in der Hand, in dem ein Zierfisch zappelt. Sie schreit: »Ich denke, du bist Kerzen holen! Statt dessen siebst du Nonnenmachers Schleierschwänze!«
»Ich war Kerzen holen«, sagt Peter. »Als ich heimkam, hörte ich sie kreischen. Da habe ich geklopft.«
»Was war denn los?«
Sein Gesicht erhellt ein Grinsen: »Ihr Aquarium ist geplatzt!«
»Ja und?« fragt die Mutter.
»Stell dir mal 200 Liter Wasser im Wohnzimmer vor!«
Das kann sie nicht. Muß aber trotzdem lachen – sie hat ja auch kein Aquarium, das am 24. Dezember platzen kann. Über pitschnasse Auslegeware und Teppiche hüpft die Mutter vom Flur zum Wohnraum. Dort trifft sie auf Nonnenmachers in Gummistiefeln, die lachen gar nicht. Verdorbener Fußboden, verdorbenes Fest und obendrein Kurzschluß. Die Zierfischchen – lauter kostbare Exemplare – schwammen nach dem Malheur unters Sofa, unter die Heizkörper und sogar unter den Weihnachtsbaum, überall dorthin, wo Fische sonst selten hinkommen und auch gar nicht gerne hinwollen. Zwei

fehlen noch, die haben sie noch nicht gefunden, und wenn sie sich die ganze Bescherung so besieht, dann möchte sie am liebsten auswandern, jammert Frau Nonnenmacher.

3 Uhr 40 Minuten. Anette fragt zum – ach, das kann man schon nicht mehr zählen –, wann das Christkindl nun endlich kommt. Sie wird von ungeduldigen, nach Heringssalat duftenden Händen winterlich eingepuppt und mit Großvater an die Luft geschickt – »und kommt ja nicht so bald wieder, hört ihr?«

Opa und Anette gehen unter einem Schirm, weil es stürmt und nieselt. Das ist typisch – vor Weihnachten haben sie den schönsten Schnee, und sobald der 24. Dezember naht, setzt Tauwetter ein.

Opa steuert die nächste Wirtschaft an und bestellt einen Grog für sich und eine Cola für Anette. Der Wirt sagt zu Opa: »Eahm schaungs o«, er zeigt auf einen älteren Beamtentyp, der einsam am Tisch sitzt und in einem Notizblock blättert. »An jeden Weihnachtn spuit er desselbe Spui«, und weil er Opas hilflosem Blick begegnet – er ist gebürtiger Hannoveraner –, bemüht er sich um ein gespreiztes Hochdeutsch. »Also, der Wittler, so heißt er, geht vor jeden Weihnachten durch die Kaufhäuser mit seinem Notizblock und schreibt die Preise für Geschenke für eine vierköpfige Familie auf, dann zählt er sie zusammen und schimpft auf das Erpresserfest, das den Menschen den letzten Groschen aus der Hose zieht und sie auch noch in Schulden stürzt –«

Oh, das kann er verstehen, nickt Opa, er hat selbst drei

Kinder und den Waisen von seinem verstorbenen Bruder –

»Sie verstehen eben nicht richtig«, sagt der Wirt, »weil ist der Wittler ein Junggeselle.«

Und das versteht Opa nun wirklich nicht.

»Nämlich ist das so, der Wittler notiert sich Jahr für Jahr aus Freud am Geiz, was er alles spart, indem er *nicht* für eine Familie zu Weihnachten einkaufen muß.«

»Aha«, sagt Opa und schaut zum Wittler hinüber – da hockt er am Heiligen Nachmittag vor einem kleinen abgestandenen Bier und blättert ziellos in seinem Notizbuch. »Also, froh sieht der nicht aus.«

»Nein«, sagt der Wirt, »weil spart sich der Wittler immer mehr zum armen Schwein, wo er doch niemanden zum Ausgeben hat.«

4 Uhr. Zu Hause ist dicke Luft. Der Vater mosert, weil er seinen dunklen Anzug anziehen soll. Mit Krawatte.

»Wozu denn, kommt doch keiner.«

»Und wir?« fragt Oma pikiert. »Sind wir vielleicht gar nichts?« (Oh, wären sie doch lieber zu ihrer Tochter nach Osnabrück gefahren!) Beim Heimkommen findet Anette Engelshaar auf dem Flurteppich. Das Christkindl ist endlich da!

Wie spät ist es? Halb fünf? Ja, dann könnten wir doch langsam anfangen. – »Zündest du die Kerzen an? – »Oma ist schon wieder beleidigt, kannst du mir sagen, warum?« – »Ruhe, Anette, gleich ist es soweit!«

»Hast du die Platte mit den Weihnachtsliedern?« »Aber das ist doch Udo Lindenberg. Müßt ihr die Dinger immer in die falschen Hüllen stecken, ja? In diesem Hause ist nie was an seinem Platz.«

»Nun mecker nicht, ich tu's auch nicht, obgleich ich nicht mehr stehen kann. Meine Füße, also ich bin total geschafft – wo hab' ich denn die Bimmel? – Alles klar? Dann klingel ich jetzt!«

Beim Ton des Glöckchens stolpert Anette, an Opas Hand, blinzelt vor seliger Befangenheit, ins Weihnachtszimmer. Peter sieht sofort seine neuen Skier.

Oma fängt die ersten Tropfen seelischer Erschütterung mit der Unterlippe auf.

Anettchen singt. »O du fröhliche, gabenbringende Weihnachtszeit«. Der Vater hält eine neue, in den Landesfarben umhäkelte Klorolle in den verdutzten Händen – »als Ersatz für die verlorengegangene«, hat Hilde dazu geschrieben.

Aller Ärger ist vergessen, alle Hetz der letzten Wochen, das Loch auf dem Konto, die schmerzenden Füße, Oma will auch nicht mehr zur anderen Tochter nach Osnabrück.

Vielleicht sollte man Nonnenmachers nach dem Abendessen rüberbitten!? Damit sie mal trockene Füße kriegen...

Weihnachten ist schön, nicht nur für Anette.

»Kommt das Christkind bald wieder?« fragt sie ihre Mutter beim Ausziehen.

»Nächstes Jahr.«

»Wann ist nächstes Jahr?« fragt Anette.

Regeljon

Regeljon ist ein Fach, das fängt mit Beten an und hört mit Beten auf, sagt Philip nach der zweiten Religionsstunde.
Und was lernt ihr dazwischen?
Wie Gott die Erde gemacht hat.
Erzähl mal, sage ich.
Es hat sechs Tage gedauert. Dann war alles fertig – Himmel und Land und Licht und nachts. Dann hat er alles, was nicht scin sollte, vollaufen lassen, es lief voll und soff ab. Auf den Rest hat er Bäume und Blumen und Tiere gepflanzt, und für das Wasser hat er Fische gemacht. Aber das war an 'nem andern Tag.
Und dann?
Dann hat die Regeljonslehrerin gesagt, wir dürfen malen, was wir wollen.
Und was hast du gemalt?
Na, Panzer, Mensch.
Martin Luther war ein großer Evangele. Der hat das Krankenhaus erfunden, in dem die Oma gestorben ist.

Philip lernt das sechste Gebot:
Du sollst nicht erbrechen.

In sein Religionsheft hat er geschrieben:
Gottes Rad ist wunderbar.

Adam und Eva waren die ersten Menschen. Die kriegten Kinder. Das wurden die ersten Erwachsenen.

Die erste Freundschaft

Daniels Eltern hängen bewegungslos in ihren Sonnenstühlen. Wenn sein kleiner Schatten über ihre heißen Bäuche fällt, verdunkelt sich gleichzeitig ihr Gewissen, weil sie ihrer Faulheit mehr Zeit widmen als seiner Spielfreudigkeit.

So ein Dreijähriger hat's wirklich nicht so einfach in einem Urlaubsort. Er stört in der Erholungsbedürftigkeit der Erwachsenen herum, und die größeren Kinder mögen mit so einem Kleinen noch nicht spielen. Ein Glück, daß Daniel seinen Putztrieb hat. Wenn er putzt, ist er wenigstens beschäftigt.

Daniel begibt sich zum Parkplatz, um mit Hilfe eines mütterlichen Badeanzuges die Autos zu entstauben. Er ist noch beim ersten Kotflügel, als sein Vater mit Riesensprüngen von der einen Seite naht, um ihn einzufangen, während von der anderen ein vollbepacktes Auto vorfährt: Es enthält ein Paar Eltern, zwei große Kinder, eine steifgesessene Oma (zum Zwecke des Babysittens mitgenommen) und einen strahlenden, selbstbewußten Jungen in Daniels Größenordnung.

Die Erwachsenen lächeln sich umgehend zu. »Wohnen Sie auch im Hotel?« – »Wie alt ist denn Ihrer? Unser Georg ist dreieinviertel.« (Bei Eltern von Kleinkindern geht das Anknüpfen sehr schnell, sind sie doch ständig auf der Suche nach einem gleichaltrigen Spielfreund.)

»Georg, gib dem Jungen die Hand. Ihr werdet sicher gute Freunde.« Georg, ausgestattet mit großen Geschwistern und einer Oma, die sich gebührend um ihn bemühen, sieht nicht ein, warum er sich mit diesem fremden, stummen, leicht verschüchterten Putzteufel auf Anhieb befreunden soll.

»Nein, lieber nicht die Hand«, entscheidet er.

Beim anschließenden Mittagessen sehen sie sich wieder. Die Eltern lächeln sich mehrmals zu. Die Kleinen gehen streng getrennt ihren Tätigkeiten nach. Daniel wischt die Krümel vom Tischtuch und anschließend mit seiner Serviette die Fliesen. Georg hat den Klappeffekt der Terrassentür entdeckt und tötet damit jeden Funken Kinderliebe in den übrigen Hotelgästen. In Daniel wächst Bewunderung für diesen Türknaller. Aber angukken tut er ihn nicht.

Es braucht zwei Tage und einen Regenguß, bis sie sich näherkommen. Sie klemmen beide – mit bewußtem Abstand voneinander – an der großen Scheibe der Hotelhalle und gucken hinaus. Daniel hat eine Socke ausgezogen und putzt damit seinen Atem von der Scheibe.

Das interessiert Georg. Er verringert den Abstand zu Daniel, welcher haucht und putzt und haucht ... und auf einmal ist er neben ihm. Haucht auch gegen die Scheibe, schaut Daniel abwartend an. Daniel schaut zurück. Inzwischen ist Georgs Puste auf der Scheibe von allein verschwunden. Das ärgert ihn.

»Joot!« schimpft er ihr nach. (So nennen sich seine großen Brüder, wenn sie einen Zorn aufeinander haben. Idiot!)

Daniel hängt bewundernd an Georgs Lippen. Georg, beflügelt durch diese Bewunderung, gibt noch ein paar

Flüche mehr aus seinem Repertoire zum besten. Zum Beispiel: »Wahrscheinlich!« und »Zeugnis!« Dabei stampft er mit dem Fuß auf und furcht die Stirn wie sein Vater.

Daniel ist überwältigt. Er möchte auch gern imponieren. Aber er kann noch keine Flüche. Vielleicht sollte er hopsen, um Georgs Interesse warmzuhalten.

Daniel hopst einmal versuchsweise durch diese Anerkennung, hopst zweimal. Georg auch. Sie hopsen immer wilder und beglückter, wollen sich ausschütten vor Lachen ... und das ist der Anfang ihrer Freundschaft.

Georg, der mit seiner Großmutter ein Doppelbett teilt, weckt sie bereits um sechs Uhr. »Ich will zu Daniel!«

Seine Großmutter macht ihm klar, daß es dafür noch viel zu früh ist. »Es schlafen doch noch alle.«

Alle Hotelgäste außer Daniel. Er vertreibt sich die Zeit bis zum Wiedersehen mit Georg, indem er sämtliche Schuhe mit seinem Waschlappen putzt. Eltern und Geschwister haben an Wichtigkeit verloren. Es gibt für Georg nur Daniel und für Daniel nur den Georg. Und vielleicht noch die Oma, die beider Freundschaft überwacht.

Sie geht mit den beiden ins Kaffeehaus, Eis essen.

Einmal kommen Daniels Eltern vorbei. Ihr Sohn kennt sie zwar noch, aber er rutscht nicht von seinem Stuhl und läuft ihnen nicht entgegen. Er lacht bloß satt »Höhö-!« Wie ein Kerl mit breiten Ellbogen auf dem Biertisch.

Sieben Tage lang ist das schön. Dann muß Daniel mit seinen Eltern abreisen. Georg und die Oma begleiten ihn auf den Parkplatz. Schauen zu, wie die Koffer verladen werden, das Buddelzeug und Daniels Putzmittel. Und keiner von beiden Jungen gibt Laut. Es herrscht wieder stumme Befangenheit zwischen ihnen. Wie beim Kennenlernen.

»Sagt euch schön auf Wiedersehen.«

Da schauen sie sich an und umarmen sich. Halten sich einen Augenblick lang ganz fest. Daniel wird in seinen Kindersitz geschnallt. Autotüren klappen. Verabschiedendes Hupen, als sich der Wagen in Bewegung setzt.

Daniel schaut durch das Rückfenster auf Georg.

»Du mußt winken«, sagt seine Mutter.

Daniel winkt.

»Du mußt winken«, sagt die Oma.

Georg winkt.

Daniel in seinem Kindersitz begreift plötzlich, daß er sich von seinem ersten wirklichen Freund entfernt. Wenn der Wagen um die Ecke biegt, wird er ihn nicht mehr sehen – heute nicht und morgen nicht und überhaupt nicht. Das tut ihm sehr leid. Aber er weint nicht, sondern es kommt ihm ein Wort in den Sinn, das in seiner starken Ausdruckskraft Eindruck auf ihn gemacht hat.

»Scheiße«, sagt er, »Scheiße, Scheiße –« vor sich hin, bis die Mutter sagt: »Nun ist es aber genug. Das will ich nie mehr hören.«

»Warum nich?«

»Weil es ein häßliches Wort ist. Wo hast du das überhaupt her? Von Georg?«

»Nein, von Papi.«

»Du sagst es mindestens zehnmal am Tag«, klagt die Mutter an.

»Es erleichtert mich«, entschuldigt sich der Vater.

»Ja«, sagt Daniel hinter ihm.

»Wieso ›ja‹? Warum hast du ja gesagt?« möchte die Mutter wissen, aber das kann er ihr mit Worten noch nicht erklären, dazu ist sein Wortschatz noch zu klein.

Und seine Erfahrung mit dem erleichternden Fluchen noch zu neu. Aber er fühlt sich zum ersten Mal männlich. Er hat über den Abschied vom Georg nicht geheult, er hat einfach das Wort »Scheiße« erfolgreich ausprobiert.

Zwei mögen Tante Wera nicht

Robbi lutschte Bonbons und guckte auf das weiße Wattemeer, über das die Maschine flog. Er dachte, wenn wir jetzt abstürzen, fallen wir ganz weich.

Hinter ihnen lag ein Kurzurlaub an der Atlantikküste. Robbis Vater hatte allein fahren wollen, aber im letzten Moment gab man ihm den Jüngsten mit. Die Wohnung wurde renoviert, und es hatte sich herausgestellt, daß Robbis bei Renovierungen störten.

»Hat's dir gefallen, Robbi?«

»O ja. War schön.«

»Was wirst du alles zu Hause erzählen?«

»Daß es schön war.«

»Und sonst?«

»Das von der Kuh und der Ölfarbe, das lieber nich«, sagte Robbi. »Du erzählst vielleicht auch nichts.«

Sein Vater versprach es und fügte mit jener pflaumenweichen Pädagogik, bei der der erhobene Zeigefinger leichte Knicke aufweist, hinzu: »Du weißt, Robbi, man darf nicht lügen. Aber man muß auch nicht alles erzählen. Was nicht bedeutet, daß du irgend etwas verschweigen sollst. Ich meine, wir Männer können ruhig ein paar Geheimnisse miteinander haben. Zum Beispiel die angestrichene Kuh und daß du einmal beinah ertrunken bist. Und öfter bis zehn aufbleiben durftest.«

»...daß du die Tante Wera beim Tanzen hingeschmissen hast und vielen Schnaps...«

»Das«, unterbrach ihn sein Vater sanft, »müssen wir auch nicht unbedingt erzählen.«

Und so kommen sie heim.

Robbi packt im renovierten Kinderzimmer seine Mitbringsel aus: eine große, rosa Muschel mit Meeresrauschen für Susi und einen getrockneten Seestern für Tom.

Die großen Geschwister fragen zum Dank dafür:

»Na, Robbi, wie war's denn? Erzähl mal.«

Robbi überlegt erst sorgsam, ob er auch kein männliches Geheimnis preisgibt, wenn er die Geschichte mit dem Auto erzählt. Aber an der sind weder sein Vater noch er selbst beteiligt gewesen. Robbi sagt: »Das Schönste war, wie die Tante Wera mit ihrem Auto an die Mauer vom Hotel gedonnert is. Krachpengbum.«

»Tante Wera?«

»Ja doch, sie is aus Versehen aufs Gas getreten und nich auf die Bremse.«
»Tante Wera?« fragt seine Schwester noch einmal.
»In die Mauer. Mit ihrem VW. Vorne war alles kaputt.«
»Wer ist Tante Wera?«
»Pappis Freundin«, sagt Robbi.
Seine Geschwister sehen sich an. »Bist du sicher, Robbi?«
»Klar. Sie mußte abgeschleppt werden.«
»Wie sieht sie denn aus?«
»Vorne alles kaputt, sage ich doch. Stoßstange. Scheinwerfer. Kühler.«
»Und die Tante Wera?«
»Der is nix passiert.«
»Wie die Tante Wera aussieht!«
Hingerissen von dem Interesse, das seine großen Geschwister endlich einmal für seine kleinen Geschichten aufbringen, packt Robbi aus.
»Sie hat gelbe, lange Haare. Bis hier so. Ein rundes Gesicht und rote Lippen und eine Nase.«
»Ist sie hübsch?«
Das kann Robbi nicht sagen. Er beurteilt Menschen noch nicht nach hübsch und häßlich, sondern nach nett und nicht nett und nach ihren Geschenken.
Tante Wera ist nett.
Ob sie groß ist oder klein?
»Größer wie Pappi.«
»Jung?«
»Ja.«
»Wie alt, Robbi?«

»Na, so fünfzig.«
»Aber dann ist sie doch nicht mehr jung.«
»Doch«, beharrte Robbi.
»Dann ist sie vielleicht dreißig?«
»Ja«, sagt Robbi, »dreißig is sie.«
Zählen kann er erst bis zwölf. Was darüber ist, ist ihm alles recht.
Hat die Wera im selben Hotel gewohnt?
»Über uns«, sagt Robbi.
Aha. – Ob sie den Vater geduzt hätte?
»Duzen?« fragt Robbi. »Was is duzen?«
Susi erklärt es ihm.
»Kann sein. Weiß nich mehr.«
»War das abends?«
Robbi eilfertig: »Abends war ich immer um sieben im Bett.«
»Und Pappi?«
»Der nich«, sagt Robbi, »hab' schon geschlafen, wenn der kam.«
Robbi weiß noch nicht, daß es Tanten gibt, die einem Vater gefährlich werden können. Er weiß nur, daß es Tanten gibt, die kleinen Jungen mit ihren unerwünschten Zärtlichkeiten auf den Wecker fallen. Seine großen Geschwister dagegen sehen in dieser gelbhaarigen, ihren Vater überragenden, zwischen 30 und 50 angesiedelten Wera eine ernsthafte Gefahr für ihr Familienleben. Sehen häusliche Szenen, Trennung, Scheidung, eine leidende Mutter, gerichtlich festgelegte Besichtigungszeiten für den Vater voraus und – eine gelbe Stiefmutter. Sie sind alarmiert. Beobachten von Stund an

ihren Vater. Wo geht er hin? Sieht er diese Wera? Und wenn, wie oft? Wo wohnt sie wohl?

»Robbi, wo wohnt die Tante Wera?«

»Nich hier, aber auch nich sehr weit weg. Hab' vergessen, wo.«

Susi ist eifersüchtig. Wie kommt der Vater dazu, mit einer wildfremden Person zu poussieren. Dafür hat er schließlich seine Tochter. Sie bespricht sich mit ihrem Freund Kai.

Kai sagt: »Na und? Was regst du dich auf? Väter sind schließlich auch bloß Menschen.«

Andere Väter schon. Aber der eigene? Nur die Mutter begegnet ihm noch herzlich, wenn er nach Hause kommt. Und Robbi natürlich. Krachpengbum.

Robbi baut eine Garage für seine Lkws. Susi und Tom hocken sich zu ihm. »Erzähl noch mal, Robbi. Wie war das mit der Tante Wera?«

»Also«, sagt er und klemmt einen blauen auf einen weißen Stein, »sie is aus Versehen aufs Gaspedal getreten –«

»Jaja, das wissen wir schon. – Was war mit Pappi und ihr? War sie nett zu ihm?«

»Ja.«

»Hat sie ihn geküßt?« fragt Tom.

»Sie wird ihn schon nicht vor Robbi geküßt haben«, sagt Susi.

»Doch, hat sie«, sagt Robbi, »wie wir abgefahren sind.«

»Weißt du, wie sie heißt?«

»Tante Wera.«

»Mit *Nach*namen, Robbi!!!«

»Weiß nich. Vielleicht Müller, vielleicht Schmidt. Frag doch Pappi.«
»Der ist verreist.«
»Vielleicht weiß es die Mutti«, sagt Robbi und steht auf, um zu ihr zu gehen. Er ist ja gerne gefällig.
Und fühlt sich im gleichen Moment vierhändig und grob niedergedrückt, von drohenden Stimmen überschüttet: »Wehe, wenn du Mutti fragst! Wehe!«
Jetzt wird Robbi störrisch. Jetzt sagt er überhaupt nichts mehr. Können sie noch so bitten.

Wochen später.
Susi hat eine Verabredung mit Kai. Sie wollen Blumen kaufen für den Geburtstag der Mutter. Im letzten Augenblick schließt sich Robbi ihnen an, die Hand voll Münzen. Er will auch was kaufen. Er will mit.
Kleine Brüder stören gerne. Dafür sind kleine Brüder schließlich da.
Robbi trabt also unerwünscht hinter den beiden her zum Blumenladen. Genießt die Straße. Autos. Lärm. Einen kleinen Hund.
»Komm endlich, Robbi, komm.« Kleine Brüder rennen entweder weg, oder sie trödeln hinterher. Kleine Brüder sind wirklich was Lästiges.
Bleibt der Robbi doch plötzlich stehen und stiert gebannt in eine Richtung, Grün kommt, Kai und Susi wollen auf die andere Straßenseite.
Robbi sagt: »Da is sie.«
Susi packt seinen Arm und zerrt ihn über den Damm.
»Da war sie aber«, sagt Robbi, als sie drüben sind.

»Wer denn, hrrgottnochmal?«
»Tante Wera«, sagt Robbi.
»Wo?« schreit Susi und schüttelt ihn. »Wo, Mensch? Warum hast du das nicht gleich gesagt?«
Große Schwestern kosten auch Nerven.
»Ich hab's gesagt«, sagt Robbi, »ich habe gesagt: Da is sie.«
»Wo??«
»Na, da.« Er zeigt auf eine blonde, große, junge Frau im braunen Hosenanzug auf der gegenüberliegenden Straßenseite. Umgeben von bunten Tragetüten steht sie da, wie ein vorm Laden angebundener Hund immer in die gleiche Richtung blickend.
Kai pfeift anerkennend durch die Zähne.
»Du sei ganz still«, droht Susi.
Tante Wera wartet offensichtlich auf jemand. Susi, Kai und Robbi warten auf das, worauf Tante Wera wartet.
Robbi wird es langweilig. Außerdem möchte er zur Tante Wera hinüber und sie begrüßen.
»Sie ist bestimmt mit unserm Vater verabredet«, sagt Susi. »Aber das Ding werde ich ihnen versalzen.«
Sie warten. Sie warten ziemlich lange. Robbi sitzt längst auf dem Pflaster und singt sich eins. Dann fährt auf der Drübenseite ein Wagen vor, hält, ein Mann, der nicht ihr Vater ist, steigt aus, verlädt alle Taschen und Tüten und Tante Wera selbst.
Sie fahren ab.
»Findste das?« staunt Kai.
»So ein Aas!« Susi flammt lichterloh vor sittlicher Empörung. »Betrügt doch meinen Vater mit einem andern!«

»Typisch Weiber«, sagt Kai.
»Das war Onkel Herbert«, sagt Robbi.
»Onkel Herbert? Wer ist denn Onkel Herbert, Robbi, sag doch mal.«
»Na, der Mann von Tante Wera.«
»Sie hat einen Mann?«
»Ja, aber der is nich so nett.«
»Woher weißt du, daß sie einen Mann hat?«
»Weil der auch da in den Ferien war, wo wir waren.«
Susi fällt über ihn her: »Und warum hast du das nicht gleich gesagt?«
Robbi mag das nicht, wenn man ihn anschreit.
»Warum denn«, sagt er gekränkt, »warum soll ich vom Onkel Herbert erzählen, wenn es nicht der Onkel Herbert, sondern die Tante Wera war, die in die Mauer gedonnert is, krachpengbum. Wie das passiert ist, war der Onkel Herbert schon abgereist.«
Susi und Kai sehen sich beinah erleichtert an.
»Na also. Also doch.«
Robbi mißtrauisch: »Wieso na also doch?«
Kai: »Hätte mich auch gewundert, wenn da nichts gewesen wäre.«
Susi: »Mich auch. Sag mal, Robbi...«
»Nein«, sagt Robbi, »ich sag' nichts mehr. Gaa nichts. Könnt ihr mir aufn Kopp stellen. Fällt kein Wort mehr raus.«

Redensarten

Unsere Schule liegt an einer gefährlichen Kreuzung, über die die Autos noch bei dreiviertel Gelb schießen und die Linkseinbieger bereits bei viertel Gelb einbiegen, weil sie so ein kurzes Grün haben. Alle sagen, wenn das nicht geändert wird, passiert mal ein Unglück. Jetzt ist eins passiert. Ein alter Mann wurde angefahren. Nun haben sie endlich die Ampel besser eingestellt. Darauf sagten die Erwachsenen: Typisch. Erst, wenn das Kind im Brunnen liegt, wird er zugedeckt. Das verstehe ich nicht. Es handelt sich doch eindeutig um einen alten Mann auf einer Kreuzung!

Neulich war ich beim Mittagessen über irgendwas sauer, wahrscheinlich darüber, daß es Spinat gab. Da sagte meine Mutter: Dir ist wohl eine Laus über die Leber gelaufen?

Schon wieder so ein dummes Gerede. Wenn schon eine Laus, dann war sie mir über den Spinat gelaufen.

Meine Oma sagt gern, ich wär so dumm wie Bohnenstroh. Aber sie weiß nicht, was Bohnenstroh ist, warum es dumm ist und weshalb ich so dumm wie Bohnenstroh sein soll.

Wenn ich sie dann frage, sagt sie bloß: Frag nicht soviel, iß lieber deinen Teller auf, damit es morgen schönes Wetter gibt.

Ein Schmarrn. Dem Wetter ist es piepegal, ob ich meinen Teller aufesse oder nicht, aber ich esse meinen Teller nicht auf, weil mir das Porzellan nicht bekommt.

Ich soll die blaue Mütze aufsetzen. Ich setze sie nicht auf, weil sie kratzt. Meine Mutter sagt, ich wäre eine Prinzessin auf der Erbse. Meinetwegen Prinzessin auf der Erbse, aber ohne kratzende Mütze. Da kommt mein Vater und schimpft: Hier wird nicht viel Federlesens gemacht. Du setzt sie auf und basta!

Federlesen? Was ist denn das schon wieder für ein dusseliger Ausdruck, frage ich. Das macht meinen Vater wütend. Er bietet mir einen Katzenkopf an (das arme Tier!) oder eine Maulschelle, Backpfeife, Ohrfeige – alles so unverständliche Wörter. Warum sagt er nicht gleich, daß er mir eine runterhauen will?

Immer diese anzügliche Sprüchemacherei! Zum Beispiel: Wer den Pfennig nicht ehrt, ist des Talers nicht wert. Taler gibt's ja gar nicht mehr, schon nicht mal mehr, wie mein Opa noch ein Kind war. Nun frage ich mich, warum ich, wenn ich den Pfennig nicht genug ehre (für den es eh nichts zu kaufen gibt), kein Geldstück wert sein soll, das schon vor 70 Jahren aus dem Verkehr gezogen wurde.

Sie sagen, ich schlafe bis in die Puppen, meine Schrift sei unter aller Kanone, ich mache aus meinem Herzen keine Mördergrube und sei ein Galgenstrick.

Einerseits heißt es, ich wäre dumm wie Bohnenstroh, andererseits soll ich mein Licht nicht unter den Scheffel stellen. Weil keiner zu Hause wußte, was ein Scheffel ist, hab' ich im Lexikon nachgeschaut. Ein Scheffel ist 1. ein schon gestorbener Verfasser von bekannten Kneipliedern und Romanen und 2. ein altes deutsches Hohlmaß für Trockengut. Wenn ich nun mein Licht unter ein

Hohlmaß für Trockengut stelle, bedeutet das, ich stelle mich dümmer, als ich bin. (Ein Quatsch!)
Ich habe meine Eltern gefragt, warum sie solche Redensarten verwenden, wenn sie selber nicht genau wissen, was sie bedeuten. Darauf hielt mir mein Vater einen Vortrag über sprachliches Erbgut, das von Generation zu Generation überliefert wird.
Ich sagte, na schön, aber was soll's, wenn's keinen Scheffel und keinen Taler und keinen Krug mehr gibt, der zum Brunnen geht?
Trotzdem behalten die Redensarten ihren tieferen Sinn und sind noch immer sehr zutreffend, sagte mein Vater. Er erinnere nur an den Ausspruch »Es ist leichter, einen Sack Flöhe zu hüten als ein junges Mädchen«. (Dabei sah er meine ältere Schwester durchdringend an.) Meine Mutter sagte, wie sie neulich auf der Landstraße mal dringend anhalten und ins Gebüsch mußte, habe sie am eigenen Leibe erfahren, was es heißt, sich in die Nesseln zu setzen. Und du selber, sagte mein Vater zu mir, hast du nicht neulich zum Hund gesagt: »Rutsch mir den Buckel runter«, als er nicht folgen wollte? Und »Du kannst mir mal im Mondschein begegnen?« Du selbst hast ja auch schon diese Redensarten übernommen – sinngemäß richtig. Du wolltest dem Hund drohen. Ja, sagte ich. Nein, sagte ich, nachdem ich nachgedacht hatte, denn wenn mein Hund und ich uns wirklich im Mondschein begegnen, würden wir uns mächtig freuen. Weil wir uns beide allein im Dunkeln graulen.
Diese Antwort schien meinen Vater nicht zu befriedigen. Für diesen Zustand, meinte er, gäbe es noch eine

andere Redensart, sie fiele ihm nur nicht auf Kommando ein.

Im Dunkeln ist gut munkeln, half ihm meine Schwester aus, aber mein Vater sträubte sich dagegen und kam wieder auf den Sack Flöhe zu sprechen, und so ging die ganze Unterhaltung aus wie das Hornberger Schießen – von dem in unserer Familie niemand weiß, wann es stattgefunden hat.

Billy, der Kinderfreund

Als Billy zu Neumeisters kam, war er zwei Monate alt – eine puschelige Mischung aus Riesenschnauzer und Bernhardiner, viel zu klein für das Alleinleben in einem Zwinger, in den man ihm sein Essen hineinstellte und ihn ab und zu mal streichelte. Billy heulte vor Verlassenheit die Baumkronen an. Er war als Wachhund gedacht, aber wer nichts zu bewachen hat außer seiner Riesenhütte und gern ein geselliges Hündchen sein möchte, der freut sich auch über jeden Fremden, der ihn freundlich anspricht. Billy war bald groß wie ein Kalb und stark wie ein Bär. Nun durfte er endlich tagsüber aus dem Zwinger und an der Mauer zur Straße entlangwetzen. Da wuchs bald kein Unkraut mehr auf seinem Trampelpfad. Nun hatte er endlich Ansprache. Pöbelte mit den Rüden, die vorübertrabten, winselte den hüftschwenkenden

Hündinnen nach, vor allem aber freundete er sich mit den Kindern aus der Nachbarschaft an.
Im Laufe der Jahre kriegte er die Schulanfangszeiten für die erste und zweite Stunde mit und wußte, wann sie mittags zurückkommen würden. Billy hing mit Tatzen und mächtigem Wuschelkopf über der Mauer und wartete auf seine Freunde – manchmal Stunden. Bei jedem Wetter. Einmal – letzten Winter – wuchs ihm dabei eine Schneehaube auf dem Kopf. Hat er gar nicht gemerkt.
Kein Kind ging vorbei, ohne Billy zu streicheln und mit ihm zu reden. Er versuchte, ihre kleinen Hände mit seinen Riesentatzen festzuhalten und fraß mittags ihre übriggebliebenen Pausenbrote auf. Auch diejenigen, die schon größer waren und mit dem Rad zur Schule fuhren oder später mit dem Mofa, hielten an und stiegen ab, um mit Billy zu schmusen. Er gehörte einfach zu ihrem Schulweg. Nur wenn sie zu spät dran waren, stoppten sie nicht, sondern riefen ihm Entschuldigungen zu: »Wir schreiben erste Stunde 'ne Arbeit – aber heute mittag, Billy, tschüs – Servus –.« Er wartete – er hatte ja sonst nichts Wichtigeres vor.
Billy im siebten Jahr hatte plötzlich Schwierigkeiten, an der Mauer hochzukommen, er mochte auch nicht mehr flitzen, sondern trabte schwerfällig. »Billy wird faul«, sagten Neumeisters zuerst, aber dann war ihnen seine Veränderung doch nicht geheuer. Sie borgten sich Kühnels Kombi, in einen normalen Personenwagen paßte ihr Kalb ja nicht hinein. Voller Mißtrauen ließ sich Billy verladen und zum Tierarzt fahren. Der röntgte ihn und

stellte Veränderungen an seiner Wirbelsäule fest, es war, als ob sie sich auflöste.

Billy kam nun nicht mehr hoch, aber er behielt die Schulanfangzeiten im Kopf, schleppte sich jeden Tag zur Mauer und legte sich vor sie hin, auf seine Kinder wartend. Die schwangen sich nun von außen drüber mit zappelnden Beinen, um Billys dicken Kopf mit den Fingerspitzen zu erreichen. »Unser armer Billy...«

Es war ihm nicht mehr zu helfen. Er mußte eingeschläfert werden. Neumeisters zögerten die Entscheidung Tag um Tag hinaus, er hatte ja keine Schmerzen, das hätte man ihm angemerkt. Er war nur traurig. Eines Morgens, als Frau Neumeister die Zeitung hereinholte und sich zu ihm beugte, sah er sie so eindringlich an. Billy mochte nicht mehr. Da rief sie bei Kühnels an und fragte, ob sie noch mal ihren Kombi leihen könnte – für Billys letzte Fahrt zum Tierarzt.

Kühnels Kinder fingen die Nachbarskinder ab: Billy muß heute eingeschläfert werden! Zuerst brach es ihnen ein bißchen das Herz, dann wurde großer Straßenrat abgehalten. So einfach konnten sie ihren Freund doch nicht in die ewigen Jagdgründe ziehen lassen. Peter Kühnel hatte die Idee: Wir geben ihm ein großes Abschiedsfest.

Billy wußte gar nicht, wie ihm geschah, als all seine Freunde, die er seit Jahren über den Zaun kannte, plötzlich durchs Tor hereinkamen und sich um sein Lager niederließen – seit seiner Krankheit durfte er im Hausflur wohnen.

Der ganze Fliesenboden um ihn herum voller Freunde, die ihn kraulten und streichelten und ihre Abschiedsgeschenke vor ihn legten – Würstel, Kuchen, ein aus der Tiefkühltruhe geklautes, unterm heißen Wasserhahn aufgetautes Steak, ein Viertel feine und ein Viertel grobe Leberwurst und Schokolade. »Kinder«, jammerte Frau Neumeister, »seid ihr noch zu retten? Das verträgt er doch nicht! Außerdem wird er viel zu fett!«

»Ach, Hilde«, sagte ihr Mann, und da mußte sie heulen. Billy, umgeben von Liebe, traute dem Glück nicht. Er schlang hastig, immer in Sorge, man könnte ihm seine Schätze wieder fortnehmen. Ein Stück Leberwurst schaffte er beim besten Willen nicht mehr. Er sah sich bedauernd nach ihm um, als sie ihn schließlich auf die Straße führten und in den Kombi hoben. Alle Kinder faßten mit an und winkten dem Wagen nach – an seiner Heckscheibe Billys runder, freundlicher Kopf. Tschüs, Billy, mach's gut.

Bei aller Trauer hatten sie ein zufriedenes Gefühl.

Flöhe hüten ist leichter

Wer jemals zum Ferienbeginn auf dem Münchner Hauptbahnhof gegen die halbe Türkei, Jugoslawien und Griechenland inklusive Handgepäck angetreten ist, um sich einen Platz im Orientexpreß zu erobern, der kann sich ungefähr ein Bild davon machen, wie das ist, wenn eine ganze Schule einen Sonderzug entert. Ein

Geschubse und Gedränge – über tausend Kinder in allen Größen – totale Verstopfung auf den Gängen, die nur langsam in die Abteile abfließt, dieselben überflutet – fünf Schüler gehen auf eine Bank, schön Backe an Backe, das wärmt – zwei turnen ins Gepäcknetz, aber wehe, es kitzelt einer von unten, dann spucken sie runter.

Aus jedem Abteil plärrt Musik und Gelache, und dazwischen klemmen die Lehrer und werden von Kilometer zu Kilometer mehr Privatmensch, auch solche, von denen das keiner erwartet hätte. Die Klos sind pausenlos besetzt.

Einmal im Jahr unternimmt die ganze Schule so einen Tagesausflug per Bahn in eine andere Stadt. Diesmal ist Salzburg dran. Salzburg ist an Invasionen gewöhnt, das bricht nicht unter tausend Schülern zusammen. Außerdem marschieren dieselben nicht auf einmal ein wie eine politische Demonstration, sondern klassenweise. Bei über tausend Schülern ist es dennoch kein Wunder, wenn um jede Ecke eine schwatzende Horde latscht. Die Buben platschfüßig wie junge Elefanten – die Mädchen schmeißen die Haare und tun wichtig. Mittags werden sie über mehrere Gasthöfe verteilt – ein echtes Ärgernis für private Gäste. Das macht den Schülern gar nichts aus. Wozu ist ein Schulausflug schließlich gedacht? Als Massengaudi. Die Ermahnungen der Lehrer, doch ruhiger zu sein und mit der Brotkügelchenwerferei aufzuhören, dringen akustisch sowieso nicht durch.

Die Lehrer der oberen Klassen versuchen, ihre Schüler von den Geschäftsauslagen mit den neuesten Skimodellen für den Winter auf die Historie abzulenken. Auf Kunsthistorie. Mozart. Glockenspiel. Blick von Salzburg auf die Burg. Blick von der Burg runter auf Salzburg. (Aber nicht in ein historisches Gebäude hinein. Wenigstens Lehrer R. betritt mit seiner Klasse keines mehr aus Furcht vor möglichem Pantoffelzwang. Voriges Jahr war er doch mit seinem Haufen in einem Schloß. Das war furchtbar – eben wegen der Filzpantoffel. So ein Schloßparkett ist schließlich keine Schlidderbahn. Und dann die ständige Sorge, einer könnte den anderen ins königliche Porzellan schubsen!)

Die Lehrer der kleineren Schüler sehen vor lauter Flöhehüten wenig von Salzburg. Sie haben alle Blicke voll mit ihren Kindern zu tun. Mit einem verlorenen Portemonnaie und dem Schmerz darüber. Mit Schuhen, die an den Hacken Blasen scheuern, mit den Nachzüglern, mit Streitschlichten und Kopfhalten, weil einem Kind übel ist. Dabei hat es doch nur ein hartes Ei, Brausepulver, Wurstbrot, Cola, Pfefferminz, Suppe, Gulasch, Eis, Kaugummi und eine Banane gegessen. Ein normaler Schulausflugmagen wird spielend damit fertig – mit Gürkchen und Ketchup drauf. Aber in jeder Klasse kommen auch sensible Organe vor.

Die Lehrer der kleineren Klassen müssen nicht nur ihre Flöhe hüten, sondern die durcheinanderhüpfenden Flöhe auch noch zählen – was gar nicht einfach ist. Sie zählen sie vorm Einsteigen in den Zug, im Zug, beim Aussteigen, unterwegs, im Gasthof, wieder auf der Straße, vor dem Lift zum Mönchsberg, nach dem Lift, bei Ankunft auf der Salzburg – sie zählen immer wieder durch und schauen dankbar, wenn die richtige Zahl herauskommt.

Für die junge Klassenlehrerin der 5b erfüllt sich drei Minuten vor Rückfahrt des Sonderzuges ein Alptraum: Beim Durchzählen fehlen zwei Schüler. *Wo* sind sie und – du lieber Gott, *wer* fehlt?

Einer schaut den andern an, ob er ihn vermißt. Alle vermissen niemanden.

Was nun? Diese Verantwortung! Ausgerechnet ihr muß das passieren, die noch ganz neu an der Schule ist!

Alles noch mal durchzählen! Dabei stellt sich heraus, daß sie sich vorhin verzählt hat: Es fehlen nicht nur zwei, sondern drei Kinder. Die Lehrerin möchte ihr Haupt auf die Gleise legen.

Im allerletzten Augenblick biegen die drei um die Ecke. Begreifen gar nicht die Aufregung – wieso denn? Sie haben doch bloß ihre restlichen Schillinge in Mozartkugeln umgesetzt. Auf der Heimfahrt, im Abteil der 11b, kreisen die Literflaschen mit grünem Veltliner. Der Lehrer ist machtlos. Zwei Weinleichen sind zu beklagen, außerdem ein Anorak in der fünften und einer in der siebten Klasse, mehrere Kopftücher, Geldbeutel, zwei Ausweise, ein blaues Auge, eine kaputtgegangene Liebe, ein silbernes Herz... und eben das, was man sonst noch auf einem Schulausflug verliert.

Was wäre dieses Kinderleben ohne Großvater

Großvater ist gestorben. Am Abend vorher kegelte er noch. Dabei mußten ihn zwei Klubfreunde halten, wie immer, seit er vor einem Jahr der Kugel nachgeschlittert ist, die Bahn runter und alle glaubten, das überlebt der kleine, alte Mann nie. Großvater ist nicht an seinem Kegeleifer gestorben, sondern ganz einfach so, beim Kaffeetrinken, eingeschlafen. In seinem Lehnsessel, dem einzigen Möbel seiner Wohnung, auf dem die Enkel nicht hatten toben dürfen. Großvater hatte gesagt, in seinem Sitzpolster wohne ein Sparifankerl, was ein bayrisches Teufelchen ist, vor dem sich die Enkel fürchteten. Robert und Peter haben sich zwar gefürchtet, brauchten den Sessel aber dringend als Abschußrampe für den Flug aufs Sofa. Haben sie also das Polster mit dem Sparifankerl vorher aus dem Sessel gehoben. Diese Lösung hat Großvater nun wieder imponiert.

Er besaß übrigens nur noch ein Auge. Das kniff er zu, wenn die beiden was anstellten. Das meiste, was sie als kleine Jungen anstellten, hatten sie sowieso von ihm gelernt. Auch das Schießen mit Kastanien auf Fußgänger. Zu dritt lauerten sie hinterm Haselnußgebüsch auf ihre Opfer. Wenn eines vorüberging, kommandierte Großvater: »Jetzt!« Dann zielten sie. Hat Spaß gemacht.

Einen Tag vor Weihnachten kauften sie gemeinsam die größte und schwerste Mastgans, die auf dem Viktualien-

markt zu haben war. Auf der Rückfahrt in der Straßenbahn unterhielt Großvater die übrigen Fahrgäste. Schimpfte auf die Gänsepreise, über die unverantwortliche Raserei des Trambahnführers, er war ein typischer Münchner Grantler, bei dem das Granteln zum Wohlbefinden gehört.
Am Bräukeller stiegen sie aus und gingen Weißwurst essen. Großvater erzählte ihnen vom Löwen Poldi, den er in Afrika gefangen und an den Zirkus Krone verpachtet hatte. Am zweiten Feiertag wollten sie Poldi besuchen, sie hatten schon Karten gekauft. Großvater ist auch ein berühmter Fußballer gewesen. Einmal hat er die Preußen 9:1 geschlagen. Ein Tor gönnte er ihnen, denn er war ein toleranter Märchenerzähler. Seine Enkel hörten atemlos zu, glaubten ihm alles und durften von seinem Bier trinken, aber erzählt das nicht eurem Vater. Erst auf dem Heimweg vermißten sie die Weihnachtsgans, die noch immer Trambahn fuhr.
Am ersten Feiertag zog die Familie geschlossen in den Ratskeller. Das war Tradition. Großvater ging übrigens nur in Lokale, wo eine Stoffserviette zum Gedeck gehörte. Zwei weitere nahm Großmutter noch zusätzlich für ihn mit. Er brauchte drei im ganzen, um sich vom Kragen bis zu den Knien zu bedecken. Weil er wegen dem fehlenden Auge doch so kleckerte.
Einmal hat sich Enkel Robert einfach wüst benommen. Setzte sich bereits auf dem Weg zum Ratskeller in den Matsch und brüllte. Brüllte im Lokal weiter, es war nicht zum Aushalten mit ihm, die anderen Tische guckten schon sehr kinderfeindlich rüber. Da hat Großvater den

Brotkorb ausgeleert und auf seiner Glatze rotieren lassen. Robert, vom kreisenden Korb fasziniert, vergaß, daß er ein schlimmer Junge sein wollte und stellte das Brüllen ein. Ungerührt vom blanken Entsetzen der Erwachsenen sammelte Großvater Brezen und Semmeln in den Korb zurück: Na und? Hauptsache, der Bub ist endlich ruhig.

Die Weihnachtsgeschenke für seine Enkel suchte er selber aus. Zum Beispiel eine Spielzeugpistole, aus der man Erbsen schießen konnte. Als Ziel wählte er Großmutters frischgebackenen Guglhupf. Das fand sie gar nicht komisch, auch nicht das Taschenmesser für Robert. Damit er es sich umhängen konnte, montierte Großvater die Ziehkette vom Klo ab und befestigte es daran.

Robert schnitzte mit dem Messer an einem edlen Stuhlbein herum. »Nun lamentier' nicht, Mutter!« sagte Großvater. »Jetzt ist's ein Schandfleck, aber wenn der Bub mal groß und fort ist, haben wir eine bleibende Erinnerung an ihn.«

Großmutter meinte, sie hätte bereits genug davon in ihrer Wohnung...

Und dann der Fußball. Gleich am ersten Feiertag kickte Peter eine Panoramascheibe in Stücke. Großvater sagte gleich, er wär's gewesen, da mußte sein Sohn die Schimpfe wieder runterschlucken.

Er schenkte ihnen Fahrräder und zum Abitur sein altes Auto, das stand schon acht Jahre in der Garage. Robert fuhr ihn durch die Stadt, mußte scharf bremsen. Großvater flog gegen die Scheibe und ließ sofort anhalten. Stieg mitten in den dicksten Verkehr hinein und entfernte sich

grantelnd, wobei er Autos, die ihm zu nahe kamen, mit dem Stock auf den Kühler klopfte.
In den letzten Jahren wurde er immer kleiner und klappriger, das Gehen fiel ihm schwer. Hatte er früher seine Enkel an der Hand geführt, hakte er sich jetzt bei ihnen ein und ließ die Füße baumeln. Sie trugen ihn spazieren. Dabei verlangte er einmal vom Peter: Bub, halt mir die Trambahn an!
Der Bub stellte sich armeschwenkend auf die Gleise, die Bahn hielt, konnte ihn ja schließlich nicht überfahren. Robert brachte den Alten an und stellte ihn auf Trittbrett. Dort blieb Großvater stehen und lobte seine beiden: »Gut gemacht, Buam!« und unterhielt sich heiter mit ihnen. Die Türen ließen sich nicht schließen, die Bahn konnte nicht weiterfahren, Autos hupten, Fahrgäste murrten. Großvater ließ sich durch so was nicht stören...
Als er starb, waren beide Enkel übers Wochenende zum Skilaufen.
Klein und gebrechlich, ist er – bei all seinen Schrullen – doch die Respektsperson für sie gewesen. Sie wußten genau, wie weit sie bei ihm gehen durften – selbst im Rebellenalter. Nun kommt Weihnachten – das erste ohne ihn. Es wird nichts mehr so sein wie früher, und am ersten Feiertag können sie auch nicht in den Ratskeller. Großvater hat sich noch kurz vor seinem Tod mit dem Geschäftsführer verkracht, weil der ihm keinen Kinderteller servieren wollte, weil Kinderteller eben nur für Kinder... Großvater hat gesagt, er wäre auch klein, und wenn er keinen Kinderteller kriegt, käme er eben nie

wieder. Stand auf und ging, und die ganze, hungrige Familie zog bedripst hinter ihm her aus dem Ratskeller. Ach, Großvater…

Wenn es regnet an der See…

Es regnet, regnet und stürmt nun schon drei Tage. Aber die Nordsee ist ja so gesund für Kinder. Auch wenn sie an der Nordsee im Zimmer hocken müssen. Sie bleibt gesund!!
Nach dem Kalender ist es Juli. Manche Leute trinken schon zum Frühstück Grog.
Wir sind leider nicht auf Sylt. Wir sind da, wo nichts passiert – außer Sturm und Regen. Kein Auto, kein Hallenbad. Keine Bar.
Bloß Insel. Und Regen. Und Rheuma in allen Knochen. Beim Aufwachen frage ich mich, wozu ich überhaupt aufwache. Ich könnte natürlich weiterschlafen, endlich einmal richtig ausschlafen. Aber ich bin ja nicht allein hier. Ich habe meinen lieben, kleinen Sohn bei mir. Morgens um sieben weckt er mich mit der Frage, ob wir für den Weihnachtsmann Zigarren besorgen müssen. Gleich darauf spüre ich etwas Starres, Pikendes im Mund, einen Draht, dessen anderes Ende im Tankverschluß eines verbeulten Lastwagens klemmt.
Philip bedauert die neuerliche Störung aufrichtig. Aber

irgendwo muß er schließlich auftanken. Muß ich verstehen.
Gegen acht Uhr zieht er mir endgültig die Decke fort, mit der sachlichen Feststellung: »Kannstu dich wundern, ist dir jetzt kalt.« Verläßt unser Zimmer und brummt mit seinem Laster den Flur entlang. Es ist die wirksamste Methode, die übrigen Gäste im oberen Flur zu wecken.
Jetzt sind alle wach und mürrisch auf. Was macht er nun?
Auf keinen Fall waschen.
Frühstücken ja.
Den Spaniel mit Sonnenöl einschmieren.
Reißzwecken in einen Apfel hämmern.
Sämtliche Türen und Fenster mit Garn verbinden.
Ein Bild malen: Donald Ducks Großvater als braungebrannter General.
Ein ältliches Fräulein in seinem Zimmer besuchen. Es hat immer Schokolade. Es hat auch heute Schokolade. Zum Dank dafür erzählt er ihr: »Wir sind sehr reich. Wir haben zu Hause einen Eisschrank voll Groschen. Staunstu, was?« Das Fräulein möchte ihn umarmen, aber das wehrt er bedauernd ab. »Leider, leider nich. Wegen stinkstu ein bißchen nach Motten.« Und ist schon draußen auf dem Flur. Wo er ein kleines Mädchen trifft. Mit hellen Zöpfen. Heißt Manuela. Bei gutem Wetter übersieht Philip Manuela. Bei Dauerregen ist das was anderes. Da braucht er jeden, der ihm begegnet.
Manuela ist glücklich über sein unverhofftes Interesse für sie und bietet ihm ihr Segelboot zum Spielen an.
»Lieber schenken«, sagt er.
Manuela schenkt ihm das Boot.

»Wie nett die Kinder heute zusammen spielen«, sagt Manuelas Mutter.
Philip führt Manuela in den Schuppen vorm Haus. Im Schuppen stehen Fahrräder und Geräte und Flaschen und die Gartenschläuche. Hinter einem Balken hängt eine rostige Schere. Philip weiß das. Er weiß überall ziemlich gut Bescheid.
»Guck mal, Schere.«
Manuela strahlt. Sie unterwirft sich ihm bedingungslos… und ahnt nicht, wie ihn das langweilt. Er braucht Widerstand, wenigstens ein bißchen. Irgendwann müßte sie doch einmal protestieren!
»Warum sind deine Haare so komisch geflochten?« fragt er.
»Das sind Zöpfe«, sagt sie und holt einen über die Schulter.
»Soll ich mal –?« fragt er.
Manuela nickt freudig. Manche Mädchen sind, was Jungen anbelangt, von klein auf richtig töricht. Philip nimmt die rostige Schere in beide Hände, so hat er mehr Kraft. Als der Zopf auf dem Schuppenboden liegt, fängt Manuela an zu brüllen. »Mutti – Muttiii – der Philip hat meinen Zopf geschnitten – –«
»Petze«, denkt er unbehaglich und beschließt, trotz des Unwetters ein Stück in die regengepeitschten Dünen zu wandern.
Aber man holt ihn ganz schnell ein. Stimmen kreischen auf ihn nieder. Seine Backe brennt. Vor seinen blinzelnden Augen baumelt anklagend der amputierte Zopf, mit einem Schießgummi unten zugebunden. Na und – wenn

die dumme Gans still hält? Schließlich hat er sie vorher gefragt, ob er darf, und sie hat ja gesagt ...
Philip erhält Stubenarrest. Das ist ihm in Anbetracht der schlechten Stimmung im Haus angenehm. Unten streiten sich die Erwachsenen ohne ihn weiter. Sein Zimmer hat eine Ofenklappe, die man als Haustelefon benutzen kann. Wenn er oben hineinbellt, knurrt sein Hund in der Küche. Das Telefonieren wird ihm verboten.
Schade, daß er den Zopf nicht haben darf. Was man mit einem Zopf alles anstellen könnte! Aber dann findet er einen Pappkarton und Seifenpulver unterm Waschbekken. Mit einem Paket Seifenpulver läßt sich ein Pappkarton spielend weichschrubben. Gerade als er einen geklauten Küchenwecker so lange schwimmen läßt, bis das Wasser in ihm auf drei Viertel drei steht, komme ich herein.
»Na?« fragt er. »Noch böse? Hat's noch immer nicht nachgelassen?«
Ich schau' aus dem Fenster auf tristes Grau über sturmgepeitschten Dünen. Baumlose Mondkrater. Noch nicht einmal Mittag und schon so viel passiert. Im Haus nebenan ist im Zimmer oben rechts eine Mutter aus Darmstadt mit drei kleinen Kindern untergekommen.
Was macht wohl eine Mutter mit drei kleinen Kindern bei anhaltendem Unwetter in einem engen Pensionszimmer so alles durch!? Was wohl? Urlaub?

Mariechen hat viel gut bei ihrer Mutter

Die Koffer für vier Personen sind gepackt, der Hund ist in Pension gegeben, die Nachbarin hat die Wohnungsschlüssel wegen dem Blumengießen, das Taxi ist für 6 Uhr 30 bestellt, um sie zum Flughafen zu bringen. Eigentlich kann nichts mehr schiefgehen. Und dann läutet nachts das Telefon. Opa, Mutters Vater, hat einen Herzinfarkt erlitten.

Es tut ihm selbst so leid, daß er ihr dadurch die Ferien vermasselt. Kind, fahr doch, sagt er, du hast deinen Urlaub so nötig – aber Urlaub mit schlechtem Gewissen!? Und außerdem hätte sie unterwegs keine ruhige Minute ...

Die Familie fliegt ohne Mutter nach Portugal. Vierzehn Tage später kommt sie wieder, braungebrannt, das Haar so ausgeblichen und fransig wie ihre Jeans, von jener gesunden Verwilderung, die zu gelungenen Ferien gehört. Die Kinder haben ihre Koffer selbst gepackt – obendrauf die nassen Badehosen. Das einzige Trockene, was Mutter aus ihnen herausholt, sind ihre Seifen und ihre Zahnbürsten.

Es müssen herrliche Ferien gewesen sein ohne mütterliche Aufsicht.

»Hast du unsere Karten gekriegt?« fragt Micha. »Wir haben dir fünfmal geschrieben.« Und jeder hat ihr etwas mitgebracht. Der Vater Parfüm aus dem Duty-free-shop und seine Lieblingssorte Whisky. Die beiden Knaben ergreifenden Kitsch aus portugiesischen Andenkenläden. Und dann Mariechen mit ihrer bleischweren Plastiktüte. Die hat sie ganz allein schleppen müssen. Denn ihre Brüder sagten: »Was mußt du so viel Zeug zusammensammeln. Biste selber schuld.«

Mariechen hat ihre Tüte auch gar nicht abgeben wollen, sagt der Vater. Selbst im Flieger stand sie auf ihrem Schoß und dem Eßtablett im Wege. Der Inhalt dieser Tüte ist für die Mutter. Beim ersten flüchtigen Auspacken sieht sie einen Strauß mit Heidekräutern, Muscheln, Sand in einer Zigarettenschachtel, Schneckengehäuse, eine Wasserflasche, Obst, Steine und Gestrüpp, hört – weil alle durcheinander reden – nur abgelenkt Mariechens erklärende Stimme: »Wenn du diese Muschel gegen das Licht hältst, siehst du den Sternenhimmel, und diesen Stein habe ich am Strand gefunden. Ich finde, er sieht ein bißchen wie eine Madonna aus.« Und verunsichert fügt sie hinzu: »Finde ich...«

Nun ist die Brut nach einem letzten, überdrehten Kraftgebrüll so plötzlich in Schlaf gekippt wie junge Hunde. Der Vater schaut seine Post von 14 Tagen durch, und die Mutter schaut sich noch einmal ihre Mitbringsel an. Vor allem den Inhalt von Mariechens Tüte hat sie vor sich aufgebaut und beginnt langsam zu begreifen, daß ihr kleines Mädchen nicht nur Sand und Steine und Muscheln und Gestrüpp mitgebracht hat...

»Die Orange und die Zitrone hat sie für dich aus einem Grundstück geklaut«, klärt sie der Vater auf.

Aus dem »Gestrüpp« steigt der würzige Duft von fri-

schem Rosmarin und Thymian. Rosmarin und Thymian, dazu der Strauß aus roten und grünen Heidekräutern – die Mutter riecht tief hinein und sieht plötzlich die Landschaft vor sich, in der alle außer ihr gewesen sind. So war also der Strand und das Meer, das die Mutter versäumt hat.
Mariechens mitgebrachte Muscheln. Große und kleine, perlmuttschillernde, eine Kammuschel – Öl-Markenzeichen, farbige Tellmuscheln... und vor allem diejenige mit dem kalkigen, porösen Überzug, von dem Mariechen behauptet: »Wenn du sie gegen die Lampe hältst, siehst du den Sternenhimmel...«
Die Mutter hält sie gegen die Lampe und sieht Mariechens Sterne funkeln... Jetzt schmiegt sich der längliche, graphitgraue Stein mit den Blauen und sonnenfarbenen Flecken in ihrer Hand. Wie lange mag Mariechens Phantasie gebraucht haben, um in dieser steinernen, von Wellen geschliffenen Abstraktion eine Marienfigur zu entdecken?
Nächste Woche kommen die Fotos von der Reise, aber kein Bild und kein Erlebnisbericht können der Mutter die versäumten Ferien so nahebringen wie der Inhalt von Mariechens Tüte. Was Wunder, daß sie bleischwer war! Hat sie ihr doch Land und Strand und Himmel und Meer von dort mitgebracht und etwas noch viel Wichtigeres: einen Einblick in die Phantasie und Erlebnisfähigkeit ihres Mädchens; in ihre Freude am Sehen, Fühlen, Schmecken, Riechen; am Sammeln und am Schenken.
Mariechen ist kein mitteilsames Kind, eher verschlossen, mit leichtem Widerstand in den Schulterblättern, wenn

man sie umarmen möchte. Mit viel Widerspruch auf der Zunge. Mit ausgeprägtem Unabhängigkeitsdrang.
Früher als ihre älteren Brüder wird sie die Familie verlassen, um ihr eigenes Leben zu führen. Und wenn alle sagen, das ist nicht recht von Mariechen, sie hat es doch so gut zu Haus, dann wird die Mutter Mariechens Sternenhimmel und ihre Meermadonna in die Hand nehmen und sich daran erinnern, wie ihr kleines Mädchen einmal über Land und Strand gestromert ist, um für sie versäumte Ferien zu sammeln.
Mariechen hat viel gut bei ihrer Mutter.

Denk an die Spartaner

Nordnordostwind.
Der Himmel grau mit einem Wolkengesicht, wie es Kinder malen.
Am blankgespülten Strand nur ein paar pflichtbewußt ausschreitende Zipfelmützen und Öljacken über flatternden Hosenbeinen, was tut man nicht alles für die verdammte Gesundheit.
Ein Vater und sein achtjähriger Sohn. Der Vater bis über beide Ohren in Wolle eingestrickt, eine Kamera vor dem Bauch.
Der Sohn nackt.
Schlotternd, mit Schulterblättern wie abgehackte Flügel-

stümpfe und hilflos gesträubter Gänsehaut. Ein Bild des Jammers. Ein Abbild seines Vaters, nur ohne Bauch. Ein ständiges Ärgernis für einen mickrigen Vater, der von einem Heldensohn träumt.
Was ist, Siegbert, warum bist du noch nicht drin? Los – hopp ins Wasser, keine Müdigkeit vorschützen, ich habe nicht Lust, hier ewig zu warten, na wird's bald?
Siegbert friert schmalschultrig den Schaumköpfen entgegen. Dreht sich einmal um. Ruft etwas.
Was hast du gesagt?
Es ist sehr kalt.
Ach was! Stell dich nicht so an. Denk an die Spartaner, Siegbert! Duck unter!
Siegbert duckert unter – wird von einer Welle erfaßt, niedergeschleudert, hat keine Luft, schluckt See, kann nichts mehr sehen, hat Angst, rappelt sich blind hoch, wird von neuem niedergeschleudert, denkt *nicht* an die Spartaner...
Sein Vater hat die wenigen Momente optischer Heroik mit der Kamera festgehalten. Blende 8, 60stel Sekunde.
Rauskommen, kommandierte er. Flenn nicht! Lach mal her!

Später wird unter diesem Foto im Album stehen: 7. September, 13 Grad Wassertemperatur, 9 Grad Lufttemperatur. Nordseebad Spiekeroog.
Tja, meine Herren, so härtet man frühzeitig seine Söhne ab, damit sie eines Tages richtige zackige Kerle werden. Heldensöhne. Oder Vatermörder.

Der Hosenkauf

Anfangs ist es ihm völlig egal, was er anhat. Hauptsache, es juckt nicht und kratzt nicht und beengt ihn nicht in seinem Freiheitsdrang. Mit anderthalb Jahren betritt er zum ersten Mal an Mutters Hand ein Kindermodengeschäft. Kaum drin im Laden, wird ihm erschrekkend bewußt, in was für Gefahren er da ahnungslos hineingetippelt ist. Man verlangt Ungeheuerliches von ihm. Er soll – ohne ersehbaren Grund – vor fremden Leuten – öffentlich sozusagen – seine liebe, alte vertraute Hose aus- und dafür eine wildfremde anziehen. Das kommt ihm vor wie Verstoßenwerden. Wie Familienwechsel. Niemand steht ihm bei, auch seine Mutter nicht. Eine Person mit hinterhältigem Verkaufslächeln säuselt »Naaa? Kleiner Mann?« auf ihn nieder. »Ist das nicht ein niedliches Höschen? Möchtest du das nicht mal anziehen?«

Kleiner Mann spürt Hände an sich, die ihm was rauben wollen, das ihm gehört. Seine alte Hose. Kleiner Mann will auch nicht Kleiner Mann genannt werden.

Kleiner Mann will mit alter Hose raus aus dem Laden, aber nix wie raus. Weil man ihn daran hindert, wirft er sich auf den Boden, wird hochgezogen, läßt die Beine einknicken, denkt nicht daran zu stehen und brüllt. Schreit gellend gegen weibliche Honigstimmen mit Wespenstacheln drin an. Man legt die neue Hose auf seinen zappelnden Rücken und meint erschöpft, sie könnte ungefähr passen, zumindest in der Länge, wenn

nicht, Sie haben ja den Kassenzettel, aber Umtausch bitte *ohne* kleinen Mann.
Niemand trauert ihm nach, als er rotgebrüllt und tränenverschmiert, im harten, mütterlichen Griff das feine Kindermodenetablissement als Sieger verläßt – mit alter, lieber, nicht ausgezogener Hose und mit der neuen, von der man noch nicht weiß, ob sie passen wird.

Zweieinhalb Jahre später. Seine Mutter geht mit ihm ins Warenhaus.
Während er für einen Groschen und noch einen Groschen und noch einen auf einem hölzernen Pferd galoppiert, kauft sie drei Paar lange Unterhosen für ihn. Er sieht sie erst, als sie eingepackt werden, und findet sie ganz furchtbar. Jetzt schmeißt er sich nicht mehr auf den Boden, um zu protestieren, jetzt spricht er sich aus.
»Du glaubst doch nicht, daß ich die Dinger anziehe, ich bin doch nicht verrückt, die zieh' ich nich an, ich denk' nich dran, nein, tu' ich nich, kannstu machen, was du willst, ich zieh' die nich an. Basta.«
»Aber warum denn nicht, Junge? Sie sind so schön warm.«
»Lieber frier' ich, frier' ich lieber. Geh' doch mit den Dingern nicht auf die Straße. Lachen ja alle –«, und er heult vor Zorn los.
»Aber Junge! Wer verlangt denn das von dir? Das sind doch *Unterhosen*! Die sieht doch keiner.«
»Und wenn ich verunglücke und die ziehen mir aus!?«
Mit sieben äußert er zum ersten Mal konkrete modische Wünsche. Jetzt möchte er all das haben, was seine

Freunde tragen. Clarks, Jeans, Anorak, ein Slim-fit-jacket ... bloß nichts Geputztes, womit er aus dem uniformierten Rahmen fallen könnte. Man kauft ihm das Gewünschte, schön farblich aufeinander abgestimmt. Und dann kommt mal Besuch, und man möchte ihn vorführen, möchte Eindruck mit ihm schinden, und der Eindruck ist auch überwältigend: gelbe Socken mit blauen Ringeln zu beigen Hosen, und unterm roten Pulli ein blaugrünkariertes Hemd, und man fragt sich staunend: Wann hast du denn diesen Papagei ausgebrütet!?
Aber auch die Farbensorglosigkeit geht vorüber. Eines Tages kommt er von selber und fragt: »Kann ich dies Hemd zu dieser Hose anziehn? Paßt es zusammen?«
Nun wird er eitel. Nun geht er gern mit zum Hosenkauf. Probiert unermüdlich ein Modell nach dem anderen. Möchte die neue Hose gleich anbehalten. Schwört hoch und heilig, sich damit vorzusehen. Denkt auch zehn Minuten an seinen Schwur, dann nicht mehr.
Am Abend des Einkaufstages hat die neue Hose bereits ein hartes, modderiges Schicksal hinter sich und unterscheidet sich von den alten nur noch dadurch, daß sie ein bißchen zu lang ist. Aber nach dem ersten Waschen ist auch dieser Unterschied durch Einlaufen restlos behoben.

Ein beständiges Ärgernis bleibt zu allen Zeiten die gute Hose. Das Ausgehstück. Nun sind die gesellschaftlichen Verpflichtungen eines kleinen Jungen im allgemeinen noch sehr begrenzt, was bedeutet: die gute Hose amortisiert sich nie.

Sie wird so lange geschont, bis ihr Besitzer aus ihr herausgewachsen ist.
Der Junge haßt die gute Hose. Er kommt sich darin verkleidet vor. Trotzdem wird jedes Jahr eine neue, teure, gute Hose gekauft. Gute Hose muß eben sein, auch wenn sie 362 Tage vom Jahr nicht aus dem Schrank herauskommt.

Erinnerungen an den ersten Besuch im Kindermodengeschäft werden wach, wenn die Mutter mit dem Sechzehnjährigen *die* gute Hose des Jahres kaufen geht.
Für ihn gilt nur ein modisches Gesetz: je älter, je abgewetzter, je schiefgelatschter, je ausgebeulter, je schöner. Na bitte, soll er wenn's ihm gefällt. Was aber, wenn ein gesellschaftliches Ereignis oder ein familiäres bevorsteht – z.B. eine Beerdigung?
Es geht nun mal nicht ohne gute Hose. Kann man machen, was man will.
Der Sechzehnjährige ist seiner Mutter längst über den Kopf gewachsen. Aber was sie an Länge eingebüßt, hat sie an Gewitztheit zugewonnen. Sie nimmt sich für diesen Hosenkauf Verstärkung mit – den Vater, Bruder oder einen Freund.
Diese dritte Person wird gleich nach Eintritt ins Herrengeschäft an der Tür postiert, um dem Sechzehnjährigen den Fluchtweg abzuschneiden.
Da steht er nun – umzingelt, mit verschlagenem Blick auf eine Ausbruchsmöglichkeit lauernd. Ein eleganter Verkäufer nähert sich ihm mit leicht blasiertem Tonfall: »Sie wünschen?«

»Eine Hose«, brummt er, »haben Sie eine?« – und diese Frage vor Wandschränken, in denen Hunderte übereinander baumeln.
Der Verkäufer fragt, ob er ein bestimmtes Modell im Auge habe? Weitgeschnitten mit Aufschlägen oder mit tiefangeschnittenem Leibgurt?
Ha? – Hilfloses Staunen. Grinsen. »Na, 'ne Hose eben.«
Seine Taille wird gemessen, die Hüfte, der Schritt, die Beinlänge – idiotisch kommt er sich vor und stellt sich auch so an. Der Verkäufer greift eine Hose aus dem Schrank, hängt sie ihm über den Arm, schiebt alle beide in die Kabine, zieht den Vorhang zu.
So weit wären wir also.
Der Vorhang beult sich von innen wie beim Wellengang. Schuhe plumpsen. Flüche kollern heraus. Dann atemlose Stille.
Der Vorhang hebt sich, der Sechzehnjährige tritt auf. In der neuen Hose. Appretur auch in der Bewegung. Auf Socken. Mordlustig. Die Hose ist zu lang und zu weit im Bund, aber das macht nichts, das kriegt man schon irgendwie hin. Hauptsache, man *hat* erst mal eine.
Sie wird bezahlt, in eine Tüte versenkt. Gloria-Viktoria!
Nach dieser Vergewaltigung braucht der Junge dringend ein Bier. Soll er haben. Alles, was er will.
Beim Heimkommen am Abend, beim Ausladen der Einkäufe aus dem Kofferaum fehlt die Tüte mit der neuen, guten Hose, wo ist – um Himmels willen – die Tüte mit der Hose!? Junge, denk doch mal nach! Wo waren wir alles? Wo hast du sie zuletzt gesehen?? Er weiß es auch nicht mehr, aber eins weiß er ganz genau – *er* hat die

Tüte nicht getragen, sondern die anderen Pakete. Seine Mutter hat sie getragen, aus Angst, er könnte sie irgendwo stehenlassen. Ja, und das ist das Ende von dieser Geschichte und von der guten Hose.
»Philip! Hrrgottnochmal, Philippp! Wie oft soll ich dir noch sagen, du sollst nicht mein gutes Schreibpapier nehmen!«
»Na und? Ich nehme ja bloß die Rückseite.«

Ein kleiner Junge ist nicht nur ein kleiner Junge

Ruhe! Ruhe! Hörst du nicht? – Dein Vater will schlafen! Und Müllers unten. Denk doch bloß mal an Müllers Nerven. Wie oft soll ich noch – wenn du nicht sofort – wir brüllen doch auch nicht, oder? Na also. Warum antwortest du nicht, wenn ich mit dir rede?«
Ja, was soll der Junge darauf antworten? Soll er sagen: Wenn Vati noch geschlafen hat, dann ist er bestimmt durch *dein* »Ruhe«-Gebrüll aufgewacht?
So was hören Mütter nicht gern, auch wenn sie einem immer predigen, daß man die Wahrheit sagen soll. Aber es gibt zwei Arten von Wahrheit. Diejenige, die die Erwachsenen gerne hören, und die andere, die ihnen unbequem ist und darum als Taktlosigkeit bezeichnet wird.

Zehn Minuten lang bemüht sich der Junge um Pianotöne, länger hält er's nicht aus. Ein kleiner Junge ist schließlich nicht nur ein kleiner Junge. Er ist außerdem ein Hubschrauber, ein Polizeikommissar, eine Alarmsirene, Zugpfeife, Indianer, Gangster, ein Rennwagen mit kreischenden Pneus, eine Hupe, ein Nebelhorn – kurzum, ein unerschöpflicher Lärmerzeuger, weshalb er sich meistens geringer Beliebtheit in seiner Umgebung erfreut. Das Dröhnen und Pfeifen eines Düsenklippers wird von den Erwachsenen geduldig ertragen. Ein kleiner Junge aber, der Düsenklipper spielt – der nicht.

Er macht überhaupt alles falsch. Trägt man das Essen auf – wer ist nicht da? Der Junge. Wo steckt er bloß wieder! Und kommt er endlich – wie sieht er aus!

»Nun guck mal deine Hosen an! Und das Hemd! Ich kann gar nicht so viel waschen, wie du dreckig machst. Und die Stiefel – ja spinnst du! Wie oft habe ich dir gesagt – da rackert man sich ab – ogottogott, Junge – Was es gibt? Möhren! Nun brüll nicht gleich, die sind gesund. Jawohl, ich kann dir nicht täglich Nudeln kochen. Wasch dir die Hände.

Hast du dir die Hände gewaschen? Ja? Zeig mal! – Habe ich's mir doch gedacht. Noch mal, mein Sohn, aber mit Seife und nicht alles wieder ins Handtuch, verstanden? Was? – Werd ja nicht frech, du, sonst gibt's was! Los, wasch dich! Nun geh schon –« Ein kleiner Junge muß eine Hornhaut da haben, wo bei anderen die Sensibilität sitzt. Anders ist es gar nicht zu erklären, daß er die ständigen Ermahnungen und Androhungen von Strafen so gesund und heiter übersteht. Mit unbekümmerter

Fröhlichkeit knallt, kurvt und klingelt er sich durch die Gegend, die keine alltägliche Gegend für ihn ist – so, wie die Erwachsenen sie sehen, sondern eine phantastische Welt voller Abenteuer.

In diese Welt dringt zwar das unerschöpfliche Plätschern der mütterlichen Beanstandungen, aber es geht dem Jungen mit ihnen wie Menschen, die ein Leben lang an einem Wasserfall wohnen. Vor lauter Gewöhnung hören sie sein Rauschen nicht mehr.

»Hast du deine Schularbeiten gemacht? Ja? Alles? Auch ordentlich? Zeig mal! – Junge! Das nennst du ordentlich? Das sieht aus, als ob's das Pony von Peter geschrieben hätte. ›Sommer‹ mit einem m! Laupbaume. Sag bloß, das soll Laubbäume heißen! Überall fehlen die Strichelchen. Wenn ich nicht wüßte, du kannst es – du kannst es ja, du willst bloß nicht. Immer hundert andere Sachen im Kopf, bloß nicht das, was hinein muß. Junge, wenn das so weitergeht – was soll denn bloß mal aus dir werden?«

Was aus ihm werden soll? Das weiß der Junge ganz genau. Und Peter und Peters Pony wissen es auch. Pilot will er werden.

»Pilot? Solche Schussel wie dich können sie gerade bei der Fliegerei gebrauchen. Da muß man seine fünf Sinne beisammen haben, sonst gibt's eine Katastrophe. Was ist überhaupt mit den Rechenaufgaben? Hast du die gemacht? 27 minus 19 ist doch nicht 46. Junge, das ist eine Weniger-, keine Und-Aufgabe. Die sind ja alle falsch. Die machst du alle noch mal, verstanden? – Kriege keinen Tobsuchtsanfall, dann dauert's *noch* länger. Und fern wird heute nicht mehr gesehen, verstanden?«

Der Junge prügelt seinen Ärger auf die Tischplatte und schimpft wie ein Rohrspatz und hockt sich schließlich verbockt und unverstanden über seine Hefte. Sie haben Eselsohren und kein Löschblatt, und die meisten sind ganz dünn, weil er so viele Seiten hat herausreißen und neu schreiben müssen, so wie jetzt. Er schreibt: 27 – 19 = ...

Warum ist es heute. Unheimlich warm. Die Mücken beißen. Gibt bestimmt noch ein Gewitter. Der Junge mag Gewitter, versteht nur nicht, warum immer Scheunen und niemals Schulen vom Blitz getroffen werden. Wenn er Pilot ist, wird er ein Gerät erfinden, mit dem er die Blitze aus den Wolken dahin lenken kann, wo sie etwas Positives ausrichten.

27 – 19 = 27 weniger 10 weniger 7 = 10 weniger 2 = 8.

Die Mutter regt sich schon wieder auf. Sie hat die Kaulquappen im Waschbecken entdeckt und will sie in die Toilette – so eine Gemeinheit, so eine Hundsgemeinheit –

Schadet ihr gar nichts, wenn sie ihn haut. Was schmeißt sie seine Kaulquappen ins Klo.

In spätestens einer Stunde wird sie das Fehlen von acht rohen Eiern bemerken. Wo sind die Eier? Kannst du mir mal sagen, wo die Eier geblieben sind??? Wenn er ihr erzählt, daß Peter Kübler acht rohe Eier zu Hause gestohlen und gegen den fahrplanmäßigen D-Zug geballert hat, eins sogar gegen ein Abteilfenster, dann findet sie das beinahe komisch. Wenn es sich aber um Eier aus ihrer eigenen Küche handelt, dann sieht sie gleich schwarz für seine Zukunft.

Das Schlimmste an den Erziehungsberechtigten ist ihre Unlogik.

35 + 44 – 13 =

Im Fernsehen gibt's jetzt Zirkus.

35 + 44 –

Herr Kübler ist schon mal um die ganze Welt geflogen. Sogar über einen Krieg. Er sagt, aus 10000 Meter Höhe sieht alles ganz harmlos aus. Flackgeschosse sind kleine weiße Wölkchen. Er möchte zu gern einmal seine brennende Schule von oben sehen.

35 und 44 ist … ist dreißig und vierzig und fünf und vier ist …

An sich ist seine Mutter ganz nett. Sie wäre wahrscheinlich viel netter, wenn sie nicht in ihrer Jugend ein zimperliches, kicheriges – eben ein Mädchen gewesen wäre. Das spürt man heute noch immer durch, besonders im Umgang mit Kaulquappen, Mäusen, Spinnen und Mehlwürmern.

… = 79.

Am Gartenzaun trabt Peter mit seinem Pony vorbei. Der Junge beugt sich aus dem Fenster, so weit es geht und seine Mutter nicht erlaubt, er ruft: »Na?« Peter bremst das Pony und guckt herauf.

»Er lahmt ja gar nicht mehr.«

»Nö, alles wieder in Ordnung.«

»Wo wollt ihr'n hin?«

»Bahnhof. Tante abholen. Kommste mit?«

»Kann nicht. Muß noch mal Rechnen machen. Schöner Mist, Mensch!«

»Ich habe schon«, sagt Peter und grüßt höflich zu einem

anderen Fenster herauf, an dem die Mutter des Jungen aufgetaucht ist. Dann trommelt er leicht und aufmunternd mit bloßen Hacken in den Pferdebauch, das heißt, er gibt dem Pony Gas und trabt wehend von dannen.

»Von Peter kannst du viel lernen«, sagt die Mutter über zwei Fenster hinweg zu ihrem Sohn. »Der ist immer höflich und aufmerksam, und seine Mutter hat nie Ärger mit seinen Hausaufgaben.«

»Weil er ein Pony hat. Darum«, sagt der Junge. »Für einmal Reiten machen ihm die großen Buben seine Aufgaben.«

56 – 41 + 7 = wieviel? Wen interessiert das schon. Den Jungen nicht und Peter nicht und sein Pony schon gar nicht.

Für das Pony ist die Welt so einfach! Und das ist sie im Grunde genommen ja auch. Bloß die Erwachsenen machen alles kompliziert.

Für das Pony ist die Wiese grün und der Himmel blau und Erdbeereis rosa und Waschen überflüssig und das dußlige Rechnen noch gar nicht erfunden. Und ob »Sommer« mit einem »m« oder mit vieren geschrieben wird, ist ihm so egal. Hauptsache, es ist Sommer.

Nach den Schularbeiten kommt die Wascherei.

»Auch die Knie und den Hals und daß du mir die Zähne putzt. Muß ich denn immer dabeistehen, kannst du denn nichts allein? Groß genug bist du wirklich. Zähneputzen, hörst du? Nicht bloß Zahnpasta auf den Mund schmieren, damit es so riecht als ob, und die Bürste naß machen – ich kenne doch deine Touren. Dein Zimmer hast du auch nicht aufgeräumt und den Hamsterkäfig nicht saubergemacht, und wie sieht deine Schulmappe aus – wie Kraut und Rüben. Junge!!! Glaubst du, mir macht es Spaß, ständig zu reden und zu reden? Glaubst du, ich tue das gerne? Es ist so ermüdend. Immer dasselbe – Tag für Tag. Wenn du nur einmal, ein einziges Mal das tun würdest, was man dir sagt! Ich möchte doch, daß was Ordentliches aus dir wird.«

»Pilot«, sagt der Junge.

»Auch Piloten müssen sich die Knie schrubben und aufräumen.«

»Ja doch, ich weiß.«

»Das heißt nicht ›ja doch‹, sondern ›ja, Mami‹.«

»Okay«, sagt der Junge und trödelt ins Bad. Nicht etwa wegen der schmutzigen Knie, die stören ihn nicht.

Er geht ins Bad, um seine Wasserpistole frisch zu füllen.

Später, am Abend, sagt die Mutter zu ihrem vom Spaziergang heimkehrenden Mann: »Es ist so erschöpfend. Ich rede mir den Mund fußlig, Tag für Tag, und er hört nicht zu. Ist ständig mit seinen Gedanken woanders. Völlig verhuscht. Voller Dummheiten. Gibt mir höchstens freche Antworten, wenn ich ihn zum 35. Mal wegen derselben Sache ermahne. Andere Kinder sind doch nicht so. Ich weiß nicht, von wem er das hat. Rede du mal mit ihm – aber streng.«

»Warum denn«, sagt der Vater. »Er ist doch ein prima Junge.«

»Was ist er?«

»Ein prima Junge. Frag Küblers.«

Küblers sind die Eltern von Peter und dem Pony. »Ich habe sie eben getroffen. Sie gingen mit dem Hund. Erst

haben wir übers Wetter gesprochen und daß wir dringend Regen brauchen. Und dann über die Jungs. Sie sagten, unsrer wäre ein prima Junge. Immer höflich, immer aufmerksam. Zieht sich sogar die Gummistiefel aus, wenn er ihr Haus betritt. Räumt alles auf, womit er gespielt hat. Wäscht sich die Hände vorm Essen, und überhaupt wünschten sie, ihr Peter wäre nur halb so umsichtig und wohlerzogen wie unserer.«
»Wohlerzogen?«
»Frag Küblers.«
»Er kann also, wenn er will«, sagt die Mutter ergriffen.
»Er hört sogar zu. Und ich habe immer gedacht, all mein Gerede wäre so – so –«
»– als ob man gegen einen heißen Ofen pinkelt«, hilft der Vater aus.
»Erzähl noch mal, was Küblers alles gesagt haben«, sagt sie. »Erzähl noch mal von vorn. Sie haben also gesagt, er wäre ein prima Junge. Haben sie das wirklich gesagt? Und dann...?
Inzwischen ist das Gewitter heraufgezogen. Es grummelt. Erste Tropfen fallen klebrig schwer. Und die Blitze machen schon wieder einen Bogen ums Schulhaus.

Ferien sind schön

Die Reise ist längst gebucht und bezahlt, eine alte Tante bestellt, um solange den Hund zu hüten, die Blattpflanzen zu begießen und mögliche Einbrecher zu verjagen.

In einer Woche soll es losgehen.

Da brechen zwei Tage vor Schulschluß in Renis Klasse die Masern aus.

Die Spannung läßt sich kaum ertragen: Ist die heißersehnte Reise nun für mindestens zwei Familienmitglieder im Eimer, oder kriegt Reni die Masern *nicht*?

Verstopfte Landstraße.

Vater hat endlich drei LKWs, zwei Traktoren, unzählige Personenwagen mit und ohne Wohnwagen überholt. Sieht freie Bahn vor sich und drückt erleichtert das Gaspedal durch.

Da sagt Reni hinter ihm: »Vati, ich muß mal.« Vater sagt: »Jetzt geht das wirklich nicht.« Und Reni sagt: »Wenn ich aber muß?«

Mit Tränen in den Augen steht der Vater am Straßenrand und schaut zu, wie sie alle, alle an ihm vorüberdonnern, die er so nervenfressend überholt hatte.

Ehe er weiterfährt, fragt er die übrige Familie, ob vielleicht *noch* einer –? Jetzt ist Gelegenheit. Vor der Grenze hält er nicht mehr an. Es muß aber keiner.

In einem tollkühnen Überholungsmanöver, das ihn mit

Mutter total entzweit, setzt er sich an die Spitze der nächsten Autokolonne, sieht endlich wieder freie Straße vor sich, drückt erleichtert das Gaspedal durch, da sagt der kleine Michi hinter ihm...
Ja, was sagt der wohl?

Auf der Autofähre sind alle ausgestiegen und halten die Köpfe in die Sonne, man kann ja nicht früh genug damit anfangen.
Dadurch sieht keiner, wie der kleine Michi die Autoschlüssel abzieht und über Bord wirft und ihnen verzaubert nachguckt. Sie plumpsen so schön ins Wasser!

Erster Tag im Ferienort.
Eine Stunde warten aufs Essen.
Und so nervöse Ober.
Aber du wolltest ja unbedingt hierher.
Ja – ja – ja – jetzt bin ich's wieder. Einen Prügelknaben mußt du ja haben, sonst fühlst du dich nicht wohl.
Nun sitz endlich stille, Michi, verdammt noch mal, macht einen ja ganz nervös!
Endlich kommt die Suppe. Die Suppe ist kalt. Der kleine Michi mag keine Suppe. Er mag überhaupt nicht mehr hier sein und fängt an zu brüllen.
Die Eltern entschuldigen sich, verkrampft lächelnd, bei den umliegenden Tischen: Das macht er sonst nie.
»Das liegt am Reizklima«, sagt eine nette Dame. »Meiner war auch immer am ersten Tag hier unausstehlich.«
(Selbige nette Dame wird dem kleinen Michi später

die Wasserpistole schenken, die ihm seine Eltern nicht kaufen wollten.
Zum Dank dafür beschießt er beim nächsten Mittagessen damit ihr Kotelett.
Nun kann die nette Dame den kleinen Michi nicht mehr so gut leiden.)

Erste Nacht.
Eltern, Tina und Reni müssen auf dem Bauch schlafen. Das macht der Sonnenbrand auf ihrem Rücken.
Nun der kleine Michi schläft rundherum schön. Er läßt sich ja auch nicht den ganzen Tag am Strand grillen, er ist doch nicht dumm.
Zwei Tage lang muß die Familie die Sonne meiden.
Am dritten Tag fängt's an zu regnen.

Was macht man bei Dauerregen zu fünft in zwei kargen Hotelzimmern?
Man spielt Quartett und Memory und Mensch-ärgere-dich-nicht und ärgert sich: wie billig ist Dauerregen daheim!
Ach, wären wir doch bloß nach Spanien! Aber du wolltest ja unbedingt –!
Nach zwei mühsam überlebten Tagen im Hotel kauft Vater fünfmal gelbes Ölzeug.
Kaum sehen die Regenwolken die Familie im gelben Gänsemarsch am Strand entlangtrotten, verziehen sie sich.
Die Sonne ist wieder da, das Ölzeug im Schrank.
Immer diese unnötigen Ausgaben.

Tina, die Älteste, hat Anschluß an einen durchgerosteten Porsche Baujahr 64 gefunden.
Um neun Uhr abends sollte sie spätestens im Hotel sein. Um zehn ist sie noch immer nicht da.
Vater schüttelt einen Zeigefinger so wild in Mutters Richtung, daß er beinah abfällt:
»*Deine* Tochter! *Deine* Tochter!!!«

Inzwischen hat man sich fabelhaft eingelebt. Willst du immer noch nach Spanien, ja? Was glaubste, was das da jetzt heiß ist! Und wo ich das Öl nicht vertrage ... nu sag schon, daß es eine gute Idee war, hierherzufahren. Nu gib schon zu!

Man hat sich auch so gut organisiert. Einen Tag paßt Mutter auf die Kleinen auf, damit Vater seine Ruhe hat. Einen Tag paßt Vater, damit Mutter – und einmal in der Woche, wenn Mutter beim Friseur ist, passen die Kinder auf Vater auf, damit er nicht mit dem linken Strandkorb schäkert.

Tina liegt in der Strandburg mit der Muschelaufschrift »Villa Schmidt« und leidet zu den Klängen eines total versandeten Kassettenrekorders vor sich hin.
Es ist aus mit dem Porsche.
Aber ihren Freundinnen daheim wird sie erzählen, daß *sie* ihn hat sitzenlassen.

Reni hat zwei Plastiktüten voll bunter Muscheln und Seeigel und einen halben Seestern.

Was willst du denn damit zu Hause anfangen, Kind? Es liegt doch schon genug bei uns herum.
Reni nimmt die Tüten trotzdem mit. Man kann doch nicht einfach wegwerfen, wonach man sich so freudig gebückt hat.

Auf der Heimfahrt an der Grenze stellt der Zöllner die Routinefrage, ob sie was zu verzollen hätten? Zigaretten? Alkohol?
»Bloß eine Flasche Schnaps«, sagt Vater treuherzig. Das kann der kleine Michi nicht auf seiner Familie sitzen lassen. Bloß eine!
»Wir haben ganz viele mit!«
Die Eltern lachen darauf hektisch laut: »Kindermund, Herr Zollinspektor, Kindermund! Ist er nicht süß?«

Gesunde, tiefgebräunte Heimkehr mit nur einem eingebeulten Kotflügel.
Die Tante hat inzwischen bestens die Wohnung verwaltet: den Hund gegossen, die Blattpflanzen verjagt, einen Einbrecher gehütet... und einen Riesenzopf mit dem Hausmeister.
Auf Vaters Schreibtisch stapeln sich Rechnungen, Bankbriefe und ein Schreiben vom Finanzamt, das macht er erst morgen auf.
Außerdem finden sie bunte Urlaubsgrüße von ihren Freunden vor. Sie schreiben, sie hätten es diesmal prima getroffen.
Aber das kann unsere Familie nicht ärgern. Sie hatten es ja selber schön und noch wochenlang Sand in den Kleidern.

Der Freund

Die meisten aus deiner Klasse kennen sich schon vom Kindergarten her. Sie stehen auf dem Hof, etwa zwei Dutzend nagelneue Mützen leuchten wie halbierte Orangen.

Du gibst mir einen ganz schnellen, möglichst unsichtbaren Kuß und läufst voll Freude auf sie zu, wirst dann merklich langsamer, als niemand Notiz von dir nimmt. Bleibst schließlich in zwei Meter Entfernung stehen und schaust dem Ringkampf von zwei Riesenmädchen zu. Du bückst dich zu deinem Schuhband, Beschäftigung vortäuschend, und schneidest Grimassen in die Luft – deine Verlegenheit ist beinahe schmerzhaft. Jetzt hopst du auf einem Bein. Ein verlassenes Storchenjunges. Du siehst dich nach mir um. Es ist ebenso peinlich wie gut, daß ich noch da bin.

Ich ahne, was du durchstehst. Neu und fremd in einem Kreis zu sein, der untereinander so vertraut ist – das ist ein sehr unbehaglicher Zustand. Da braucht man alles Selbstbewußtsein, das man besitzt, sonst hat man plötzlich zwei linke Füße und viel zu lange Arme und einen Stock im Kreuz und im Gesicht dieses Lächeln voll tapferer Einsamkeit. Deiner Mutter geht es heute manchmal noch so. (Vor allem auf Cocktailpartys.) Aber daß es dir jetzt so gehen muß!

Plötzlich kommt ein Junge auf dich zu und nimmt dich bei der Hand, und alles an dir hüpft vor Glück und Erleichterung.

Ich steige beruhigt in den Wagen und fahr' nach Hause. Aber dieser Junge wird nicht dein Freund. Du willst ihn nicht, weil er dir zu ähnlich ist. Du möchtest in deinem Schulfreund nicht deine eigene Schüchternheit, deine Sensibilität, die dir das Leben manchmal schwer macht, deinen Hang zum Träumen wiederfinden.

Du spürst: Dieser Junge ist nicht nur ein Neuer wie du – er wird auch mit dir ein Fremder in der Gemeinschaft bleiben.

Der Junge fürchtet sich vor den Schlägern in der Klasse. Er sucht Schutz bei dir, und darum verachtest du ihn ein bißchen – wie sehr du dich auch im geheimen selber fürchtest. Aber du zeigst es nicht. Du schlägst mit ungeübten Fäusten zurück. Jeden Mittag, wenn du aus der Schule kommst, frage ich dich: »Hast du schon einen Freund?«

»Nein, noch nicht. Aber es ist nicht schlimm«, tröstest du mich, »es sind noch mehr allein.«

Am siebten Schultag kommst du leuchtend nach Hause. Beim Mittagessen sagst du: »Mami, du hast mich heute noch gar nicht gefragt, ob ich einen Freund gefunden habe.« Halleluja! Er ist da!

Du hast dir den stämmigsten Krakeeler aus der Klasse ausgesucht, einen, der niemals unter verlegenen Armen leidet – so wie du. Denn seine Arme bestehen nur aus Fäusten und Ellbogen.

Und wenn du auch sonst nicht viel Gutes von ihm lernen wirst: Wenn er dir nur einen Schuß Rücksichtslosigkeit beibringt und die Fähigkeit, dir dein Recht zu erkämpfen, so will ich ihm dankbar sein dafür. Je besser du dich

verteidigen kannst, desto weniger wirst du angegriffen werden.
Und desto eher wirst du dir einen Freund leisten können, der wirklich zu dir paßt.
Für drei Uhr bist du mit dem Jungen verabredet. Bereits um zwei Uhr klingelt es Sturm am Gartentor. Verlegene Stimmen kichern in den Sprechapparat. Dein neuer Freund hat noch zwei Knaben mitgebracht.
Es ist das erstemal, daß du mit anderen so einfach abhauen darfst.
(Du ahnst natürlich nicht, daß ich euch ein Stück nachgehe. Es ist nur wegen der Fahrbahnen, die ihr überqueren müßt.) Ihr rennt, springt beim Rennen, vor allem du. Deine Arme flattern. Deine Stimme kräht jubelnd. Mit Bocksprüngen begrüßt du einen neuen Abschnitt Selbständigkeit.
Nun bist du flügge.

Elternabend in Klasse 2b

Sie hat zwei Weltkriege, Bomben, Beschuß, Umbauten, etliche Renovierungen und mein eigenes Debüt als Lernpflichtige trutzig überlebt.
Nun schwitzt der Junge in denselben hohen, altmodischen Räumen wie seine Mutter einst. Alle Vierteljahre ist einmal Elternabend.

Dann sehen wir uns notgedrungen wieder, die Schule und ich.
Es beschleicht mich eine ganze Menge in ihren blanken Fluren, nur keine Alte-Penne-Sentimentalität. Dafür sorgt schon ihr Geruch, dieser typische Grundschulmief, gemischt aus Bohnerwachs, Kreide, nassen Mänteln, Mappenleder und Desinfektionsmitteln, aus Bange, Tadel, Lerneifer und Pädagogenherrlichkeit. Dieser Mief hat Brände und Renovierungen unversehrt überlebt. Ist unausrottbar.
Der Elternabend findet im Klassenzimmer der Kleinen statt, nachdem er sich – im Musikzimmer veranstaltet – als Fehler erwiesen hatte. Einige Eltern konnten trotz wiederholter Ermahnungen das Klimpern und Tuten auf herumstehenden Musikinstrumenten nicht lassen. Aber im Klassenzimmer ist es auch ganz schön.
Es liegt näher beim Ausgang. Sobald der Elternabend zu Ende ist, kann man gleich rausrasen. An den Wänden hängen die Malwerke unserer Lieblinge. Jeder hat seine Mutter aus dem Gedächtnis nachgeschaffen.
Ich erkenne mich sofort an den schief eingeschraubten, alarmierend erhobenen Armen, aus denen die Finger wie Rüschen ragen. Andere Mütter haben hübsche Kleider an mit Punkten und Blümchen. Mein Körper steckt in einem form- und schmucklosen Sack. Nicht mal eine Knopfreihe auf dem Bauch. Aber dafür grinst mein lila Gesicht von einem Rand zum andern, und das tun die rosa und beigen Gesichter der anderen Mütter nicht.
Die Lehrerin – sie ist noch jung und wurde kurzfristig von meinem Sohn beschwärmt – empfängt jedes eintref-

fende Elternteil auf dem Katheder. Den Müttern sitzt ein Knicks im Lächeln, den Vätern ein Diener – die Paukerscheu ist noch so da im Unterbewußtsein. Erst Sekunden später trifft die Erkenntnis ein: Die kann uns ja gar nichts mehr.

Nein, uns nicht, aber unseren Kindern.

An niedrigen Tischen, auf Stühlchen für sechs- bis neunjährige Beine hocken schon viele Eltern. Sie sind possierlich anzusehen, vor allem jene Väter, die Bauch tragen. Der rutscht in dieser niederen Sitzstellung wie ein falsch umgehängter Rucksack zwischen Kinn und Knie. Einige Mütter haben sich feingemacht und einen Haufen Schmuck an. Schließlich muß man den anderen mal zeigen, was man hat, oder?

Franks Mutter hat ein Stühlchen für mich freigehalten. Ich spüre, sie braucht dringend meinen Beistand, sitzt sie doch eingekeilt zwischen lauter Musterschüler-Eltern. Und Eltern lassen Eltern ja furchtbar gerne fühlen, wenn ihre Kinder schlauer sind als die der anderen. Was heißt schlauer – unsere sind auch nicht dämlicher, im Gegenteil, bloß eben nicht so gute Schüler.

Da ist zum Beispiel Sigrids Mutter. Wenn sie aufsteht, wirkt das wie die Levade eines Brauereipferds. Aus ihren Augen leuchtet der stahlharte Ehrgeiz von Eislaufmüttern. Sie läßt keine Gelegenheit aus, uns Sigrids Einser vorzuhalten.

Äußerlich tun wir so, als ob uns das gar nichts ausmacht. Innerlich reagieren wir kleinlicher. Ich möchte das Pferd zu gern mal im Dustern treffen. Franks Mutter fragt mich, ob mein Sohn beim letzten Diktat auch so hoch veranlagt worden ist. Ich sage »mit Vier«, Sigrids Mutter sagt, »mit Eins natürlich«, ich sage »pschscht«, denn die Lehrerin hat »liebe Eltern« gesagt, und wenn sie spricht, müssen wir alle schön ruhig sein.

Zuerst begrüßt sie uns aufs herzlichste und freut sich, daß wir so zahlreich erschienen sind.

Dann kriegen wir unser Fett ab.

Ihr ist aufgefallen, daß manche Kinder Weißbrot statt Vollkornbrot essen und außerdem die Rinden den Vögeln hinwerfen, und was wir dazu zu sagen haben!? (Männliches Murmeln hinter mir: Beiß du mal auf 'ne harte Rinde, wenn die Milchzähne wackeln!)

Außerdem rügt sie den Zustand mancher Mappeninhalte. Und guckt dabei so bezugnehmend in unsere Richtung.

Als ob Frankies Mutter und ich die Eselsohren und Fettflecke selber in die Hefte gemacht und die heillose Unordnung in den Schultaschen unserer Söhne angerichtet hätten!

Und dann das Fernsehen. Es schädigt das Nervensystem und belastet die Kinder mit zu vielen Eindrücken. Eltern, die ihre Kinder fernsehen lassen, handeln unverantwortlich. Sie selbst hat keins.

Nach den Beanstandungen wird für eine Klassenfeier gesammelt. Ich wollte bloß zwei Mark geben, aber Sigrids Mutter hat fünf Mark gegeben, und nun geben wir Nachfolgenden auch ungern fünf Mark. Wir könnten ja sonst als knickerig oder pleite gelten. Am Schluß kommt das Doppelte von der Summe heraus, die für die Feier gebraucht wird. So ist das nun.

Es folgt der Vortrag des Abends mit dem Thema: »Leben im Wechselspiel zwischen Eindruck und Ausdruck«, von der Lehrerin gehalten. Danach, so erfahren wir, tritt der Lehrkörper im Unterricht in den Hintergrund, damit die Kleinen zeigen können, was sie selbst an Ausdrucksmöglichkeiten besitzen.

»Ich kann nur hoffen, daß meiner nicht all seine Möglichkeiten zeigt«, flüstert Franks Mutter mir zu. Das trägt ihr einen unwilligen Kathederblick ein.

Kaum ist der Vortrag beendet, erhebt sich ein Vater und schießt mit Entschuldigungen zur Tür hinaus. Wir wissen schon – jetzt geht er auf »Knaben«, um zu rauchen. Länger als eine halbe Stunde hält er es nie ohne Zigarette aus. Im Klassenzimmer aber ist das Rauchen verboten, auch nach acht Uhr abends.

Nun dürfen Fragen gestellt werden. Es melden sich immer dieselben Eltern zu Wort. Man kennt sie schon – die Räsonierer, die gründlichen Frager und die Gewichtigen, die ihre Rede mit Worten wie Elternratssitzung, Senatsbeschluß, Ausschuß et cetera zu würzen pflegen. Dann gibt es noch die Lacher und Schwätzer, die ständig zur Ordnung ermahnt werden müssen.

Aber im großen und ganzen haben wir uns schon sehr gebessert. Wir reden nicht mehr ungefragt durcheinander so wie anfangs, auch warten wir mit erhobenem Zeigefinger, ohne zu schnipsen, bis uns das Wort erteilt wird.

Ich habe auch was auf dem Herzen. Die Ganzwortmethode. Mein Sohn hat dadurch nicht lesen gelernt, sondern raten.

Wenn er zum Beispiel das Wort GRÜN sieht, weiß er sofort: Aha, das ist eine Farbe mit 4 Buchstaben, und sagt mit Sicherheit GELB.
Außerdem möchte ich noch wissen, wie das kommt, daß heute viel mehr Kinder an Schreib- und Lesestörungen leiden als zu Zeiten der sturen alten Lautiermethode.
Damit bin ich ins Fettnäpfchen getreten. Denn: »Daran ist niemals die Ganzheitsmethode schuld. Sie ist fortschrittlich und unfehlbar. Schuld an diesen Versagern ist einzig und allein das Fernsehen! – Hat noch jemand eine Frage?«
Nein. Keiner hat. Jeder ist mit seinen eingeschlafenen Beinen unter den niedrigen Tischchen beschäftigt.
Die Luft in solchen Klassenräumen ist auch mächtig trocken. Hat man als Schulkind gar nicht so empfunden.
Die Gedanken der Väter schweifen immer leidenschaftlicher zur Kneipe an der Ecke hin.
Ist denn nicht bald Feierabend hier?
Nach anderthalb Stunden wird die Unaufmerksamkeit so sicht- und hörbar, daß der Lehrerin nichts anderes als das Schlußwort übrig bleibt.
Im Gänsemarsch treten wir vor der Tafel an und machen unseren Knicks und stellen jeder eine Frage. Ob der Junge gut mitkommt? Wie bitte? Ja, verhuscht ist er. Verträumt auch. Schwatzhaft auch. Ja. Seine Rechtschreibung. Ja leider. Aber das liegt natürlich nicht an der Ganzheitsmethode. Die *ist* wunderbar. Auch die Kinder sind wunderbar, bloß wir Eltern... Allen Bockmist, den sie verzapfen, schiebt die Lehrerin unserer falschen Erziehung in die Schuhe.

Franks Mutter und ich spüren viel Drückendes in den Schuhen. Sie sind uns mehrere Nummern zu eng, als wir das Schulgebäude verlassen.

Tod eines Goldhamsters

Der kleine Gottlieb ist vom Schrank gefallen und hat sich das Rückgrat gebrochen. Als wir ihn fanden, war er schon tot. Die Kinder weinten sehr um ihn. Ausgerechnet ihr Gottlieb.

Daß sie noch vierzehn lebendige Hamster haben, bedeutet gar keinen Trost für sie. Sie sagen, sie hätten auch vierzehn Tanten. Wenn die vom Schrank fielen, ginge ihnen das auch nicht so nahe – bis auf die Tante Hertha. Wenn die Tante Hertha fiele, das wär' schlimm.

Während sie im Garten ein Grab in die hartgefrorene Erde hacken und dabei Tränen und noch was anderes in ihre Handschuhe wischen, möchte ich kurz die Geschichte unserer Goldhamster erzählen.

Zuerst hatten wir den braunen Hans-Joachim. Der war aber so allein. Darum schenkten wir ihm die weiße Erna. Die beiden vermehrten sich zügig. Sieben Kinder auf einen Schlag. Arme Erna.

Weil sie aber so eine gute Mutter war, blieben alle Hamsterchen am Leben und balgten sich den ganzen Tag und die ganze Nacht um ihre geduldigen Milchquellen.

Sie wurden viel zu schnell groß und immer lustiger und fuhren sieben Mann hoch im Rhönrad. Wir haben viele Farbaufnahmen davon gemacht, leider sind sie nicht gut geworden. Eines Tages waren die Hamsterchen erwachsen genug, um verkauft zu werden. Der Abschied fiel uns so schwer, daß wir sie nicht verkauften, sondern alle leerstehenden Vogelbauer der Nachbarschaft erwarben, um neue Heimstätten zu schaffen. Ein viertel Quadratmeter für zwei Hamster. Das war human.

Wir nannten sie nach unseren Bekannten Hertha, Dietmar, Manuel, Frau Oberhuber, Uwe, Gottlieb und Doktor. Dietmar und Frau Oberhuber sind unsere wertvollsten, weil braunweiß gescheckt. Sie sehen aus wie eingelaufene Meerschweinchen, was bei Hamstern sehr selten ist, und man hat uns schon 5 Mark 50 pro Stück für sie geboten, aber wir denken nicht daran.

Von Anfang an war der kleine Gottlieb unser Liebling. Ein ganz gewöhnlicher, brauner Hamster, aber was für ein Charakter! Immer sanft und zutraulich. Viel zu gut für diese Welt. Seinem Bruder Manuel glich er wie ein Ei dem anderen oder wie ein gewöhnlicher Goldhamster einem anderen gewöhnlichen Goldhamster. Sie zogen gemeinsam in ein Vogelbauer, das heißt, Manuel ging gerne auf Tournee durch alle Zimmer. Er hatte Schlafstellen und Versorgungsdepots in der Spielkiste und hinterm »Deutschen Liederschatz« im untersten Regal. Manchmal nahm er den kleinen Gottlieb mit. Aber der kehrte spätestens nach einem Ausflugstag zurück, und wenn wir des Nachts ein einsames

Rhönrad unermüdlich quietschen hörten, dann wußten wir: Jetzt fährt Gottlieb Richtung Tutzing.
Hamster sind ja überhaupt Nachtmenschen. Sie leben wie die Gaukler. Abends werden sie munter und geben Vorstellungen, ob sie Publikum haben oder nicht. Gegen Morgen schlupfen sie in ihre Häuschen, machen die Türen dicht und pennen. Einer über dem anderen.
Aber zurück zu Gottlieb. Im Vergleich zum scheuen, bissigen Manuel war er ungemein kontaktfreudig. Er saß auf den Kindern herum, auch mal in ihren Hosentaschen. Er half bei Schulaufgaben, nahm am Abendessen teil, sah mit uns fern und überraschte uns eines Morgens durch Mutterfreuden. Aber da war es schon zu spät, ihn umzutaufen. Sie blieb die kleine Gottlieb bis zu ihrem viel zu frühen Unfalltod.
Wir haben einen wunderschönen, duftenden Sarg für Gottlieb gefunden. Eine Luxuspackung, noch von Weihnachten. Er paßte genau in die Öffnung, in der vorher die Parfümflasche war.
Die Kinder legten ihm ein Salatblatt und Körner für die lange Reise mit hinein. Dann nahmen sie Abschied, ein streichelnder Zeigefinger nach dem anderen. Sie deckten ihn mit Watte zu und schlossen den Sarg.
Das hatte etwas sehr Endgültiges. Auf einem ausrangierten Spielzeugauto zog Gottlieb-im-Sarg noch einmal an den Heimstätten seiner zahlreichen Familienmitglieder vorbei – nur sein Bruder und Gatte Manuel fehlte, wie üblich.
Philip hielt eine Rede am offenen Grab. »Lieber Gottlieb«, sagte er, »hier liegst du nun. Amen.«

Ich sah dabei auf den Sargdeckel. Las »Christian Dior – Diorissimo – Parfum – Paris« und darüber, in schwarzer Schönschrift, »Unser Gottlieb«. Auch auf dem selbstgezimmerten Holzkreuz stand:
»Unser Gottlieb.«
Als sie Tannen auf das Grab legten, begann es zu schneien. Eine schöne Beerdigung. Den ganzen Abend, der danach folgte, litten die Kinder unter der Leere, die durch das Nicht-mehr-da-Sein einer lebendigen Handvoll Fell entstanden war.
Einen Tag später.
Entweder ist heute ein Wunder geschehen oder gestern ein Irrtum. Als wir vorhin Schularbeiten machten, saß plötzlich ein Hamster vor uns auf dem Schreibtisch gleich neben dem Bleistiftanspitzer. Er machte Männchen. Zwinkerte mit den Barthaaren. Sah uns unentwegt mit schwarzen Stecknadelkopfaugen an.
»Das ist doch –«
»Nein«, sagte Philip, »Gottlieb ist tot. Das ist Manuel – und er weiß noch gar nichts von dem Unglück.« Ganz vorsichtig schlich seine Kinderhand an den Hamster heran, um ihn nicht zu erschrecken – Manuel ist doch so scheu. Aber Manuel ließ sich aufnehmen, sogar streicheln, ohne zu beißen, rannte Philips Ärmel herauf und nahm in seinem Kragen Platz – wie der kleine Gottlieb selig. Er war der einzige von allen Hamstern, der das immer getan hatte.
Für mich gab es keinen Zweifel: »Manuel ist vom Schrank gefallen. Wir haben Manuel beerdigt. Gottlieb lebt!«

Dann Philip, sehr bedächtig und bestimmt: »Gottlieb ist tot. Es steht auf seinem Sarg.«
»Und auf seinem Grabkreuz«, sagte Moni.
»Aber –«, sagte ich.
»Gottlieb ist tot«, sagte auch Peter. Und da begriff ich.

Die Kinder hatten ihren großen Schmerz um Gottlieb im Garten zu Grabe getragen. Mit Tannen und viel Schnee zugedeckt. Ihre vergossenen Tränen und Gefühle ließen sich nicht rückgängig machen. Sollten sich auch nicht noch einmal wiederholen. Denn wenn Gottlieb wirklich Gottlieb war und nicht Manuel, dann stand ihnen der Schmerz um seinen Tod eines Tages noch mal bevor, und davor fürchteten sie sich, verstehen Sie?
Gottlieb persönlich ist es piepegal, daß er als Manuel weiterleben muß – wo er doch sowieso ein Mädchen ist.

Krach

So eine Gemeinheit.
Eine Superschweinerei.
Sperrt sie mich ein. Ich laß mich nicht einsperren. Nicht von der. Von der schon gar nicht. Ich räum mein Zimmer nicht auf Kommando auf. Ja, spinn ich? Kann mir schließlich nicht alles von ihr bieten lassen. Wer bin ich denn? (Hackenbummern ans Türholz – einmal – noch mal –

noch mal – wumm! Das dröhnt. Das freut den Zorn. Das tut ihm gut. Provoziert auch so schön.)
Gleich wird sie reinkommen und mich anfegen. Ob ich verrückt geworden wäre, solchen Spektakel zu machen. Sage ich: »Nö, wieso?« und grinse. Das bringt sie auf die Palme. Wird sie mir eine schmieren? Sage ich: »Hau doch, Mensch – Mensch, hau doch – so was Gemeines! Haut ihr eigen Fleisch und Blut! Glaub ja nicht, ich heule, weil's weh tut. Tut dir viel mehr weh in der Hand als mir auf der Backe. Ich heule aus Wut. Deshalb.«
Warum kommt sie nicht endlich rein und schmiert mir eine? Warum will sie sich nicht weiter mit mir krachen?? Alles Schikane von ihr.
Ich mach' ein dickes Kreuz über ihr Gesicht auf dem Familienbild.
Ich zerreiß' alle Fotos, die sie von mir hat. Kann sie mich nicht mehr überall rumzeigen. Schadet ihr gar nichts.
Ich pfeif', als ob mir unser Krach schnuppe ist. Ich rede acht Tage nicht mit ihr, wird sie sich wundern.
Vierzehn Tage.
Ich hau' einfach ab, ja, ich hau' ab.
Ich geb' ihr ihre Geschenke zurück.
Ich hol' mir den Zwiebelschneider wieder, den ich ihr zum Geburtstag geschenkt habe. Dann merkt sie endlich, wie ernst es mir ist.
Wenn ich nun abhaue, und sie sagt es heute abend meinem Vater, wenn der anruft?
Olle Petze, Mensch!
Sonst sind sie geschieden, aber wenn's um mein Unglück geht, halten sie immer zusammen.

Ich räume trotzdem nicht auf. Ich schreib' auch das blöde Englisch nicht noch mal ab.
Na schön – bleibe ich eben sitzen – ist euch peinlich, wenn ich sitzenbleibe, was? Mir nicht.
Mir ist schon alles egal.
Ach, Scheiße.
Andi und Nico sind draußen. Die hämmern was im Garten. Was die wohl hämmern?
Die haben's gut. Die dürfen im Garten was hämmern.
Und ich?
Eingesperrt.
Darf nicht raus. Muß aufräumen und alles Englische noch mal schuften, was ich schon geschuftet habe. Wegen der paar Rechtschreibfehler. Dabei wozu?
Das Leben ist so kurz.
Es müßte bloß eine Sprache auf der Welt geben, die genauso ausgesprochen wird, wie man sie schreibt – ohne th's und dt's und mal Doppel-m und mal nicht... wer hat was davon? Würden wir uns auch viel weniger zanken.
Was macht sie wohl?
Warum kommt sie nicht rein und kontrolliert, ob ich Englisch noch mal abschreibe und aufräume? Ich schreib' ja ab – denk mal an.
Wenn sie sich gebührend entschuldigt, bin ich ihr vielleicht auch nicht mehr böse.
Komm doch mal rein!
Und jetzt noch das Mistaufräumen. Am besten alles unters Bett und den Rest in 'n Schrank.
Irre langweilig, so'n Krach. Nicht mal 'n Hund hab' ich zum Reden.

(Ruft durch die Türritze): »Sascha! Komm mal!«
(Sascha pustet von außen durch die Türritze und kratzt am Holz.) Jaja, mein Guter, du bist der einzige, der noch zu mir hält. (Seufzer) Wenn ich dich nicht hätte. (Melodram): *Du* wenigstens hast mich noch lieb.
(Nebenan lacht seine Mutter. Gibt sich gar keine Mühe, das Lachen zu unterdrücken. Er muß auch grinsen.)
Ist ja auch ziemlich blöd. Hat man sich irre gern und versteht sich eigentlich prima und versteht im Grunde gar nicht, warum man manchmal solche Höllenwut aufeinander kriegt. Und sich die schlimmsten Sachen an den Kopf schmeißt. Und sie auch meint in dem Augenblick, wo man sie schmeißt. Man kann einfach nicht gegen an. Nachher tut's einem leid.
(Ziviles Bummern an die verschlossene Tür.)
»He, mach mal auf, ich muß aufs Klo.«
(Frage von draußen): »Hast du aufgeräumt?«
»Ja.«
»Englisch auch?«
»Alles beides.«
(Die Tür wird aufgeschlossen. Mutter und Sohn stehen voreinander.)
»Kann ich jetzt runter?«
»Erst zeig mir das Heft. – Schön ist das gerade nicht.«
»Aber besser. Mußt du zugeben. Aufgeräumt habe ich auch. Kann ich jetzt gehen?«
(Zögern mütterlicherseits.)
Wenn sie jetzt sagt: »Hättest du nicht den wilden Mann gespielt, sondern gleich aufgeräumt und abgeschrieben,

könntest du schon seit einer Stunde im Garten sein und mit Andi und Nico hämmern...«
Aber sie sagt es nicht.
Sie hat überhaupt viel gelernt im Umgang mit ihm. Sie läßt sich nicht mehr hochbringen, ist nicht beleidigt, nicht einmal, wenn er sie im Zorn ein dummes Huhn schimpft...
»Kann ich jetzt gehen?«
»Meinetwegen.«
(An der Wohnungstür dreht er sich noch einmal um.)
»Danke.«
(Als ob sie ihm etwas geschenkt hätte.)

Bibi

Bibi ist ein kleines Mädchen aus Philips Klasse. Im nächsten Monat wird sie acht.
Weil sie sehr zart ist und sehr still, wird sie von den anderen Kindern leicht übersehen.
Darum ist Geburtstag so wichtig für Bibi. Nicht wegen der Geschenke – zum Spielen hat sie genug. Wegen der Beachtung. An ihrem Geburtstag ist sie einen Tag lang Mittelpunkt.
Auf ihrer Klassenbank liegt ein gemalter Glückwunsch. Alle Kinder singen ein Lied für sie und sehen sie dabei an. Bibi verteilt zum Dank Bonbons.
Mittags darf sie bestimmen, was es zu essen gibt. Für den Nachmittag träumt sie von einem großen Fest. Von vier

bis halb sieben. Mit Topfschlagen und Kreischen und Wettspielen und Beulen am Kopf und Colas und Käsekuchen und grünem Glibberpudding und Luftballons zum Zerknallen und verdorbenen Mägen und Fackelzug durch den Garten, wenn es dunkel wird. Alle sollen sagen: So schön wie bei Bibi war es nirgends.

Der Tisch im Speisezimmer ihrer Eltern faßt zehn Personen. Also wird sie drei Kinder einladen, bei denen sie auch zum Geburtstag eingeladen war, und dazu noch sechs andere. Macht mit Bibi zusammen zehn, oder?

Einen Monat vor ihrem Fest geht sie zu den Kindern ihrer Klasse, die sie auserwählt hat, und sagt: »Am 27. habe ich Geburtstag. Möchtest du zu mir kommen? Ich würde mich sehr freuen. Die schriftliche Einladung kriegst du noch.«

Alle sagen sofort zu. Welches Kind sagt schon zu einer Geburtstagseinladung nein, auch wenn die Gastgeberin so klein und still ist, daß man sie leicht übersieht!? Zudem sind Bibis Eltern wohlhabend. Das verspricht prima Geschenke beim Topfschlagen.

Wenige Tage später fragt Bibis Mutter: »Was wünschst du dir eigentlich zum Geburtstag?«

»Eine Kinderparty«, sagt Bibi sofort.

Die Mutter ist entsetzt. Was –? Vier Buben und fünf Mädchen eingeladen, ohne uns vorher zu fragen? »Ja, wie stellst du dir das eigentlich vor?«

»Andere Kinder dürfen doch auch – und die haben nicht so viel Platz wie wir«, sagte Bibi.

»Aber auch nicht so eine kostbare Einrichtung«, sagt die Mutter. »Was glaubst du, was auf Neumanns Kinderfest alles kaputt gegangen ist!? Eine wertvolle China-Vase! Das Terrassenfenster! Kakaoflecken auf dem gelben Seidensofa! Und so etwas von laut –! Frau Neumann war hinterher völlig mit den Nerven runter. Kommt ja gaaar nicht in Frage!«

Bibi heult. Bettelt. Verpricht lauter artige, leise, kleine Gäste. Will alles, was sie anrichten, von ihrem eigenen Sparkonto bezahlen. Will kein einziges Geschenk zum Geburtstag, nur diese Party, bittebittebitte.

»Ich kann sie doch jetzt nicht mehr ausladen! Das geht doch nicht!«

»Warum nicht«, sagt die Mutter, stolz auf ihre konsequente Pädagogik, »du hast sic ja auch eingeladen, ohne vorher zu fragen.«

Am nächsten Morgen muß Bibi von Kind zu Kind gehen und sagen: »Es tut mir so leid, aber ich darf kein Fest zu meinem Geburtstag geben. Meine Mutti erlaubt es nicht.«

Neun Kinder. Neun Enttäuschungen. Neunmal stirbt Bibi beinah vor Scham.

Ihre Klassenkameraden haben die Geschichte bald vergessen. Keiner trägt sie ihr nach, aber es denkt auch keiner daran, sie zu seinem nächsten Geburtstag einzuladen.

Und es fällt niemand auf, daß Bibi noch stiller geworden ist als früher.

Die Reise nach Sizilien

Alex hat mit seinen Eltern und Geschwistern eine große Autoreise gemacht. Fünf Wochen waren sie unterwegs. Fünf Wochen voller Erlebnisse und starker Eindrücke – möchte man annehmen.

Am ersten Schultag nach den großen Ferien frage ich Philip: »Was hat Alex von seiner Reise erzählt?«

»Na, daß es schön war.«

»Und sonst?«

»Nich viel.«

»Was hat er denn erzählt?«

»Na, wie sie da unten waren, bei Rom oder so, da hat ihr Kühler gedampft.«

Der Familiensonntagsspaziergang

Karli mag nicht spazierengehen. Seine Schwestern mögen nicht. Sie kennen überhaupt nur einen Jungen, der gern spazierengeht.

Karlis Eltern gingen früher auch nicht gern spazieren, sie geben es sogar zu. Trotzdem treiben sie ihre Kinder Sonntag für Sonntag durch die Gegend, weil es doch so gesund ist.

Sonntagsspaziergang ist nach Karlis Meinung so gesund

wie rohe Möhren, Frühgymnastik und kalte Duschen, wie all die Sachen, die einem Jungen das Dasein verleiden können.

Vorneweg marschieren die Eltern, umkreist von Karlis Schwester Lilli. Die Mutter sagt: »Lilli, lauf uns nicht pausenlos vor die Füße«, aber Lilli muß so nah bei den Erwachsenen gehen, sonst kriegt sie ja nicht mit, was sie sich erzählen.

Hinter ihnen trottet Susi. Alle zehn Meter bleibt sie stehen und zieht die Strümpfe hoch.

Hinter Susi kommt eine Weile niemand, und dann kommt leider Karli.

Karli schubst Kiesel vor sich her, holt aus und tut so, als ob er jemand Bestimmten treffen möchte. Oder er verdrischt die Blätter an den Büschen mit einem pfeifenden Stecken.

Ab und zu bleibt der Vater stehen und ruft: »Karli, trödel nicht so!«

Dann setzt sich Karli kurzfristig in Trab. Kurzfristig.

Optisch gesehen erinnert unsere Familientruppe an einen Almabtrieb – jeder trottet, wie es ihm paßt, und die Autos müssen derweil halten.

Worin liegt wohl der tiefe Sinn eines solchen Sonntagsspaziergangs? Können Sie das bitte mal dem Karli sagen?

»In frischer Luft und Bewegung.«

Aha. Sehr gut. Aber Karli weiß schöne Spiele, bei denen er noch viel mehr Bewegung und Luft hätte. Worin liegt also der Sinn?

In tödlicher Langeweile und Milzstechen, sagt Karli selber.

Ab und zu bleibt der Vater stehen und ruft: »Karli, trödel doch mal, ich hab' was am Fuß!« Seine Mutter kommt und fragt: Zeig mal, wo?, und Karli sagt: Da!, und sie sagt: Ich seh' nichts, und Karli sagt: Es ist aber was, bestimmt! Sein Vater sagt: »Alles Falle. Der Bengel willl bloß nicht spazierengehen.«

Womit er absolut recht hat.

Man geht übrigens nach der Uhr und nie ohne Ziel. Dieses Ziel kann eine schöne Aussicht sein oder eine Gastwirtschaft. Die Aussicht ist meistens mit einem Anmarsch in die Höhe verbunden, bei dem man ins Schwitzen und Japsen gerät. Wenn man dann endlich oben ist, guckt man runter. Und was sieht man da? Das, was die Erwachsenen eine schöne Aussicht nennen. – Und was sieht Karli? Bäume von oben. Dächer. Einen Fluß, der sich ringelt. Und deswegen hat er so weit und so hoch latschen müssen.

Da ist ihm eine Gastwirtschaft als Wanderziel schon lieber, aber nur, solange er Durst und Hunger hat. So lange. Danach nicht mehr. Danach will er zurück. Nun kann es aber passieren, daß sein Vater ein zweites Bier trinkt und Sitzfleisch kriegt und noch ein bißchen bleiben will, was drängelst du denn, Junge, hier ist es doch gemütlich.

Und damit ist der ganze Sonntag im Eimer.

Armer Karli.

Im Sommer bricht die Familie bereits um sieben Uhr früh zum Spazierengehen auf, denn später ist es zu heiß dazu. Das bedeutet für Karli, daß er nicht mal am Sonntag ausschlafen kann.

Aber die schwerste Zeit steht ihm im Spätsommer bevor, wenn seine Mutter plötzlich mit dem Aufjubeler: »Schaut mal, ein graublättriger Nadelholzschwefelkopf!« ins Unterholz neben dem Wanderweg einbricht.
Armer, armer Karli. Alle Hoffnung auf eine baldige Heimkehr stürzt in ihm zusammen. Er kennt die Sammelwut seiner Familie, die der Anblick des ersten, eßbaren Pilzes auslöst. Manchmal hält sie mehrere Stunden an.
Karli steht abseits von einem Bein aufs andere und schaut zu, wie sie gierig suchen, im Waldboden scharren, sich bücken, niederknien, die Plastiktüten vom Frühstück mit Pilzen füllen, worunter auch solche sind, von denen sie nicht mit Sicherheit sagen können, ob es sich um giftige oder nichtgiftige handelt.
Karlis anfangs ehrliche Sorge um den Fortbestand seiner Familie wandelt sich mit zunehmender Langeweile in blanke Kaltblütigkeit: Wozu sammeln sie Pfunde? Wozu? Wenn sie sich unbedingt vergiften wollen, genügt doch wohl ein Pilz – oder?
Aber noch ist nicht Spätsommer. Noch pflücken Mutter und Schwestern Margeriten vom Wegrand zu Sträußen, die zu tragen ihnen dann lästig ist.
Karli trödelt hinterdrein. Sonntag für Sonntag. Dabei werden seine Gedanken immer finsterer: Ich futter' Gras, dann kriege ich Magenkrämpfe und muß nach Haus.
Ich sammel' Regenwürmer und stecke sie ihnen in den Kragen.
Ich spring' in Pfützen – werden sie naß.

Ich trete in weichen Teer, das zieht mir die Schuh' aus.
Ohne Schuh' kann ich nicht laufen.
Sie sollen sich an einer Fliege verschlucken!
Aber am liebsten wäre es ihm, es bräche sich einer von der Familie (außer Karli selber) ein Bein.
Dann hätte er endlich sonntags seine liebe Ruhe – wenigstens für ein paar Wochen.

Der Anruf aus London

Ich erwarte dringend den Anruf eines Fernsehproduzenten. Er hat mir mitteilen lassen, daß er mich an diesem Nachmittag aus London anrufen wird.
Ich bin gerade im Bad, als das Telefon klingelt. Jemand muß den Hörer abgenommen haben, denn es klingelt nicht weiter. Also war der Anruf nicht für mich.
Fünf Minuten später verlasse ich das Bad und höre es bellen. Hoch und tief, freudig und böse. Es knurrt auch mal.
Aber es ist nicht der Hund, der bellt und knurrt, sondern Philip am Telefon. Ich komme gerade dazu, wie er in den Hörer hineinlauscht und bedauernd sagt: »Jetzt bellt er nicht mehr.«
Ich frage: »Wer war denn dran?«
»Dein Fernsehonkel«, sagte er.
»Aus London?« schrei' ich.

»Kann sein.«
»Und warum hast du mich nicht gerufen?«
»Ich habe ihm gesagt, du bist auf dem Topp, er soll warten.«
»Ich war nicht auf dem Topf.«
»Ich hab's ihm aber gesagt.«
»Philipppp!«
»Warum schreist du mich an?«
»Warum hast du mich nicht gerufen?«
»Weil du auf dem Topp warst.«
»Ich war nicht auf dem Topf, herrgottnochmal!!!«
»Ich hab's aber gedacht. Und ich hab' gebellt, damit er weiß, daß ich noch in der Leitung bin.«
»Und er?«
»Hat wiedergebellt. Was sollte er machen!?«
»Fünf Minuten lang?«
»Kann sein, daß es so lange war. Er bellt wie ein Dackel, weißt du«, sagt Philip und geht fort.

Sein Vater ist Direktor

Im Unterricht fragt der Lehrer die Kinder nach dem Beruf ihrer Väter.
(Warum Lehrer das tun? Keine Ahnung. Wahrscheinlich zur Förderung sozialer Unterschiede.)
Nacheinander stehen die Kinder auf und sagen »Fri-

seur«, »Metzgermeister«, »Tierarzt«, »Postbote«, »Gärtner«, »Anwalt«.
Beppo sagt: »Mein – mein Vati ist in Hamburg.«
Alle Kinder lachen. Der Lehrer sagt: »Ich habe nicht gefragt, *wo* dein Vater ist, sondern *was* er ist, kannst du nicht zuhören?«
Beppo kriegt heiße Ohren und ein Gefühl wie im Kettenkarussell. Er stottert: »Direktor. Er ist Direktor.«
»Direktor von was?« bohrt der Lehrer.
Noch einmal Kettenkarussel. »Vom Flughafen.«
Beppo setzt sich erschöpft, während sein Nachbar aus der Bank schießt und traditionsbewußt »Schwanenapothekenbesitzer« kräht.
In der Pause fragt der Drogistensohn: »Wenn dein Vati Direktor vom Hamburger Flughafen ist, dann kriegt ihr doch sicher Rabatt aufs Fliegen?«
»Klar«, sagt Beppo.
»Überallhin?«
»Bis Texas. Und noch weiter.«
»Mei, o mei! Klasse!!!« Die meisten von Beppos Mitschülern kennen das Fliegen nur von Sonntagsbesuchen im Flughafenrestaurant.
Sie haben die Düsenklipper beim Landen und Starten gesehen, nicht aber die große, weite Welt, die zwischen Start und Landung liegt.
Beppo kennt sie – dank seinem Vater. Mit Rabatt. So einen Vater müßte man haben!
Am nächsten Sonntag früh zieht Beppo seine guten Hosen und den gelben Pulli an, denn gleich nach der Schule wird ihn seine Mutter zum Flugplatz fahren: Alle

zwei Monate verbringt er ein Wochenende bei seinem Vater in Hamburg.
Beppos Mutter ist Ärztin. Eine fabelhafte, bewundernswerte Frau. Alle loben ihre Tüchtigkeit. Wie sie das schafft – drei Kinder und die Praxis! Von seinem Vater spricht keiner. Als ob es ihn gar nicht mehr gäbe. Als Beppo klein war, hat er noch bei ihnen gewohnt. Das war eigentlich ganz schön. Wenigstens einer, der immer für ihn Zeit hatte.

Beppo fliegt zu seinem Vater nach Hamburg. Er sieht ihn schon von weitem – groß, hager, mit dem unvermeidlichen Pfeifenhaken im Gesicht.
Beppo grinst ihm entgegen, bis ihm die Tränen kommen.
»Hallo, Vati...«
»Hallo, mein Junge...«
Süßer Tabakgeruch, rauher Stoff, Arme, die seinen mageren Rücken benahe zerknicken.
Mit einem Koffer-Boy, auf den sie seine Reisetasche laden, rasen sie durch die Gänge und ihrer Verlegenheit davon.
Auf dem Parkplatz steht ein Superwagen. »Sagenhaft«, staunt Beppo. »Wieviel PS?«
»Zweihundertvierzig. Eine 6,4-Liter-V-8-Maschine.«
Noch einmal »Sagenhaft!!!« und »Fahren wir damit zum Hafen?«
Nebeneinander lehnen sie an der Reling der Barkasse, umflogen von klagenden Möwen, dickbauchigem Tuten und... Fernweh.

Beppo erzählt von der Schule, von seinen Geschwistern und einem selbstgebauten Staudamm. Sein Vater erzählt von geschäftlichen Verhandlungen, in denen er gerade steckt.
»Wenn alles klappt, verdiene ich dabei ein Vermögen. Dann fliegen wir beide nach Afrika auf Safari.«
»Aber ohne Schießen«, sagt Beppo.

Als es zu regnen beginnt, zieht der Vater seinen Trenchcoat an und nimmt Beppo mit hinein. Für abends hat er einen Tisch bei Sellner bestellt. Beppo strahlt über kauende Backen hinweg seinen Vater so zufrieden an, wie der es sich wünscht. Einmal gehen Leute an ihrem Tisch vorbei dem Ausgang zu – sehr schicke Leute. »Das sind alte Freunde von mir«, sagt der Vater und ruft sie an.
»Oh, hallo Piet... geht's denn?« sagen sie rasch, ohne Lächeln, und sind schon vorbei, ehe er ihnen seinen jüngsten Sohn vorstellen kann.
»Sie haben es eilig«, sagt er, »ich nehme es ihnen nicht übel. Noch vorgestern hatten wir einen großen Abend zusammen.« Trotzdem hat seine gute Stimmung einen Knacks, er beginnt zu trinken. Beppo sagt besorgt: »Laß uns heimfahren. Ich bin müde.«
Und sein Vater sagt: »Ich habe meine alte Wohnung aufgegeben. Sie war viel zu groß für mich. Bis die neue fertig ist, wohne ich bei einer Bekannten.«
Beppo ist es egal, in welcher Wohnung, auf welchem Sofa er schläft, solange sein Vater sich darüber freut, ihn bei sich zu haben.

Ein langes, lustiges Junggesellenfrühstück am nächsten Morgen. Danach fängt schon der Abschied an, obgleich die Maschine erst am späten Nachmittag geht.
Sie fahren ziellos durch die leeren, trüben Sonntagsstraßen, trödeln ein Stück an der Elbe entlang, beobachten Schiffe, werden immer einsilbiger, Eis und Coca schmecken nicht mehr so richtig. Beppo sucht die Hand seines Vaters.
»Es war schön«, sagt er.
Der Abschied endlich ist fast eine Erlösung vom langen Fürchten vor dem Abschied.
»Wir fliegen nach Afrika«, sagt der Vater. »Vergiß nicht, wir fliegen bestimmt. Gleich morgen besorge ich Prospekte und schicke sie dir. Okay?« »Okay«, sagt Beppo und winkt zurück, solange er noch etwas von dem winkenden großen Mann im karierten Sakko sehen kann. Und er weiß, wie dem jetzt zumute ist.
Er weiß noch viel mehr, worüber er mit niemandem sprechen wird, auch nicht mit seiner Mutter und den Geschwistern, mit denen schon gar nicht. Er weiß mehr, als für seine neun Jahre erträglich ist:
Das Auto mit 240 PS wird sein Vater jetzt dorthin zurückbringen, wo er es für dieses Wochenende gemietet hat, um Beppo zu imponieren. Die großen Geschäfte mit Riesengewinnen gibt es nicht. Und niemals den gemeinsamen Flug nach Afrika, wovon denn?
Das Geld für dieses üppige Wochenende hat er geborgt – vielleicht von der Dame, in deren Wohnung er jetzt wohnt. Er ist schon lange ohne feste Anstellung. Und seine schicken Freunde von einst, die rasch, ohne

Lächeln, an ihrem Tisch vorübergingen, wollen seine alten schicken Freunde nicht mehr sein, nachdem er sein Vermögen mit ihnen durchgebracht hat.
In den Augen der Gesellschaft, in den Augen seiner eigenen Frau und seiner Kinder – außer Beppo – ist er ein Taugenichts, ein Versager, ein abgeschriebener, alternder Playboy.
Beppo ist ja nicht dumm. Er hört, wie man über seinen Vater redet, wenn man glaubt, er hört es nicht. Vielleicht stimmt das auch alles, was sie über ihn sagen. Trotzdem ist er ein guter Vati, ein viel umgänglicherer als all die Väter, die bloß an ihren Beruf denken und Vermögen anschaffen und so stolz auf ihre Titel sind – Professor, Bürovorsteher, Schwanenapothekenbesitzer...

Beppos Vater hatte immer Zeit für Beppo und so viel Geduld – welcher Vater hat das schon? Ich hab' ihn lieb, denkt Beppo. Und darum und weil die Menschen bloß vor Menschen Achtung haben, die reich sind oder einen Titel führen, und weil Beppo genauso stolz wie die anderen Jungen in seiner Klasse auf seinen Vati sein möchte, hat er ihn zum Direktor vom Hamburger Flughafen ernannt. Ist das nun eine schlimme Lüge?
Ja, schon, aber nur, wenn sie herauskommt. Hamburg ist weit...

Werden Elefanten in einem Stück begraben?

Zog da vor ein paar Wochen meine Freundin um und stellte ihre Kinder (Vier und Sechs) bei mir unter. Wie beschäftigt und erfreut man untergestellte Kinder? Ich sagte, gehen wir in den Zoo.

Vier und Sechs sagten, da wären sie schon gewesen, kämen aber gerne noch mal mit.

Wenn man in unseren Tierpark hineingeht, sind gleich rechts die Elefanten und links die Meerschweinchen. Nun raten Sie mal, wo Vier und Sechs zuerst hinrannten? Zu den Meerschweinchen.

Denn Meerschweinchen haben sie selber zu Haus, Elefanten dagegen nicht (schon wieder ein Beweis für unsere Wohnraumnot).

Als gewissenhafter Kinderhüter hatte ich vor diesem Zoobesuch Brehms Tierleben studiert. Ich wußte somit alles über Elefanten, zumindest über die lebenden, nicht aber über die entseelten, und genau nach denen fragten sie mich:

»Was macht man mit einem toten Elefant? Begräbt man ihn in einem Stück oder –?«

Auch ihre zweite Frage, weshalb die Pfauen mit den Dickhäutern in einem Gehege zusammenleben, konnte ich nicht beantworten. Ja, wer macht sich denn schon Gedanken über Elefanten im Zusammenhang mit Pfauen?

Ich sagte, gehen wir doch lieber zu den Löwen.

Die Löwen lagen herum wie die Wermutbrüder in den Isar-Auen, und nach einer halben Stunde lagen sie immer noch so da.
Sechs meinte, da wäre der aus der Fernsehserie doch ein ganz anderer Löwe gewesen. Der konnte schielen und denken wie ein Mensch.
Die Zebras kannten sie aus dem Fernsehen, die Kamele kannten sie aus dem Fernsehen, die Hängebauchschweine kannten sie nicht aus dem Fernsehen, wohl aber ihr Heimatland Vietnam. Sechs sagte: »Die sind vielleicht froh, daß sie hier sind und nicht da.«
Eine Frau lief aufgeregt an uns vorbei: »Oben im Raubtierhaus ist Tigerfütterung! Man muß doch sehen, wie es ihnen schmeckt!«
Wir gingen auch zur Fütterung, aber unterwegs begegneten wir einem Schaufelbagger, der grub ein Loch in eine Wiese, und das war sagenhaft interessant.
Ich sagte, Bagger gibt's überall, nun kommt schon.
Sechs sagte, aber so einen schönen gelben wie diesen hier hätte er noch nie gesehen, und blieb stehen.
Inzwischen waren die Tiger satt.
Spätestens bei den Wasserbüffeln war mir klar, daß Sechs und Vier unter einem Zoobesuch noch etwas anderes verstanden als Tiere anschauen, nämlich Eis, Limo, Popcorn, Eis, Ponyreiten, Eis, Fischsemmel, Coca, Erdnüsse. Mir tat das Portemonnaie weh – und auch die Füße. Aber ins Affenhaus mußten wir noch unbedingt hinein.
Offenbar konnte uns der Gorilla nicht leiden. Er sah

uns kommen und drehte sich gähnend um. (Wahrscheinlich kennt er Menschen aus dem Fernsehen.)
Die Schimpansen, Gibbons und Kapuzineräffchen dagegen waren richtig nett zu uns. Sie zeigten alles, was sie konnten, und sie konnten viel!
Sechs und Vier riefen hingerissen: »Guck mal, Tante, nein, wie süß!«
Das fand ich auch und meinte die Schimpansenmutter, die mit unendlicher Geduld und Zartheit das erste Stangenklettern ihres Babys überwachte.
Sechs und Vier hingegen meinten einen unscheinbaren, spillrigen Spatz, der zwischen den Besucherbeinen umhertippelte.
Daheim in ihrer Straße hätten sie ihn kaum beachtet. Aber hier – zwischen all den exotischen Tieren – hatte er seine Bedeutung: Er war für die Kinder eine Handvoll heimischer Vertrautheit. Genau wie die Meerschweinchen und der Bagger.
Nach diesem Zoobesuch wundert es mich gar nicht mehr, daß deutsche Touristen in Süditalien so selig sind, wenn sie einem Würstchenstand begegnen.

Hochhauskinder

Die Mutter von Mäxchen und Reni hat eine Freundin, und die wiederum hat eine Kusine, deren Schwägerin eine Familie kennt, die doch wirklich mal in einem Mietshaus gewohnt hat, in dem ein kinderfreundlicher Mann als Hauswart tätig war.

Mäxchen und Reni kennen nur solche, die allen Kindern alles verbieten.

In der großen neuen Wohnanlage am Stadtrand dürfen sie bloß artig sein, ordentlich und vor allem leise, und genau das macht Mäxchen keinen Spaß.

Aber daran ist nicht nur der Hauswart schuld, sondern auch die hellhörige Bauweise.

In so einem Wohnblock leben die Mieter zwar jahrelang neben- und übereinander, ohne sich menschlich näherzukommen. Aber akustisch bilden sie eine Großfamilie, die alle Geräusche miteinander teilt.

Mäxchen hat daraus sofort Vorteile gezogen: Er braucht nur schön laut zu brüllen, gleich kriegt er seinen Willen, damit er das Brüllen wieder einstellt. An Erziehung ist dabei nicht zu denken.

Mäxchens und Renis Eltern wohnen im achten Stock wegen der schönen Aussicht. Sie hätten besser im Parterre gemietet oder im ersten Stock, zumindest in einer Höhe, die man über Treppen erreichen kann, ohne daß einem die Lunge aus dem Halse hängt.

Schon wegen Mäxchen wär's vernünftiger gewesen. Denn kaum ist er auf dem Spielplatz, fällt ihm ein, daß er

seine Schaufel oben vergessen hat. Dann braucht er unbedingt seinen Roller. Dann hat er Durst. Inzwischen macht ihm ein anderes Kind seine Sandburg kaputt. Mäxchen muß sich bei Mutti beklagen.
So geht das den ganzen Vormittag und wäre ja auch nicht weiter schlimm, wenn sie nicht im achten Stock wohnten.
Natürlich gibt es einen Lift im Haus. Sogar zwei. Man kann sich sozusagen aussuchen, in welchem man stekkenbleiben möchte.
Kleine Kinder dürfen aber nicht ohne Begleitung Erwachsener in einem Lift fahren.
Also muß die Mutter zuerst mit Mäxchen und Reni hinunter und zehn Minuten später mit der Schaufel und dann mit dem Roller. Sie liftet mal mit Saft und mal mit einer Buttersemmel abwärts, mit Leukoplast, zum Streitschlichten und schließlich mit den Kindern und dem Roller wieder hinauf zum Mittagessen und nach dem Essen wieder hinunter.

Zur Zeit der Hinterhöfe war's ja einfach. Da brüllten Kinder ihre Wünsche zum Küchenfenster hinauf, und Mutter schmiß runter. Sie hatte ihre Brut ständig mit einem Ohr im Auge.
Zum achten Stock kann man nicht hinaufbrüllen. Muß man auch nicht. Wozu hat man schließlich eine Sprechanlage. Die macht sogar Spaß. Fragen Sie Mäxchen. Hopst er eben am großen Klingelbrett hoch und drückt auf den obersten Knopf links, dann knattert es im Megaphon, und die Stimme seiner Mutter fragt erschöpft: »Was willst du denn nun schon wieder?«

Manchmal drückt Mäxchen auch daneben. Dann meldet sich eine fremde Stimme. Dann rennt er lieber weg.
Weil es sich aber nicht lohnt, wegen einer einzigen Stimme wegzulaufen, drückt er auf so viele Knöpfe, wie er auf einmal erwischen kann.
Nun haben sie ihn dabei erwischt. Aus ist es mit der Bimmelei.

Die vielen Briefkastenschlitze beliefert er mit Kieseln, Bonbonpapieren und was er noch so entbehren kann. Im Frühjahr hat er mehrere Schlitze künstlich aufgehalten in der Hoffnung, es würden Vögel darin nisten, so wie im Briefkasten seiner Großeltern.
Aber die Vögel mögen keine Hochhäuser. Und Hochhäuser mögen keine Tiere.
Weil das Halten von Hunden und Katzen im Mietvertrag ausdrücklich verboten ist, hat Mäxchen die kleine Katze, die ihm in den Ferien zugelaufen war, nicht mit heimnehmen dürfen.
Aber die alte Hexe im ersten Stock links, die den ganzen Tag aus dem Küchenfenster hängt und bloß schaut, wo es was zum Petzen gibt – so eine ist laut Mietvertrag erlaubt!
Außer der Hexe und dem Geschimpfe des Hausmeisters fürchtet Mäxchen nichts so sehr wie den einsamen, langen Keller mit seinen holzvergitterten Gefängniszellen und die Tiefgarage. Sie könnten Mäxchen tothauen, ehe er da allein hineinginge. Sitzen doch lauter Mörder und Räuber zwischen den parkenden

Wagen und lauern auf kleine, hilflose, alleingehende Knaben.

Nachts träumt er manchmal von ihnen und brüllt das Hochhaus zusammen.

Vom achten Stock aus kann man in der Ferne den Flughafen sehen.

Mäxchen sieht Maschinen aufsteigen und landen und möchte auch Flughafen sein. Er läßt viele kleine Papiersegler von seinem Balkon starten. Die meisten landen im Vorgarten. Einer ist mal auf dem Balkon im zweiten Stock hängengeblieben. Beim Nachschauen wäre Mäxchen beinahe selbst im Tiefflug nach, wenn ihn seine Mutter nicht im letzten Augenblick am Hosenboden erwischt hätte.

Aus war's mit der Fliegerei. Nichts wird einem erlaubt in diesem Haus.

Auf den großen Rasenflächen zwischen den Häuserblocks darf er auch nicht spielen, weil das nämlich Grünanlagen sind, und eine Anlage ist immer was Ernstes. Bleibt ihm bloß der Spielplatz mit seinem Klettergerüst, einem halben, umgestürzten Baumstamm, der Buddelkiste und dem Schild »Nur für Anliegerkinder«.

Nun kann man sich Anliegerkinder genausowenig aussuchen wie Verwandte. Mäxchen hatte es eines Tages satt, nur mit vorgeschriebenen Kindern zu spielen. Er brachte sich ein paar Cowboys und Indianer von der Straße mit, die besetzten mit Gegröle und Geknalle den Spielplatz, trampelten alles nieder, auch die Büsche drumherum, und am schlimmsten wütete Mäxchen selbst. Das war glatte Revolution.

Ein Glück, daß gerade zu der Zeit ein Platz für ihn im Kindergarten frei wurde.

Seine Schwester Reni ist ein stilles Kind.
Sie malt am liebsten den ganzen Tag. Auf ihren Buntstiftbildern kehrt immer dasselbe Thema wieder: ein Häuschen. Ein kleines Häuschen mit spitzem Giebel und einer Sonne. Rechts und links daneben blühen riesengroße, leuchtende Blumen. Davor ist eine Wiese, keine Grünanlage – eine richtige, zottelige Wiese mit staksigen Figürchen drin: Das sollen ein Hund sein, der sich freut, Reni auf der Schaukel und Mäxchen in einem klitzekleinen Planschbecken. Ach ja…

Kennen Sie einen Knaben, der sich gerne wäscht?

Es gibt zwei grundverschiedene Arten von Wasser – das schöne und das schädliche.
Das schöne steht in Pfützen, stinkt im Teich und fließt in Form eines Flüßchens in den großen See, an dem der Knabe wohnt.
Das schädliche Wasser kommt aus der Leitung im Badezimmer, es dient zum Waschen und Zähneputzen. Deshalb wird es von dem Jungen tunlichst geschont, es sei denn, er benutzt es zum Füllen seiner Wasserpistole und ähnlich sinnvollen Unternehmungen. Das Beste im

Badezimmer ist die Brause, und zwar dann, wenn man ihren Hebel nach dem Gebrauch nicht zurückstellt. Dann braust sie den Frauen, die später die Hähne aufdrehen, auf den Kopf und sie keischen um ihre Frisur, schadet ihnen gar nichts. Was verfolgen sie den armen, kleinen Jungen auch immer mit ihrem Sauberkeits fimmel.

Sie sagen zum Beispiel: du mußt heute baden, selbst wenn er gerade aus dem See kommt. Und das versteht er nicht: Wieso scheucht man ihn danach noch mal in die Wanne, wieso? Ist er ihnen noch nicht naß genug?

Und wieso interessieren sie sich so sehr für den Sauberkeitsgrad seines Halses? Was geht sie überhaupt sein Hals an, und wer sieht den schon? Hinten verdecken ihn die Haare und vorne ist meist Rollkragen. Also!

Was zum Kuckuck gehen sie seine inneren Ohren an, in die noch kein anderer als der Kinderarzt geguckt hat, und der macht sich schon seit dreißig Jahren keine Illusionen mehr über das Innere von Knabenohren.

Die Mutter des Jungen versucht ab und zu, mit einem wattierten Stäbchen in sie einzudringen, aber da hat sie sich verrechnet. Da gibt's vielleicht Ärger. Da müßte sie ihn schon betäuben, um ans Ziel, beziehungsweise in sein Ohr zu kommen.

Der Junge weiß schließlich selbst, wann er dreckig ist. Dann wäscht er sich auch.

Aber nur um des Waschens willen waschen ist doch Blödsinn.

Zum Beispiel am Morgen. Warum soll er einen Körper und ein Gesicht waschen, die eine Nacht lang weder mit

Teer, Tinte, Erde noch Staub in Berührung gekommen sind, sondern ausschließlich mit sauberem Bettzeug? Da genügt doch vollkommen: Schlaf aus den Augen, Frühstücksmarmelade von der Backe. Fertig. Schluß. Er wird auch nie einsehen, warum er beim Füßewaschen die kitzlige Sohle mitschrubben soll, die sieht doch keiner von oben, oder?
Alles solche Zeit- und Müheverschwendung.
Und warum täglich baden, warum? Das nutzt doch bloß die Haut ab. Er hat seiner Mutter einen so guten Vorschlag gemacht, und zwar: bloß ein Vollbad pro Woche, dafür das eine doppelt so lang wie normal, sozusagen auf Vorrat. Wollte sie aber nichts von wissen. Es paßt ihm auch nicht mehr, daß sie ständig dabei ist, wenn er badet. Schließlich ist er schon elf.
Seit einiger Zeit nimmt er sich deshalb ein Tablett mit in die Wanne. Das hält er sich vor den Bauch, wenn sie hereinkommt und seinen Rücken schrubbt.

Und dann das Zähneputzen. Das auch noch.
Morgens und abends, haben sie gesagt. Hat er gesagt, die Zahnpasta schmeckt ihm nicht. Haben sie ihm eine mit Himbeergeschmack gekauft. Hat er sie lieber gegessen als zum Putzen verwendet, aber nur kurze Zeit, denn so gut schmeckte sie nun wieder auch nicht.
Als der Junge noch dumm war, sagte er auf die Frage, ob er geputzt habe, lammfromm ja.
Darauf sind sie ins Bad gegangen und haben nachgeschaut, und seine Bürste war trocken. Von da ab hat er die Bürste naß gemacht.

Haben sie gesagt: Mach mal höh! wenn er aus dem Bad kam. Hat er höh gemacht und roch leider nicht nach Zahnpasta. Haben sie gesagt: »Aha, das dachten wir uns schon.«

Von da ab hat er die Bürste naß gemacht und bißchen Zahnpasta auf die Zunge geschmiert. Das ergab den sauberen Geruch, den sie sich wünschten und bewirkte die Einstellung ihrer lästigen Nachforschungen.

Es gibt Tage, da spürt der Knabe, wie die Erwachsenen ihn so besonders anblicken.

Dann weiß er, jetzt stecken sie ihn in Gedanken in die Waschmaschine und stellen auf Kochwäsche. Aber dann trauen sie sich doch nicht wegen der Strafe, die auf Kinder-in-der-Waschmaschine steht.

Der Knabe beneidet seinen Hund. So ein Hund hat's gut. Steht morgens auf, reckt sich einmal, fertig ist er mit der Kosmetik für den ganzen Tag. Und die Erwachsenen finden das ganz in Ordnung. Mit dem Hund sind sie viel großzügiger als mit dem Jungen. Der darf ruhig mal ein bißchen stinken, trotzdem haben sie ihn gern.

Sie sagen: »Das ist nun mal so, schließlich ist er ein Hund.«

Warum sagen sie vom Jungen nicht auch: »Das ist nun mal so, schließlich ist er ein Junge.«

Einer lernt schwimmen

1. Akt: Trockenkursus

Zuerst lernte Philip auf dem Trockenen schwimmen. Das ist kein Irrwitz, sondern ein Einfall seines Vaters. Sein Vater meinte, es könnte nichts schaden, wenn der Junge die Bewegungen bereits beherrschte, bevor er seinen ersten nassen Unterricht erhielt. Philip war damals vier, und der Trockenkurs fand in unserem Wohnraum statt, kurz vor dem Abendessen. Zuerst übten sie die Armbewegungen.

Ich hörte die väterlichen Kommandos bis in die Küche und dachte, ein bißchen umständlich klingt es ja, aber wenigstens sind beide beschäftigt. Nach den Armen waren die Beine dran. Philip mußte sich dazu auf den Boden legen.

Der Hund wollte auch mitspielen. Er begriff den Ernst des Unternehmens nicht und wurde ausgesperrt.

»Nun Arme und Beine zusammen, wart, ich zeig dir, wie.«

Philips Vater zog seine Jacke aus, hängte sie über einen Stuhl und legte sich selbst zu den Hundehaaren auf den Teppich.

Und schwamm forsch los.

Gleich mit dem ersten Beinstoß erwischte er den gedeckten Abendbrottisch.

Ende des Trockenkursus.

2. Akt, in welchem Wasser immerhin schon vorkommt

Eines Vormittags zogen Vater und Sohn ins nächstgelegene Hallenbad, und bereits beim Duschen gab es Ärger. Philip wollte nicht duschen, schon gar nicht kalt. Es gelang ihm, zu türmen. Sein Vater ließ Brause und ein neues Stück Seife im Stich und rannte ihm hinterher – immer rum ums kleine Becken, bis er ihn erwischte.
Philips Vater führte Philip zum Kinderbecken ab und verlangte: »Da gehst du jetzt hinein und übst deine Bewegungen. Ich suche inzwischen den Schwimmlehrer.« Er wartete, bis Philip in qualvoller Zeitlupe bis zum oberen Badehosenrand im Wasser stand, zitternd, den Tränen nahe, umpanscht von fröhlich kreischenden Kindern, von ihren Wasserfontänen angesprüht. Das Elend saß ihm sichtbar zwischen den spitzen Schulterblättern.
Philips Vater suchte und fand endlich den Schwimmlehrer, aber bei der Rückkehr mit demselben nicht mehr seinen Sohn vor, weder zu Wasser noch zu Lande. Es konnte ihm auch keiner sagen, wo der mickrige kleine Blonde in der karierten Hose geblieben war.
Philips Vater suchte und suchte und dachte dabei an den Ärger, der ihm bevorstand, wenn er ohne Sohn nach Hause kam und suchte immer nervöser die Halle ab. Schließlich fand er wenigstens sein Badelaken in einer Fensternische wieder.
Unter dem Laken saß Philip.
»Was machst du hier? Ich such dich überall. Warum bist du nicht im Wasser? Los, steh auf – nun komm schon, der Lehrer hat noch mehr zu tun, als auf dich zu warten.«

Philip blieb vertrotzt sitzen.
»Ich war im Wasser. Hast du ja gesehen. Das reicht. Lieber schwimm ich aufm Teppich. Im Wasser nich. Kannst du dir aufn Kopp stelln.«
Philips Vater versuchte es mit Bitten, Versprechungen, schließlich mit Gewalt.
Da brüllte Philip das Schwimmbad zusammen, und alle Kinder, vor allem die kleinen Mädchen, kreischten:
»Kiek ma, kiek ma den Feigling! Angsthase, Angsthase…«

»Das nächste Mal gehst du mit ihm hin«, sagte Philips Vater zu mir. »Ich blamier mich nicht noch mal.«
Das dachte ich mir schon. Fürs Blamieren bin immer ich zuständig.
Aber wir gingen nicht noch mal hin. Wenigstens so bald nicht. Sollte ich Philip die Lust am Schwimmen nehmen, noch ehe er damit begonnen hatte?
O nein. Es ist viel vernünftiger, man führt Kinder spielerisch an ernste Aufgaben heran – so wie mich damals zu meinem ersten Schwimmunterricht in einer ländlichen Badeanstalt.

Da wurden nicht vorher lange und wichtige Bewegungen geübt und ein zentimeterweises Erfrieren durch langsames Ins-Wasser-Gehen verlangt. Ich durfte gleich beim erstenmal an die Angel des dicken Bademeisters und vom Einmeterbrett in die Tiefe hüpfen.
Das war ein Gefühl – so auf dem Brett zu stehen und auf die Schwimmer im großen Dorfteich herabzuschauen,

meiner Mutter zuzuwinken; ein letzter Blick in die flache Ferne, alles gelb, gelbe, wiegende Kornfelder bis zum Horizont, mittendrin wurde schon gemäht.
Ich sprang.
Nun hatte ich eine Weile bewegtes Grün vor Augen, mal heller, mal dunkler und schluckte viel Wasser, denn leider war die Angel gerissen. Als ich zu mir kam, war ich schon wieder oben. Um mich herum knieten der dicke Bademeister in triefend nassen Hosen, mein triefender Onkel Martin und meine Mutter, käsebleich, die Hände ringend. Hinter ihnen stand die Dorfjugend und staunte auf mich herab.
Soviel Aufsehen hatte mein erster Sprung ins Wasser erregt.
Abends betrank sich mein Onkel Martin unter der Linde im Gutsgarten, weil ich nicht ertrunken war. Und meine Mutter heulte.
Ich wäre sehr gern am nächsten Tag wieder an die Angel gekommen – schon wegen der großen Beachtung –, aber man ließ mich nicht mehr.

3. Akt: Das Vollbad

An Philip nagte sein erstes nasses Fiasko. Es kann ja einer wasserscheu sein und dennoch ehrgeizig, nicht wahr?
Philip übte sich in der Wanne Mut an. Tauchte immer tiefer und immer länger, sprudelte mit den Füßen, ruderte wild mit den Armen.

Hinterließ jedesmal ein sturmflutgeschädigtes Badezimmer.
Eines Tages wurde ihm die Wanne für seine Wasserkünste zu klein.
Da kehrten wir an die Stätte seiner ersten Blamage zurück – ins Schwimmbad.
Auch sein Schwimmlehrer war ein Dicker. Man sammelt gern Speck in der Branche.
Innerhalb weniger Wochen machte Philip bei ihm seinen Freischwimmer.
Schön schwamm er nicht, aber schnell, unheimlich schnell – wie ein junger Hund auf der Flucht vor Schwänen.

4. Akt: Der Mutsprung

Mit sieben gierte Philips nasser Ehrgeiz nach Höherem: dem Fahrtenschwimmer.
Dazu gehörte als Pflichtübung etwas beklemmend Hohes: der Mutsprung vom Dreimeterbrett.
Philip machte lieber erst mal die anderen Übungen wie Streckenschwimmen, Schnellschwimmen, Rückenschwimmen, Streckentauchen, Ringtauchen, Transportieren. Letzteres bedeutete – Ziehen oder Schieben eines gleich schweren Kameraden über dreißig Meter. Der Kamerad ist bei dieser Übung beinah erwürgt worden. Anschließend hat er Philip gezogen und sich revanchiert.
Nun war der Mutsprung fällig. Philip stieg mehrmals zum Dreimeterbrett hinauf und wieder hinunter. Eines star-

ken Nachmittags blieb er oben. Trat auf das schwankende Brett hinaus, nahm Abschied von der schönen Welt, drückte die Augen zu und die Nase zwischen zwei Finger und ließ sich fallen. Ging rauschend unter. Tauchte irgendwann prustend auf und fühlte sich als Kerl.
Es ist erstaunlich, wie drei Meter abwärts das Selbstgefühl eines Knaben anzuheben vermögen.

5. Akt: Wasserscheu

Philip hatte alle Schwimmprüfungen bestanden. Nun war sein Ehrgeiz satt. Nun traf man ihn nur noch kurzfristig im Wasser an zum Tauchen und Faxenmachen mit seinen Freunden.
Meist saßen sie am Beckenrand und lachten sich schief über brüllende Angsthasen bei ihrem ersten Schwimmversuch.
Nun war er auch wieder wasserscheu, wenn Wasser kalt war.
Aber einmal im Frühjahr, wenn die Außenschwimmbekken noch trockenen Auges in den Himmel guckten, stieg Philip mit seinen Freunden und mit allen Kleidern in den nahen See. Der hatte um diese Zeit neun Grad. Nach diesem einmaligen Unternehmen, das seinen Schuhen sehr zu schaden pflegte, betrat er den See erst wieder im Hochsommer.
Sie wundern sich? Ich habe es längst aufgegeben, wassernde Knaben zu verstehen.

Der schwerste Tag des Jahres

Über dem Rasen baumeln buntschwänzige Papageien und japanische Laternen an durchhängenden Drähten. In den Mondgesichtern der Lampions weicht das plissierte Grinsen auf. Es regnet. Bisher haben alle Gartenfeste bei uns im Hause stattgefunden.

Fünfzehn Jungen von vier bis sieben Jahren spielen Verkehrsunfall durch alle Zimmer. Ihre schrillen Stimmen überschlagen sich beim Herstellen von Geräuschen, die entfernte Ähnlichkeit mit aufheulenden Motoren, wimmernden Pneus und Bremsenkreischen haben. Eine Polizeisirene lärmt Hüüüahüüüahüüü. Kehlige Amtsstimmen nehmen den Unfall auf. Die Wohnung reicht akustisch dafür nicht aus. Man muß die Terrassentüren aufsperren, um den Lärm abzulassen.

Das einzige geladene Mädchen heult auf dem Dielenteppich. Wenn es gewußt hätte, daß es bloß immerzu Unfalltote spielen muß –! Und Alexander hat »blöde Ziege, hau doch ab, Mensch«, zu ihr gesagt, und dabei hat sie so ein wertvolles Geschenk mitgebracht, und überhaupt ist es eine Scheiß-Party.

Ich habe sie mir auch anders vorgestellt. Mit Sackhüpfen und Eierlauf und der Reise nach Jerusalem und Drei Fragen hinter der Tür und Hänschen-piepe-mal. Aber von all meinen Vorschlägen wurde nur das Topfschlagen akzeptiert, weil es schnelles Erobern von Gewinnen, verbunden mit Lärm, verspricht.

Alle fünf Minuten muß einer. Die Kleinen haben Schwierigkeiten mit den Knöpfen, die Großen vergessen zu spülen. Und wenn man das Handtuch in der Gästetoilette betrachtet, so fragt man sich: Wo haben die bloß den Zement hergekriegt?

Helga schmiert Sandwiches und kellt Glibberpudding auf. Dann ruft ihr Freund an, und 20 Paar Würstel kochen, bis sie 20 Paar geplatzte Würstel sind.

Oliver hat Nasenbluten. Andreas und Rolfi keilen sich. Frank hat sich überfressen. Bernd nimmt übel und geht nach Hause.

Die Hündin ist völlig mit den Nerven fertig. Sie auch. Am Kamin sitzen die Tanten und lassen sich voll Whisky laufen. Ein herrliches Fest. Gegen halb sieben, als die Party ihrem Ende entgegendröhnt, kommt der Vater des Geburtstagskindes nach Hause.

»Tut mir leid, ich konnte wirklich nicht eher. Eine wichtige Besprechung.«

»Jaja«, sage ich, »an deiner Stelle hätte ich auch eine gehabt.«

Er knipst sein gewinnendes Wesen an und bescheint damit die angetüdelten Tanten und die Mütter, die endlich ihre Kinder abholen.

Er hilft beim Suchen herumliegender Topfschlagegeschenke. Knöpft Regenmäntel zu. Streichelt Haarschöpfe, seine Kinderliebe dokumentierend. Bringt alle zum Zaun. Winkt Liebenswürdigkeiten nach. Kehrt ins leere Haus zurück und setzt sich mit einem Drink vor den Fernseher.

Um elf bin ich endlich mit Abwaschen, Saugen und Aufräumen fertig. Restlos fertig.

Schuhe habe ich schon lange nicht mehr an den Füßen. Es passen keine mehr.
Ich nehme eine angebrochene Flasche Boxbeutel aus dem Kühlschrank, ein Kissen und setze mich damit auf die oberste Terrassenstufe.
Es hat aufgehört zu regnen. Jetzt, wo er nicht mehr gebraucht wird, leuchtet der Mond am sternklaren Himmel.
Über den Rasen trabt – die verbeulten Lampions feindlich anknurrend – die Hündin und klemmt sich an meine Seite.
Sie legt ihre Schnauze auf meine Schulter und duftet nach geklautem Fisch von fremden Katzentellern.
So hocken wir schweigend nebeneinander und dösen in die tropfende Stille.
Und das sind die ersten Minuten dieses vergangenen Tages, die mir ganz allein gehören.
Irgendwann schlappen Pantoffel aus dem Haus auf die Terrasse. Pantoffeln und faltige Pyjamahosen.
Die Hündin wedelt. Ich nicht.
»Was machst du hier?« fragt Philips Vater.
»Ich betrinke mich.«
»Und morgen früh hast du Ischias. Ist doch viel zu feucht zum Sitzen.«
»Ich denke gerade über die Gleichberechtigung nach«, sage ich. »Den Beruf haben wir Mütter schon, aber noch immer nicht das Recht, uns bei Kindergeburtstagen mit beruflichen Besprechungen vor der Pflicht zu drücken. Wozu haben wir eigentlich die Gleichberechtigung?«

»Ich geh jetzt schlafen...«
Und die Pantoffeln und die Pyjamahosen entfernen sich.

Ich hau den Kasten noch mal kaputt!

Ich war natürlich dagegen, daß der Junge fernsieht. Ich wollte es ihm auf keinen Fall erlauben. Ich war auch mal gegen harte Bonbons, Pistolen, Anbrüllen und Hunde im Kinderbett – mit demselben Resultat.

Philip war ein mühsames Kind. So renitent. So unerschöpflich im Nervensägen. Ein Kind, das sich gegen alles wehrte – nur nicht gegen Fernsehen.

Wenn er vorm Fernseher saß, hatten wir wenigstens eine Stunde am Tag Ruhe vor ihm.

So kam es, daß er das Lied vom schmeichelnd tönenden Haarshampoo früher kannte als Müllerslust und bereits mit vier die überzeugende Waschkraft von Persil. Als er uns aber eines Abends mit der Feststellung »Dieser Käse hat ein erlesenes Bouquet« verblüffte, war Schluß. Wir strichen ihm das Werbefernsehen, aus dem er seine gewählte Ausdrucksweise bezog.

Wir hätten ebensogut dem Hund nach fünf auf dem Sofa verbrachten Jahren das Liegen auf dem Sofa verbieten können. Der Sohn klagte auf Gewohnheitsrecht. Wir durften ihm nicht nehmen, was wir ihm bisher aus Selbsterhaltungstrieb gestattet hatten.

Er heulte und schrie und schleuderte seine Fäuste in der Gegend herum. Er wollte seine Westernserien wiederhaben, sein Dick und Doof zwischen Trockenrasierer, Fußbodenreiniger, Suppenwürze und Weichmachern.
Apropos Weichmacher: Von denen hatte er gründlich gelernt. Wir gaben wieder nach – aus Selbsterhaltungstrieb.
Meine anfängliche Sorge, brutale Sendungen könnten brutale Instinkte in ihm wecken, bewahrheitete sich nicht. Das lag nicht an den Western, sondern am Sohn selbst. Um brutale Instinkte wecken zu können, müssen erst einmal welche vorhanden sein. Es waren aber keine da – im Gegenteil. Wenn's brutal wurde, ging Philip aus dem Zimmer – bei manchen TV-Stücken bis zu fünfmal.
Anflüge von seelischer Grausamkeit zeigten sich allerdings bei ihm, wenn Besuch im Fernsehzimmer saß.
Dann kam er herein und teilte allen vernehmbar mit: »Gleich beginnt Dick und Doof.«
Darauf sagte ich: »Du siehst doch, wir haben Besuch.«
Darauf sagte er: »Macht nichts, ich stell leise.«
Darauf ich: »Du stellst überhaupt nichts.«
Darauf er: »Ihr könnt ja solange in mein Zimmer gehen.«
Darauf ich: »Verschwinde!«
Darauf er zum Gast: »Bleiben Sie noch lange? Gehen Sie nicht bald?«
Darauf ich: »Nun aber raus!« (Zum Sohn natürlich.)
Darauf der Sohn zum Gast: »Dick und Doof ist dufte. Mögen Sie auch gern sehen, nich?«
Welcher moderne Erwachsene traut sich schon, einem Kind zu widersprechen?
Also sahen wir alle Dick und Doof.

Der Heimweg von der Schule

Die großen Schulkinder tun immer so, als ob ihnen die Straße der Breite nach allein gehört. Die Erstkläßler können zusehen, wie sie an ihnen vorbeikommen.

Anette geht mit drei Mädchen aus ihrer Klasse bis zur ersten großen Kreuzung. Dort biegen ihre Freundinnen nach links ab. Sie selbst muß über den Damm und von nun an allein weitergehen. Nur ein paar Jungs haben denselben Weg wie sie – um sich knallende, Mappen schmeißende, Mädchen an den Haaren ziehende, ihnen kitzelnde Hagenbuttenfrüchte in den Kragen stopfende, olle Flennsuse und Arschgeige brüllende Widerlinge, die auch schon einmal Anettes orangene Schülermütze in den Ententeich geworfen haben.

Sie wartet, bis sie sich gegenseitig immer tiefer in den Park hineinstoßen, bis eine tiefhängende Buche ihnen den Blick zurück erschwert. Sie sind so langsam heute.

Anette heftet sich einem vertrauenerweckend aussehenden Erwachsenen an die Fersen. Tritt ihm beinah auf die Hacken, irritiert ihn durch ihr schattenartiges Folgen und antwortet auf sein ungeduldiges »Was willst du denn, Kleine?« mit einem stummverlegenen Wegschauen.

Soll sie dem Fremden sagen, daß sie Schutz bei ihm sucht?

Am Teich verfüttert sie ihr Frühstücksbrot an die Enten.

Das macht Spaß und erspart ihr den Ärger zu Haus, wenn sie das Brot wieder mitbringt.
Sie liebt die wuseligen Entenbabys im Schlepptau ihrer Mutter. Neben ihr steht ein Mann mit seinem kleinen Sohn.
»Komm weiter«, sagt er ungeduldig und zieht ihn fort, »die fressen sowieso die Ratten.«
Anette ist erschrocken. Wie kann er so was sagen!
Gleich hinter dem Park kommt die breite Straße ohne Ampel mit den vielen eiligen Autos und den Motorrädern, die nur ihre knatternde Selbstherrlichkeit im Sinn haben.
Annette wartet eine kleine Pause von rechts und links ab und weht mit hopsender Mappe ans gegenüberliegende, rettende Ufer.
Auf der nächsten Straße ihres Heimwegs gibt es ein viereckiges Pflaster, dessen Ränder sie nie betreten darf, sonst geht ein Wunsch nicht in Erfüllung.
In dieser Straße ist auch eine Tierhandlung mit raufenden, übereinanderpurzelnden Welpen im Fenster. Lauter liebe, schwache, auf Verkauf gezüchtete arme Luder.
Das alte Haus, wo früher die Reinigung und der Schuhmacher drin waren, wird abgerissen. Man sieht die Tapeten in den Zimmern, und vor dem Haus türmen sich zerschlagene Klos und morsche Balken. Diese alten Häuser haben noch grüne Vorgärten mit kleinen, begrenzenden Mäuerchen, über die Anette, auf einem Bein hopsend, balanciert. Wenn sie es ohne abzurutschen schafft, geht noch ein Wunsch in Erfüllung.
Nun biegt sie in die Straße ein, in der sie wohnt. Auf der

rechten Seite ist eine neue Siedlung. Auf der linken verkriechen sich Einfamilienhäuser hinter Fliederhekken und Holzzäunen. In einem davon ist Anette zu Haus. Aber sie geht nicht auf ihrer Seite die Straße hinunter wegen der Schäferhunde, die manchmal am Zaun entlangtoben und sich gebärden, als ob sie einen Mordsappetit auf kleine Schulmädchen hätten.
Anette geht auf der Seite mit den neuen Siedlungen und absolviert dabei eine sehr schwierige Aufgabe: Sie muß zwei Häuserblocks lang die Augen aufhalten, ohne zu blinzeln. Bei Sonne brennen und tränen sie gegen Ende des zweiten Blocks, aber Anette gibt nicht auf.
Wenn sie einen Monat lang diese Strecke ohne Zwischenblinzler schafft, geht vielleicht ihr sehnlichster Wunsch in Erfüllung. Dann zieht ein Mädchen in ihrem Alter in die Siedlung und hat zur selben Zeit denselben Schulweg wie sie.
Dann muß sie sich nur noch halb so sehr fürchten.

Immer diese Familienfeiern!

von Karlchen

Ich habe nur noch einen Großvater. Von dem anderen ist bloß die Pension übriggeblieben, von der Oma lebt. Mein Großvater mag mich. Er steckt mir immer was zu, am liebsten heimlich. Mein Großvater hat gern Heimlichkeiten mit mir gegen die übrige Familie.

Mein Vater sagt, es sei furchtbar, wie der Alte mich, das Karlchen, verzieht. Ihm selber habe er damals nichts erlaubt, aber auch rein gar nichts.

Bloß ins Kreuz geboxt habe er ihn wegen seiner laschen Haltung. Und die kurzen Haare – Streichholzlänge und ausrasierter Nacken –, das verzeiht er dem Alten nie, sagt mein Vater.

Mein Großvater sagt: »Dein Vater, Karlchen, das will nun ein junger Mann sein. Dabei verträgt er rein gar nichts. Keinen Mumm in den Knochen. Und mit achtunddreißig schon herzkrank. Du, Karlchen, du bist aus anderem Holz geschnitzt, aus anderem Schrot und Korn. Du schlägst nach mir.«

Als ich noch klein war und in den Ferien bei den Großeltern, haben sie Großvater und mich gemeinsam an die frische Luft geschickt, wenn wir zu Hause störten. Aber Großvater kannte Wirtschaften, wo wir vor allzu frischer Luft sicher waren und wo ich schon morgens heiße Würstel kriegte. Er hat mich auch von seinem Bier trinken lassen.

Großvater wußte immer, wo es junge Katzen, alte Dachpappe, eine Brandstätte oder eine Beerdigung mit Blasmusik gab. Da gingen wir dann hin. Wir haben auch gemeinsam die Züge kontrolliert, meistens hatten sie etwas Verspätung.
Er war viel geduldiger mit mir als die anderen Erwachsenen, aber das kam wohl daher, weil ich aus seinem Schrot und Korn geschnitzt bin und der einzige, der nicht türmte, wenn er von Generalfeldmarschall Rommel erzählte, wie der ihm vor Tobruk ins Auge geschaut und gesagt hatte: »Na, denn wollen wir mal.«

Nun hatte Großvater seinen fünfundsechzigsten Geburtstag. Wir mußten schon zu Mittag hin. 15 Stück Verwandte in der kleinen Wohnung.
Wir Kinder standen rum, was sollten wir sonst machen. Das Turnen auf dem Schaukelstuhl war verboten, und die Kuckucksuhr durften wir auch nicht mehr anfassen, weil die Reparatur nach unserem letzten Besuch so teuer war.
Mama half Oma in der Küche. Oma sagte: »Ist das nun nicht ein Wahnsinn, so einen aktiven Mann, der seine Nase in alles reinstecken muß, so früh zu pensionieren? Gestern hat er den Mülleimer kontrolliert. Ob er auch mit Papier ausgelegt ist. Wenn ich daran denke, daß in seiner Familie alle achtzig werden! Wenn ich mir vorstelle, noch fünfzehn Jahre tagein, tagaus einen Mann im Haus, der den Mülleimer kontrolliert!«
Onkel Fritz lief meiner Schwester hinterher, die schon sechzehn ist.

Papa und Onkel Lothar gingen runter, Onkel Lothars neues Auto anschauen. Als sie wieder raufkamen, war Papa sauer.

Endlich wurde zu Tisch gebeten. Bei der Bulljong gab Onkel Fritz mit seinem Ferienhaus in Spanien an und lud meine Schwester dahin ein, der alte Dackel.

Tante Lucie in dem roten Kleid, wo sie oben aus dem Ausschnitt platzt, hielt ihre Hand immer so, daß man ihren neuen Ring sehen konnte.

Onkel Lothar erzählte von seiner Neckermannreise nach Bangkok, und damit die Verwandten nicht dachten, wir hätten es inzwischen zu gar nichts gebracht, erzählte Mama, daß Papa in eine Bausparkasse eingetreten sei.

Als Oma das Rossbief auf den Tisch stellte, erhob sich mein Onkel Lothar. Mein Papa hatte schon vorher gesagt, wetten, daß der Lothar sich wieder reden hören will? Onkel Lothar las ein Loblied auf Großvater vom Blatt. Großvater und Onkel Lothars Frau waren sehr gerührt. Aber wenn einer schon beim Essen reden muß, warum dann nicht bei der Bulljong, an der wir uns eh die Schnauze verbrannt haben?

Nach dem Essen wuschen Mama und Tante Lucie ab, und Tante Lissy und ihr Mann guckten sich genau in der Wohnung um. Bei der Bauerntruhe blieben sie stehen und sagten, alles andere wäre Trödel hier, aber die wär schön und sie müßten rechtzeitig festmachen, daß sie die mal erben.

Papa und Onkel Fritz kriegten sich politisch in die Wolle, und Oma rannte zum Fenster und machte es zu wegen der Nachbarn.

In der Küche sagte Tante Lucie zu Mama, die moderne Kindererziehung sei Käse. Kinder müßten spuren, ohne Prügel ginge es nicht, und wenn einer in der Schule nicht mitkommt, dann liegt das eben daran, daß er faul ist. Mama sagte, du spinnst doch, Lucie, und dann sah sie uns Kinder im Flur stehen und sagte, warum spielt ihr nicht, geht runter und spielt schön.
Tante Lucie rief uns nach: »Aber macht euch nicht drekkig, sonst gibt's was.«
Wir gingen also runter und standen auf der Straße rum. Onkel Lothars Sohn gab mit dem neuen Auto von seinem Vater an. Da machten wir es madig.
Mitten in unsere Prügelei rief Oma aus dem Fenster: »Nach oben kommen, Kinder, Kaffee trinken.«
Nun spielten wir endlich schön, nun mußten wir wieder hoch.
Tante Hanna erzählte beim Kaffee pausenlos von ihrer Tochter und wie die Geburt von ihrem Enkel in Karlsruhe vor sich gegangen ist. Konnte einem richtig übel werden.
Ich war nervös wegen dem Mohrenkopf auf dem Teller mit den Konditorstücken, daß mir den keiner wegschnappt, weil Kinder kommen doch immer zuletzt mit Nehmen ran.
Und was hab ich geahnt – Tante Lucie nahm ihn direkt vor meiner Nase. Ich kann sie sowieso nicht ausstehen, sie küßt so naß.
Onkel Fritz sagte zu meiner Schwester, er könne ruhig Kuchen essen, er wäre fabelhaft in Form. Kein Gramm zuviel, ob sie mal anfassen möchte? Er nähme es nicht

nur rein figürlich, sondern überhaupt mit jedem Zwanzigjährigen auf.

Tante Lissy befühlte das ganz mit Löchern bestickte Tischtuch, wahrscheinlich weil sie prüfen wollte, ob es zu erben lohnt.

Dann klingelte es, und es kam ein Glückwunschtelegramm von Mamas Schwester aus Celle.

Großvater sagte, nein so was, daß die an mich gedacht hat. Er weiß ja nicht, daß Mama ihrer Schwester geschrieben hat, vergiß bloß nicht den Geburtstag von meinem Schwiegervater.

Leider gab es ein Gewitter, und wir Kinder mußten oben bleiben. Da saßen wir wieder rum.

Ich fragte Großvater, ob ich fernsehen darf. Er sagte, ja, mein Junge, aber es war kaum was zu verstehen, weil alle durcheinanderquatschten. Drehte ich eben lauter. Kam Onkel Lothar und gab mir fünf Mark, damit ich den Kasten abdrehe. Der schmeißt auch mit dem Geld rum, der.

Wir waren noch bummvoll vom Mittag und vom Kaffee, da gab es schon Abendbrot, und Großvaters Kriegskamerad kam zu Besuch.

Sie sprachen von nichts anderem als von ihrer Kompanie in Afrika. Es muß eine schöne Zeit gewesen sein, weil Großvater immer davon anfängt, wenn er einen gehoben hat.

Meine Schwester sagte: »Gib Opa die fünf Mark, damit er endlich aufhört, davon zu reden.«

Aber war ich blöd –? Fünf Mark! Kann ich mit dem Geld rumschmeißen wie Onkel Lothar?

Großmutter hatte meinen Vetter in die Küche geschickt, den Eierlikör holen. Wie er nicht wiederkam, schickte sie mich nach.
Er war gerade dabei, die Likörflasche unterm Wasserhahn wieder aufzufüllen, er sagte, das Zeug schmeckt zu dufte. Dann wurde ihm schlecht. Hab ich gelacht.
Großvater und sein Kriegskamerad sangen »O du schöner Westerwald«, und ich frage mich, warum singen alte Männer immer O du schöner Westerwald, wenn sie besoffen sind?
Papa, Onkel Lothar und Tante Lissys Mann, von dem ich immer den Namen vergesse (aber wir sehen ihn ja sonst nie, Mama spricht schon seit Jahren nicht mehr mit Tante Lissy), spielten Skat.
Tante Lucie zeigte ihren Schmuck rum, und Mama guckte alte Fotoalben an.
Onkel Fritz kniff meiner Schwester in den Hintern, das sah zufällig Papa und wurde tücksch.
Mama rettete die Lage, indem sie munter rief: »Nun gehen wir alle nach Haus, die Kinder müssen ins Bett.«
Es wurde auch Zeit.
Auf der Straße stritten sich Mama und Papa um die Autoschlüssel. Papa sagte, er wäre noch sehr wohl in der Lage, zu fahren. Mama sagte, das bist du nicht, soll dir bloß einer vorne reinfahren, du brauchst gar nicht schuld sein, aber wenn sie deine Fahne riechen, bist du dran, und die Versicherung zahlt nichts.
Mama fuhr uns heim und schimpfte die ganze Zeit auf Papas Verwandtschaft und auf den Obstsalat, der wäre zu süß gewesen. Hätte sie Sodbrennen nach gekriegt.

Papa sagte: »Wenn du nichts zu meckern hast, bist du auch nicht glücklich.«

Geschwister

Betrachtungen einer kleinen Schwester

1. Großer Bruder.
Ein großer Bruder ist was Schönes. Er hat immer Streichhölzer. Und manchmal hat er die Pflicht, auf kleine Schwester aufzupassen.
Er schenkt ihr Gummibärchen und Lutscher, wenn sie ihm verspricht, brav zu sein, ohne daß er auf sie aufpassen muß.
Er läßt sie vor sich auf dem Fahrrad sitzen und macht ihr Spielzeug heil.
Er kann auch Kartenkunststücke.
Wenn böse Buben kleine Schwester an den Haaren ziepen oder mit Dreck beschmeißen, braucht sie bloß mit ihrem großen Bruder zu drohen. Großer Bruder rächt kleine Schwester immer, dafür prügelt er sich viel zu gern.
Kleine Schwester von großem Bruder hat's gut.

2. Kleiner Bruder.
Kleiner Bruder hat bloß Blödsinn im Kopf. Er piesackt kleine Schwester und will ihr nicht parieren.
Wenn er was anstellt, sagt er hinterher, kleine Schwester sei es gewesen.

Er lauert ihr im Dunkeln auf und jagt sie mit Fröschen. Und immer diese alberne Schießerei.
Kleiner Bruder ist ständig pleite, aber kleine Schwester pumpt ihm nichts mehr. Kriegt sie ja doch nicht wieder.
Wenn's aber drauf ankommt, halten beide zusammen, z. B. gegen große Schwester.

3. Große Schwester.
Große Schwester erlaubt kleiner Schwester aber auch gar nichts.
Sie haut immer gleich und tut so, als ob ihr das Telefon allein gehört.
Sie kommt sich wer weiß wie wichtig vor.
Sie gibt mit ihrem bißchen Busen an.
Sie läßt kleine Schwester nie zuhören, wenn es interessant wird. Mit ihren Freundinnen kichert sie albern und hat wichtige Geheimnisse. Jungen natürlich.
Sie versucht, kleine Schwester herumzukommandieren und verlangt ständig Botendienste von ihr.
Außerdem muß kleine Schwester ihre ollen Kleider auftragen.

Das waren großer Bruder, kleiner Bruder, große Schwester. Fehlt noch kleine Schwester.
Kleine Schwester habe ich nicht. Gott sei Dank.
Kleine Schwester ist was Furchtbares.
Die brüllt sofort, wenn ihr die Großen was verbieten. Sie petzt und lügt.
Wenn man sie um einen Gefallen bittet, wird sie frech.
Sie klaut großer Schwester ihr Parfüm und ihre Schoko-

lade und ihre Halsketten und das gute Briefpapier und Scheren und überhaupt alles, was sie gerade haben möchte.
Sie stört große Schwester ständig, wenn sie mit ihrem Freund telefoniert, und wenn er kommt, geht sie ihnen nicht von der Seite.
Kleine Schwester kommandiert kleinen Bruder herum.
Kleine Schwester ist was Schlimmes. Darum will ich keine haben. Ich weiß Bescheid.
Schließlich bin ich selber eine.

»Yes«, sagt Karlchen

Wenn Stadtkinder in den Ferien an die frische Luft reisen, sollten Frische-Luft-Kinder in den Ferien auch mal in eine Großstadt fahren, meinte Karlchens Vater, sonst kriegten sie keinen vernünftigen Kontakt zur Umweltverschmutzung und zum Verkehr, und überhaupt wäre es an der Zeit, daß Karlchens fremdsprachliche Schulausbildung einmal an Ort und Stelle praktisch untermauert werde.
Deshalb flogen Vater und Sohn für drei Tage nach London. Es gab da ein preisgünstiges Reiseangebot. An einem Sonntag abend ging es los.
Im Flugzeug war außer ihnen noch ein Kegelverein, der war bereits besoffen, als sie in London landeten. Im

Zubringerbus nach London schlief der Verein ein. Einmal wachte ein Kegelbruder auf und guckte raus und fragte: »Ist das schon Frankfurter Ring?«
Karlchen übersetzte, was er dazu dachte, ins Englische und sagte zu seinem Vater: »That makes the whisky.« Das war ein Fehler, denn sein Vater sagte darauf: »Okay, von now on we speak only English.«
Weil er aber seit seinen Schwarzmarktgeschäften damals mit den Amis keine Übung mehr in englischer Konversation gehabt hatte, beschränkte er seine Kommentare auf »look« und »big city« und »wonderful«, als sie durch London fuhren.
Von Karlchen nach zweieinhalb Schuljahren Englisch verlangte er natürlich mehr. Karlchen sollte dem Boy in der Hotelhalle sagen, daß er ihr Gepäck auf Zimmer 322 bringen möge, please. Karlchen bewegte diese Zumutung in seinem übermüdeten Kopf und meinte schließlich, wozu, die zwei Reisetaschen könnten sie doch selber tragen. Sparten sie das Trinkgeld.
Sein Vater sagte: »Du willst dich bloß vorm Englischen drücken«, womit er recht hatte.
Karlchen sagte zum Boy »Please« und hielt ihm den Zimmerschlüssel vor die Nase.
Auf der gemeinsamen Fahrt zum vierten Stock konnte Karlchens Vater sein Ferienitalienisch auffrischen, denn der Hotelboy war vor zwei Wochen aus Neapel eingereist und ebenso hilflos im angelsächsischen Umgangssprachgut wie Vater und Sohn. Das Zimmermädchen am nächsten Morgen war Jugoslawin. Hatte Karlchen wieder Schwein.

Nun griffen beide London an. Das war schon sehr riesig und unerbittlich rasch; bei aller höflichen Gelassenheit so ohne Rücksicht auf zugereiste oberbayrische Kreisstädter.

Karlchen war in echter Sorge, von London verschluckt zu werden, und hatte nichts anderes im Auge als den verbissen durchs Gewimmel stürmenden Sonntagsanzugrükken seines Vaters. Nun renn doch nicht so!

Aber langsamer ging es wirklich nicht, wenn man nur zweieinhalb Tage zur Verfügung hatte. Karlchen sollte schließlich London kennenlernen. Sein Schulenglisch auswerten. Weltstadt atmen. Nach zwei Stationen mit der U-Bahn war es Karlchen bereits so schlecht von der dünnen Weltstadtuntergrundluft, daß sie vorzeitig aussteigen und mit einem Taxi zu Madame Tussauds Wachsfigurenkabinett fahren mußten.

Karlchen gefiel es dort gut, auch im angrenzenden Planetarium. Seiner Meinung nach war das genug Bildung für einen Tag, aber da hatte er sich geirrt.

Die Bildung riß überhaupt nicht mehr ab, solange sie in London waren. Eine Sightseeing-tour jagte die andere, einmal sprach ihr Guide gebrochenes Deutsch-Dänisch und einmal mit holländischem Akzent.

Tower, Hafen, Westminster Abbey, Bankenviertel, Trafalgar Square und eine irre Hetze mit Milzstechen zum Buckingham Palace, um rechtzeitig die Wachablösung mitzuerleben, übrigens ein reichlich umständlicher Vorgang mit Marschmusik, von dem Karlchen, in eine sudanesische Reisegruppe eingeklemmt, nur ein paar schrille Kommandos und Töne mitkriegte. Gesehen hat er nichts. Sein Vater war groß, der sah mehr, und dabei fiel ihm von ganz allein was typisch Britisches ein. Er sagte: »Merry old England.«

Karlchen, tief unten im Sudanesischen, sagte lustlos: »Yes.«

Da wurde sein Vater ärgerlich.

»Wozu laß ich dich Englisch lernen, wenn du bloß immer yes sagst?«

Da sagte Karlchen: »Buckingham Palace is the London home of the Sovereign and the Royal Standard is flown above it when she is in residence.«

Sein Vater hatte ihm ebenso beeindruckt wie nichts begreifend zugehört. Jetzt sagte er: »Na bitte, du kannst doch, wenn du willst. Du mußt nur deine Hemmungen verlieren.«

»Yes.«

Wenn Karlchen einen auswendig gelernten Text aus seinem Englischbuch herunterleierte, hatte er auch keine Hemmungen. Wenn er aber freihändig parlieren sollte, war es aus.

Zum Beispiel im Restaurant.

Fünfmal waren sie in London warm essen, und alle fünf Mal bestellte Karlchen »Steak and Coca, please.« Weil ihm diese Bestellung am wenigsten Schwierigkeiten bereitete – sprachlich nicht, wohl aber hinterher beim Essen. Denn der Ober fragte ihn immer, wie er sein Steak haben wolle, was Karlchen hilflos grinsend mit »Yes« beantwortete.

Danach war sein Steak entweder ein blutiges Stück Rindfleisch oder eine zähe, düstere Schuhsohle.

Karlchens Vater sagte: »Es ist geradezu erschütternd, wie wenig Übung du in der Umgangssprache hast. Darum nutze die Zeit, wo wir hier sind. Mach die Ohren auf. Hör zu, Bub, du mußt zuhören.«

Karlchen klappte folgsam die Ohren auf und hörte Japanisches, Schwedisches, Französisches, Rheinisches, Texanisches, Spanisches, Hebräisches, er hörte alle Sprachen der Welt und ihre Dialekte, nur selten Englisch.

London ist zwar die drittgrößte Stadt der Welt mit achteinhalb Millionen Einwohnern, davon in der Mehrzahl Engländer. Aber da, wo Karlchen und sein Vater aus Bildungsgründen herumflitzten, trafen sie hauptsächlich auf ausländische Touristen.

Am zweiten Abend ihrer Visite stand London-bei-Nacht auf dem Programm.

Karlchen sagte zu seinem Vater: »Schau's dir an. Ich lauf bestimmt nicht fort, ich geh ins Bett.«

Er ging ins Bett und sah fern, denn sie hatten TV im Hotelzimmer. Er sah ein Ehedrama. Das war zwar langweilig, aber die Betroffenen sprachen ganz langsam ihren Dialog, weil sie so traurig waren. Karlchen verstand zwar nicht den Grund, weshalb sie sich trennen wollten, wohl aber ihre kurzen Sätze zwischen Seufzern. Darüber schlief er selbstzufrieden ein.

Am nächsten Morgen, kurz vor der Abreise, spazierten sie noch einmal durch den Hyde Park. Da gab es viele Hunde.

»Doggy«, sagte Karlchen zu einem mit einer Stimme, in der die Sehnsucht nach einem Zamperl in der oberbayrischen Kreisstadt mitschwang.

Der Hund wedelte mit dem gesamten Hinterteil, ehe er davonlief.
Na bitte. Konversation mit Einheimischen war gar nicht so schwer.
Die Kegelbrüder flogen mit derselben Maschine nach München zurück. Diesmal verhielten sie sich sehr ruhig. Sie hatten den Whisky nicht mehr im Blut wie auf dem Herflug, sondern in einer Plastiktüte aus dem free duty-shop zwischen ihren Füßen oder auf dem Nebensitz. Bei der Zollkontrolle in München-Riem riß einem Kegelbruder die Tüte und kollerte aus.
»May I help you, Sir?« fragte Karlchen und half ihm beim Aufsammeln von Flaschen und Bonbons. Der schaute vielleicht blöd.
Karlchens Vater auch.
»Kaum sind wir wieder daheim, sprichst du fließend Englisch«, sagte er vorwurfsvoll.
»Hab ich?« sagte Karlchen. »Hab ich gar nicht gemerkt.«

Halbzeit für Schüler

Im Februar gibt es Zwischenzeugnisse.
Sie sind Alarmklingeln für Schüler, die sich weder durch außerordentliche Begabung noch durch Strebsamkeit auszeichnen. Manchem ist das Alarmbimmeln

ziemlich schnuppe. Aber es gibt doch eine ganze Menge, die versuchen noch kurz vor Toresschluß zu retten, was zu retten ist.

Die reißen sich jetzt unheimlich zusammen. Sie stöhnen, weil sie büffeln müssen. Sie lassen ihrer Aufsässigkeit die Luft ab und ziehen die Krallen ein.

In der Klasse bricht vorübergehend eine für die Klasse geradezu unnatürliche Ruhe aus. Es fliegt auch kaum etwas herum.

Der Lehrer versteht sein eigenes Wort nicht.

Die Schüler bemühen sich, die Worte des Lehrers zu verstehen.

Es melden sich auch solche freiwillig an die Tafel, die der Lehrer sonst nur vom Hörensagen kennt.

Sie schwänzen weniger und wenn, dann nur mit Entschuldigungszetteln, die die Erziehungsberechtigten selbst ausgestellt haben.

Sie machen sogar ihre Hausaufgaben, sogar in Nebenfächern.

Es ist beobachtet worden, daß ein Schüler einer Lehrerin die Tür aufgehalten hat.

Mädchen schmeißen mit Augenaufschlägen nach den Lehrern, in deren Fächern sie schlechte Noten haben. Oder sie wippen mit dem bißchen, was sie schon zum wippen haben. Manche fangen mit den schlechten Noten und dem Wippen schon früh an.

Innerhalb weniger Tage werden Schularbeiten in allen Hauptfächern geschrieben. Die Lehrer brauchen schließlich die Noten für die Zeugnisse. Sobald die Schulaufgaben geschrieben worden sind, tun die Schüler keinen Strich mehr in dem Fach, in dem sie geschrieben wurden.

Dafür haben jetzt die Lehrer den Ärger mit dem Durchkorrigieren und Benoten der Arbeiten.

Wenn ein Deutschlehrer in drei Klassen Aufsätze schreiben ließ, muß er jetzt an die hundertzehn Dichtungen durchkauen. Das ist nicht immer eine wahre Freude.

Schwant den Schülern, daß sie eine Zeugnisarbeit verhauen haben, so werden sie mit Entschuldigungen beim Lehrer vorstellig.

Sie sagen sich, vorbeugen ist besser als nachbeugen.

In Bayern ist meistens der Föhn an ihrem Versagen schuld.

In anderen Bundesländern sind es vor allem Unwohlsein, kaputte Füllfedern und familiäre Schwierigkeiten.

Nach jeder Schulstunde versuchen die Schüler, mit dem Lehrer um bessere Noten zu feilschen.

Das ganze Jahr über grault sich die Musiklehrerin vor jeder Unterrichtsstunde in der randalierenden Klasse. Kurz vor den Zeugnissen jedoch verwandeln sich etliche von den Krachmachern ganz plötzlich in liebe, verständnisvolle, sogar mitsingende Herzchen.

Dieses schöne Benehmen in letzter Minute hat schon manchem, ursprünglich hochveranlagten Notenempfänger zu einer Zwei in Musik verholfen. Obgleich er eine Vier verdient hätte. Mindestens.

Aber es ist noch kein Schüler gekommen und hat sich über eine ungerecht gute Benotung beklagt. Die Notenkonferenzen der Lehrer haben einen Vorteil zumindest für die Schüler: Der Unterricht fällt solange aus.

Eltern merken das Herannahen der Zwischenzeugnisse an der Art und Weise, wie sie von ihren Kindern auf einen mittleren Schicksalsschlag vorbereitet werden.
Entweder durch Vorklagen:
a) Der F. ist ja so ungerecht! Der zieht immer die Mädchen vor;
b) wie soll man beim Sch. was lernen, wenn sein Unterricht so stinklangweilig ist?
c) Ich pauke und pauke, aber was kann ich dafür, wenn ich immer genau mit den Sachen rankomme, die ich nicht gelernt habe?
Oder die Kinder erinnern ihre Eltern kurz vor der Notenkonferenz an ihre eigenen Schulzeugnisse, die sie leider mal gefunden haben.
Die Zensurenkonferenzen sind vorüber. Die Würfel sind gefallen. Der Klassenlehrer schreibt die Zeugnisformulare in Schönschrift aus.
Der Rektor unterzeichnet links mit Schnörkel. Morgen werden sie verteilt.
Es gibt aber auch Schulen, die schicken die Zeugnisse den Eltern zu.
...und ab nächster Woche können die Schüler endlich wieder Mensch sein.
Da wird die schöne Schlamperei mit den Hausaufgaben fortgesetzt.
Da darf randaliert werden.
Da schmeißt kein Mädchen mehr Blicke, und kein Knabe hält einem Pauker die Tür auf.
Da fürchtet sich die Musiklehrerin wieder vor jeder Unterrichtsstunde.

Seine Hosentaschen

Um es gleich vorwegzusagen: Knabenhosentaschen sind – räumlich gesehen – nicht mehr das, was sie zu Opas Jugendzeiten waren.

In den damaligen, auf Zuwachs gekauften oder ererbten, von Trägern gehaltenen Schlotterbuxen hatten sie das Ausmaß eines Semmelbeutels. Es ging ein komplettes Handwerkszeug in sie hinein, etwa ein Kilo Äpfel oder ein zahmes Kaninchen. Es ließ sich sperriges Gemaustes darin verbergen und die Verlegenheit der Hände – bis zum Ellbogen.

Suchte der Knabe in diesen Hosentaschen etwas, so mußte sein halber Arm in sie hineintauchen, die Finger forschten blind kurz überm Knie – was für ein Unternehmen voll abenteuerlicher Unergründlichkeit!

Die Jeanstaschen unserer Zeit sind zwar auch geräumig, bloß kriegt man nicht halb soviel in sie hinein. Das liegt am prallen Sitz der dazugehörigen Hose.

Dafür sind Jeans Viereinhalb-Taschen-Hosen. Die halbe ist fürs Kleingeld. Aus den zwei Gesäßtaschen verliert man gern die Monatskarte. Aber das Portemonnaie läßt sich so lässig-drohend aus ihnen ziehen wie ein Colt. Außerdem haben sie noch die traditionellen Beuteltaschen vorn, in die man die Hände flach hineinschieben kann bis auf die Daumen. Der Daumen hakelt außen dran.

Solche Hand-in-Jeanshosentaschenhaltung verleiht dem Erscheinungsbild des heutigen Knaben eine aggressive

Note. Die hatte der Jüngling in den Schlotterbuxen nicht. Aber dafür hat sich das Innenleben heutiger Jeanstaschen im Vergleich zu den Semmelbeuteln von anno Opa sehr entromantisiert. Auch birgt es nicht mehr diese Vielseitigkeit.

Dennoch ist es einer Mutter gelungen, im Lauf der Jahre folgendes Potpourri aus ihnen herauszuräumen: Knallfrösche, 1 Socke, 1 gläserne Brille, 1 scheintoter Regenwurm, Doppelstecker, nasser Sand, Karabinerhaken, 100 Bonbonpapiere, Kaugummis – gebraucht und ungebraucht, Juckpulver, ein halbes Vogelei, sehr viel Draht, Kabelenden, Schnüre, natürlich Taschenmesser, Kneifzangen, nicht abgegebene Lottozettel, Pistolenmunition, angebissene Bockwurst, 1 orthopädische Schuheinlage, Spickzettel, 1 Stinkbombe, das Halsband vom toten Hund, Liebesbrief (zerknittert), 1 weibliche Haarspange, herrenlose Schlüssel, Fahrkarten.

Was sie im Lauf der Jahre immer wieder in seinen Taschen fand, das waren Löcher. Was sie im Lauf der Jahre noch nie gefunden hat: 1 Taschentuch.

Na, wie war's?
Erzähl doch mal!

Philip war zum erstenmal mit seiner Klasse, zwei Lehrern und einem Bus nach Südtirol gefahren, ins Landschulheim. Acht Tage blieben sie fort.
Wir waren gespannt, was er alles erzählen würde, wenn er wiederkam.
Am vierten Tag seiner Abwesenheit kam erst einmal ein Brief von ihm, auf den wir Strafporto zahlen mußten, aber das taten wir gern.
Wann kriegen wir schon mal Post von Philip?
Der Brief enthielt eine Ansichtskarte vom Ort mit Kreuz da, wo das Dach des Landschulheims zu sehen war, eine stark fettende Wurstscheibe für seinen Hund Sascha und fünf Zeilen in sehr großer Schrift, damit die Seite schneller voll wurde.
Philip schrieb: »Wie geht es Euch und Sascha? Vermist er mich? Das Essen ist hier ohne Salz. 1000 Gruße und Küsse von Philip.«
Ich rief die Mutter seines Freundes an und fragte, was denn ihr Sohn geschrieben hätte.
Sie sagte: »Am ersten Tag war Regen, am zweiten ist ihm die Hose geplatzt.«
Nun wußten wir immerhin schon soviel: salzarmes Essen, ein Regentag, geplatzte Hose.
Wenn man nicht allzu hohe Ansprüche stellte, waren das fürs erste doch recht zufriedenstellende Informationen aus dem Landheim.

Es kam der Abend der Rückkehr.

Philip quoll mit den ersten Kindern aus den Bustüren … braungebrannt, falsch zugeknöpft, strahlend.

»Wie war's denn, Philip?«

»Och, ganz schön.« Er sah sich um. »Habt ihr Sascha nicht mitgebracht?«

»Nein. Wie war denn die Fahrt?«

»Aber ihr habt ihm gesagt, daß ich komme?«

»Ja, haben wir. Nun erzähl doch mal. Wie war die Fahrt?«

»Ganz gut«, sagte er. »Einmal war was am Vergaser.«

»Und sonst?«

Er sah uns verständnislos an. »Was sonst? Hunger hab ich.«

Das mußte man schließlich verstehen: Philip hatte den ganzen Tag im Bus gequasselt und Blödsinn gemacht, jetzt war er endlich da. Jetzt wollte er seine Ruh haben und seine altgewohnte Küche.

Wir sagten uns, wenn er satt ist, wird er schon von allein erzählen.

Aber Philip dachte nicht daran. Wir mußten ihm jede Information aus der Nase ziehen.

»Wie war's denn nun im Heim?«

»Och, na ja, nicht so schlimm.«

»Hattest du ein nettes Zimmer?«

»Ja. Mit noch dreien.«

»Habt ihr euch gut vertragen?«

»Ja.«

»Und die Lehrer?«

»Ganz nett. Netter als in der Schule.«

»Was habt ihr denn so den ganzen Tag gemacht?«

»Alles mögliche. Einmal sind wir Traktor gefahren.«
»Und sonst?«
»Nichts Besonderes.«
»Und abends?«
»Abends war's meistens stinklangweilig. Kein Fernsehen. Kann ich jetzt vielleicht? Ich hab die ganze Woche nicht...«
Er stellte den Flimmerkasten an und nahm mit Sascha auf dem Sofa Platz.
Wir gaben es auf, ihn mit weiteren Fragen zu inkommodieren.
Ich packte seinen Koffer aus. Der Deckel sprang auf, als ob eine Feder drunter säße. Es saß aber keine. Es war nur Philips Art, einen Koffer zu packen, die den Deckel aufhüpfen ließ. Das erste, was mir entgegenfiel, waren fremde Socken und ein zusammengeknülltes Hemd, das ich auch nicht kannte.
In seinen Pyjama gewickelt fand ich eine Flasche Wein, sein Mitbringsel für uns. Dann kamen Unterhosen, eigene und fremde.
Sein roter Pulli, ein Strumpf und Hemden fehlten.
Philip bedauerte das sehr. Er sagte, sie hätten so wenig Zeit zum Packen gehabt. Da käme einem in der Eile schon mal ein fremdes Stück unter und ein eigenes weg.
Am nächsten Tag machte ich die Runde bei den Müttern der Buben, mit denen Philip zusammen geschlafen hatte. Tauschte Unterhosen gegen Hemden und fragte nebenbei: »Was hat denn Ihrer so erzählt?«
»Na, daß es schön war und daß sie viel Blödsinn gemacht hätten.«

»Und sonst?«
»Nicht viel.«

Fünf Tage nach der Rückkehr aus dem Landschulheim stand eines Vormittags eine Frau Hahn vor unserer Tür mit Philips vermißtem, rotem Pullover. Frisch gewaschen und mit vielem Dank zurück.
Ich dankte auch und schaute etwas hilflos, worauf sie meinem Gedächtnis mit der Erklärung, sie wäre Nanni Hahns Mutter, auf die Sprünge zu helfen versuchte.
Nanni Hahn? Nie gehört!
»Wohl aus Philips Klasse?« tastete ich.
Jetzt schaute sie dumm. »Ja, wissen Sie denn nicht?«
Ich? Was denn? Ich wußte gar nichts.
»Ihr Philip hat meiner Nanni den Pulli geborgt, als sie die große Wanderung gemacht haben.«
»Wanderung?«
»Zum alten Senn herauf, aber Sie wissen ja sicher Bescheid«, sagte Frau Hahn.
Und ich sagte: »Erzählen Sie ruhig.«
»Also – beim alten Senn haben sie Käse und Milch bekommen, kuhwarm, und ihm zum Dank ein Lied gesungen. Und weil es noch früh am Tag war, sind sie weiter zur Burgruine heraufgeklettert, es soll sehr romantisch gewesen sein. Bis die Buben die tote Maus gefunden haben.«
»Tote Maus?« (Und Philip hat mir nichts davon erzählt!)
»Mit der Maus haben sie meine Nanni und die Gitti Hübner gejagt. Dabei ist Nanni im Geröll gestürzt und hat sich die Beine aufgeschlagen und eine Sehnenzer-

rung...« Sie unterbrach sich und schaute mich an. »Aber das müssen Sie doch wissen!«
Ich nickte achselzuckend.
Daß Philip Nanni Hahns Unfall für nicht wichtig genug gehalten hatte, um ihn daheim zu erwähnen, konnte ich vielleicht noch verstehen. Daß er mir aber die tote Maus verschwiegen hat?!
Hatte er etwa selbst die tote Maus –?
Nein, nie. Dann würde mir Frau Hahn die Sache viel vorwurfsvoller schildern. Außerdem kann Philip es gar nicht gewesen sein, weil er keine toten Mäuse anfäßt.
»Die arme Nanni«, sagte ich.
Frau Hahn wunderte sich nicht mehr über meine blanke Unkenntnis, sie war jetzt sogar froh darüber. Gab sie ihr doch Gelegenheit, mir Nannis Unfall so ausführlich zu schildern, wie Nanni ihn ihren Eltern geschildert hatte.
Hier in Stichworten, was bei Frau Hahn eine Viertelstunde in Anspruch nahm und meinen Gemüsetopf anbrennen ließ:
Nanni konnte nach dem Sturz nicht mehr laufen und mußte abwechselnd von zwei starken Buben oder den Lehrkräften getragen werden. Dann kam der plötzliche Wettersturz mit kalten Nebeln, und dann kam der Moment, dem ich soviel Kenntnis über die Begebnisse auf der Wanderung zu verdanken habe: Philip mußte seinen roten Pulli ausziehen und ihn der Nanni geben, damit sie zusätzlich zu ihren Schmerzen nicht auch noch fror.
»Wann war denn das alles?« fragte ich Frau Hahn.
»Am Tag nach dem Kirchweihfest, wo die Kinder noch so

nett mit den Einheimischen auf dem Marktplatz getanzt haben.«

Kirchweihfest? Mit Einheimischen getanzt? Philip auch? Nannis Mutter hätte mir gern noch viel mehr von der Zeit im Landschulheim erzählt, aber sie mußte heim, Mittag kochen.

Ich gab ihr eine Tüte Gummibärchen für Nanni mit, der es inzwischen wieder gutging, und blieb in tiefem Sinnen zurück.

Es wollte mir einfach nicht in den Kopf, daß diese Nanni und mein Philip dieselbe Reise gemacht haben sollen...

Der Umzug

Aus dem Tagebuch einer Mutter

5 Uhr früh. Ich kann nicht schlafen. Meine Gedanken halten mich wach und die lebhaften Träume meiner Tochter auf der Matratze neben mir. Mein Sohn schläft auf einer Gartenliege zwischen leeren Regalen, der Hund in einem Waschkorb auf dem Tisch. Meines Mannes Ruhestätte ist nur sichtbar, wenn man auf die Bücherkisten steigt. Ich steige auf die Kisten und leuchte ihn an. Das macht ihn wach. »Was ist denn«, fragt er. »Ich kann nicht schlafen«, sag ich.

»Und darum weckst du mich«, sagt er.

»Wenn ich bloß wüßte, wo der Schrankschlüssel ist«, sag ich, und er: »Laß mich in Ruh!«
5 Uhr 25. Endlich bin ich eingeschlafen, da macht es bums. Mein Mann ist im Dunkeln über einen aufgerollten Teppich gestolpert. Aber daran bin bloß ich schuld! Was hab ich ihn geweckt und an den Schrankschlüssel erinnert! Jetzt ist ihm ein Vorderzahn locker.
6 Uhr 25. Ich rüttle an den schlafenden Kindern herum. Aufstehen !! Sohn schreit, aus turbulenten Umzugsträumen erwachend: »Mein Dreirad! Sie haben mein Dreirad vergessen!«
Tochter schluchzt in die Kissen. Sie will plötzlich nicht mehr fortziehen. Sie will hierbleiben. Hier hat sic all ihre Freundinnen. Hier war's doch so schön. Aber dann mußt du in die Schule gehen, sag ich, nur wer zieht, hat schulfrei. Nun kommt sie doch mit uns.
Mein Blick fällt zufällig auf das leere Aquarium. Ich frage, wo sind denn die Zierfischchen? Im Koffer, sagt mein Sohn. In welchem, frag ich. In einem, sagt er. Aber die Hamster verpackst du nicht, sag ich. Und mein Dreirad? fragt er. Keine Sorge, das kommt mit.
7 Uhr 10. Es läutet. Das werden die Möbelträger sein. Nein, das sind die Möbelträger noch nicht. Das ist der neue Mieter dieser Wohnung mit seiner Verwandtschaft, die ihm beim Renovieren hilft. Der hat's gut, was der spart! Der hat lauter tüchtige Handwerker in der Familie. Und was haben wir? Beamte mit Bandscheibenschaden.
7 Uhr 30. Der Möbelwagen fährt vor. Einzug der Gladiatoren. Um Himmels willen, Mann, schaff den Hund fort! Der hat's nicht gern, wenn man Sachen aus der Wohnung

trägt. Bring ihn zum Hundefriseur. Sag denen, sie können sich mit ihm Zeit lassen. Wir brauchen ihn erst abends wieder.
Am liebsten würde ich den Sohn auch weggeben, er läßt sich aber nicht. Er muß ja aufpassen, daß sein Dreirad mitkommt.
8 Uhr. Die Möbelträger fragen, ob wir Blei in unserem Schrank hätten. Den kriegen sie so leicht nicht weg. Ich sage, es tut uns leid, wir konnten ihn nicht ausräumen, der Schlüssel ist verschwunden. Ich frage Sohn: »Hast du den Schlüssel?«
Sohn sagt beleidigt: »Das hast du mich schon dreimal gefragt.«
Plötzlich sagt Tochter, sie weiß, wo der Schlüssel ist. – »Den hast du selbst in die Kommode gelegt, Mami.« – »In welche Kommode?« –
»In die, die als erstes verladen worden ist.« Inzwischen ist der Wagen beinah voll.
8 Uhr 25. Sohn ist mit dem Möbelwagen gefahren, seine Hamster auf dem Schoß. Vater wartet im Auto auf Tochter und mich, die wir noch einmal durch die leere Wohnung gehen. –
»Als wir hier einzogen, warst du vier«, sage ich. »Erinnerst du dich noch?« –
»Ja«, sagt Tochter nachtragend, »und ein Jahr später kam der Hansi. Da hatte ich kein eigenes Zimmer mehr. Jetzt krieg ich endlich wieder eins.«
10 Uhr. Die Möbelträger frühstücken Bier in der neuen Wohnung. Auf der Straße vor dem Möbelwagen steht das Gerümpel aus dem Keller, das zuletzt aufgeladen wor-

den ist. Ziemlich schäbiges Gerümpel. Meine Tochter schämt sich sehr dafür. Sie versichert jedem Vorübergehenden: »Die guten Sachen sind noch im Wagen!«
11 Uhr. Die Möbelträger sind mit Handschlag geschieden (also war das Trinkgeld zufriedenstellend), die großen Möbel stehen. Jetzt packen wir die Kisten aus. Mein Mann findet in einer Tragetüte das abgeschnittene Telefon aus unserer alten Wohnung. Ja, sagt Sohn dann stolz, wenn er nicht aufgepaßt hätte! Wir hätten das doch glatt vergessen mitzunehmen.
12 Uhr 10. Unsere Tochter wollte unbedingt das rechte Kinderzimmer. Jetzt gefällt ihr auf einmal das linke besser. Sohn will aber das linke nicht mehr räumen, er hat schon sein Dreirad und das ganze Spielzeug drin. Wildes Geheule – für die Nachbarn eine Kostprobe von dem, was sie jetzt täglich erwartet.
18 Uhr. Ein Gefühl, als ob meine Füße zwei Nummern gewachsen wären. Und mein Kreuz! Mein armes Kreuz! Aber die Wohnung ist beinah fertig. Mein Mann hängt gerade die Bilder auf. Da brüllt mein Sohn. Was ist denn nun schon wieder? Hat er sich auch den Hammer auf den Daumen –? Wieso Daumen, schreit Sohn, der Hund! Der wartet noch immer beim Friseur darauf, daß wir ihn abholen.
19 Uhr 40. Nun sind wir alle in neuer Pracht zum Abendbrot vereint – Eltern, Kinder, Hund, Möbel, Blattpflanzen und natürlich das Werbefernsehen. Mit Fanfarenklängen kündet es den fürstlichen Auftritt eines fettarmen Käses an – genau wie in der alten Wohnung. Die Kinder haben sie schon beinah vergessen.

20 Uhr 30. Sie liegen in ihren neuen frischbezogenen Betten in ihren neuen Zimmern – sehr stolz, sehr müde und auch ein bißchen bang. Ob sie wohl in der neuen Gegend Freunde finden werden – und den Lichtschalter, wenn sie heut nacht mal rausmüssen?! Und wir möchten doch bitte die Türen auflassen. Nicht, daß sie Angst hätten, aber es ist doch alles noch so fremd...
Manche Kinder kennen kein Heimweh. Manche leiden bereits bei dem Gedanken, von daheim fortzumüssen. Es gibt viele Gründe für...

Rudi, der Modeberater

Ein Geschäft für Damenoberbekleidung. An seiner Rückseite befinden sich die Umkleidekabinen. In der links außen probiere ich Kleider an.
In der Kabine neben mir langweilt sich ein Kind. »Mama, wie lange dauert das noch – du hast gesagt, nur zwei Minuten, du wolltest bloß mal gucken – jetzt ziehst du schon das fünfte Kleid an, ich will hier raus – Mamaaaa!!!«
Darauf die Mutterstimme: »Quengel nich, Rudi, wir gehn ja gleich.«
Und Rudi: »Ich kenn dein ›gleich‹, das dauert immer ewig, wozu brauchst du überhaupt ein neues Kleid, du hast doch schon drei zu Hause.«
»Die sind aber unmodern.«

»Was is unmodern?«

»Komm, nerv mich nich, Junge, steh lieber auf. Du kannst hier nicht auf dem Boden rumliegen – kann ja keiner treten...«

Rudi: »Auaaa!«

Mutter: »Siehste!«

Die Verkäuferin reicht ihr ein neues Kleid in die Kabine. »Wo ist hier vorn und hinten?« höre ich die Mutter fragen. Nach kurzer Gebrauchsanweisung zieht sie es an. Aufschrei: »Na, wahnsinnig! Das ist ja wahnsinnig super! Diese irren Farben!«

»Wie ein Klohn«, sagt Rudi.

»Das heißt nicht Klohn, sondern Clown – wie Klaun, Herrgottnochmal!«

»Frau Heinze sagt aber immer Klohn«, sagt Rudi stur.

Die Verkäuferin, pikiert: »Na, hör mal, Bubi, wie kannst du so was sagen!«

Mutter, entschuldigend: »Clown ist für ihn was Schönes, nicht wahr, Rudi?«

Rudi: »Kaufst du es nun? Können wir dann gehn?«

Seine Mutter kauft es nicht. Es ist zu teuer. Verzagt begibt sich Rudi auf die Wanderschaft. Besucht die Kundinnen in den anderen Kabinen, erschießt sie, pengpengpeng, wird von keiner zum Verweilen aufgefordert. Zieht schließlich meinen Kabinenvorhang mit einem Ruck auf und gibt den allgemeinen Blick auf mich in Unterwäsche frei.

»Mach sofort zu«, zische ich, aber Rudi hört nicht, er starrt voller Entsetzen auf meine bloßen Füße.

»Deine Zehen bluten!«

Ich erschrecke ebenfalls, bis ich begreife: Er meint meine rotlackierten Fußnägel.
Rudi: »Warum machst du das? Damit man den Dreck nich so sieht?«
»Ich *habe* saubere Nägel!!«
»Warum tust du's dann?«
Ja, warum eigentlich? »Weil es viel schöner aussieht.«
»Es sieht aber nich schöner aus«, sagt Rudi.
Jetzt endlich beginnt seine Mutter ihn zu vermissen. Sie steckt den Kopf aus ihrer Kabine: »Komm sofort hierher – stör die Dame nich – entschuldigen Sie bitte – Rudi!!!«
Der hört nicht. Er schurrt in meinen hochhackigen Pumps in den Verkaufsraum hinein: »Achtung! Achtung! Hier kommt eine Dame!«
Rudi produziert sich. Sein Publikum hat nur Mißbilligung für ihn übrig, ihn stört's nicht. Er ist nichts anderes gewöhnt.
Mit einem fahrbaren Ständer voller Blusen rollt er den Mittelgang hinunter, hinein in die Röcke.
Das geht nun wirklich zu weit. *Hat dieses Kind denn keine Mutter????*
Doch. Hat es. Sie kommt gerade, einen Mantel um ihre Blöße schlagend, aus der Kabine gefegt auf der Suche nach ihrem Rudi.
Entnervt zischend, kleine Hand im eisernen Griff, schleift sie ihn hinter sich her.
Rudi schreit prophylaktisch: »Aua!«
Aber seine Mutter tut ihm nichts, sie will keine Szene, nur unsanft mit ihm sein, los, rein in die Kabine, da setz dich hin! Du sollst dich setzen!!! Na, auf den Hocker!

Wieso nicht! Dann nimm die Kleider runter – nein! Nicht auf den Boden schmeißen, nun gib sie schon her und halt den Rand, wenn ich noch einen Piep von dir höre...

Ich habe gerade ein hochmodisches Kleid übergestreift. Zu modisch für mich, finde ich, aber die Verkäuferin sagt, das sind falsche Hemmungen, gnä Frau, Sie müssen mal von Ihrer sportlichen Note runter und was Extravagantes...

»Es steht Ihnen wahnsinnig gut«, versichert Rudis Mutter, als sie mir meine Pumps wiederbringt, mit denen Rudi auf Tournee gewesen ist. »Sie können so was echt tragen. Bei Ihrem Typ!«

Obgleich noch immer voller Zweifel, bin ich natürlich echt wahnsinnig geschmeichelt: »Meinen Sie wirklich?«

Hinter seiner Mutter taucht Rudi auf und guckt an mir rauf und runter.

»Na, du?« spreche ich ihn an. »Wie gefällt dir mein Kleid?«

Glücklich, daß ihn endlich einer nicht nur als Störenfried ernst nimmt, sagt er: »Du hast ein schönes Nachthemd an.«

»Ist ja gar nicht wahr!« stöhnt die Verkäuferin. »Bitte hören Sie nicht auf den Bengel, gnä Frau. Das Modell kleidet Sie fa-bel-haft!!«

Rudis Mutter beutelt ihren Rudi, versichert, daß ihre Geduld nun am Ende sei, Rudi schreit, *seine* schon lange – darauf sie: »Ich nehm dich nie mehr mit, wenn ich was kaufen geh!« Und er: »Ich will auch ga nich mit, nie mehr!«

Ohne etwas gekauft zu haben, mit schief sitzendem Rock

und aufgetrenntem Saum, weil zu hastig beim Anziehen hineingetreten, verläßt die Mutter mit Rudi das Geschäft. Ich gehe zur Kasse und schreibe einen Scheck aus. Das Kleid behalte ich gleich an. Es ist erstaunlich, wie sich ein neuer Fummel aufs Wohlbefinden auswirkt. Mein abblätterndes Selbstbewußtsein fühlt sich darin wie frisch gestrichen.

Mein Sohn ist bereits aus der Schule zurück, als ich nach Hause komme, und hungrig wie ein Wolf. Ich habe zwar kein Mittag für ihn, aber dafür eine hinreißende Laune. Beim Mantelausziehen guckt er mich an und fragt: »Neu?«

»Ja. Schick, nicht?« Und drehe mich ein bißchen.

Und er: »Teuer?«

»Es geht. Warum?«

»Sieht aus wie'n Nachthemd«, sagt er.

Es muß wohl an ihren modisch unverbildeten Augen liegen. Rudi und mein Sohn sehen nicht den aktuellen Schick, sie sehen bloß das, was sie wirklich sehen, und das sieht eben wie ein Nachthemd aus.

Meine Enttäuschung tut meinem Sohn leid, und er will gutmachen: »Die Farbe steht dir, Mami. Und das Kleid ist Spitze, wenn es 'ne lange Dünne trägt...« Wenn er gutmachen will, macht er alles nur noch schlimmer.

»Du hast ja recht«, sage ich und mache ihm Spiegeleier.

Einzelkind

Zu Ostern in einer Familienpension: Vater, Mutter und elfjähriger Sohn warten darauf, daß es zu gießen aufhört.

Vater liegt auf dem Bett und liest Zeitung. Mutter schreibt Ansichtskarten, auf denen der Himmel blau ist.

Sohn leidet.

»Mir is vielleicht langweilig, Mannohmann, is mir langweilig.«

»Dann beschäftige dich«, sagt die Mutter, »wir tun's ja auch.«

»Was soll ich denn machen? Könnt ihr mir das mal sagen?«

»Lies ein Buch.«

»Hab schon.«

»Dann spiel.«

»Aber was?«

»Irgendwas. Du hast ja genügend da.«

»Spielt ihr mit mir Rommé?«

»Schon wieder? Wir haben doch erst gestern!«

»Oder Stratego?«

»Junge, dein Vater will mal richtig ausspannen. Er hat's nötig.«

»Spielst du dann mit mir, Mutti?«

»Später. Erst muß ich meine Karten ... du mußt auch an Tante Hertha schreiben und dich für das Geschenk bedanken.«

»Jadoch.«

»Jadochjadoch. Immer sagst du jadoch.«
»Ich schreib ihr morgen.«
»Geschenke willst du haben, aber bedanken willst du dich nicht.«
»Ich hab gesagt, ich schreib ihr morgen.«
Der Junge leidet aus dem Fenster auf große Kastanienblätter, die ganz tief vor Regen hängen. »Das nennt sich nu Ferien. Freut man sich das ganze Jahr drauf.«
»Haben wir vielleicht das Wetter bestellt?«
»Nein. Sag ich ja gar nicht.«
»Übrigens erholt man sich bei Regen viel besser.«
Der Junge will sich nicht erholen, er will spielen. Und seufzt.
»Sitz nicht so anklagend herum. Macht einen ganz nervös. Andere Kinder beschäftigen sich ja auch!«
»Andere Kinder haben auch Geschwister«, sagt der Junge.
»Na und?«
»Ich hab keine.«
»Machst du uns das vielleicht zum Vorwurf?«
»Ich mein ja bloß.«
»Schau, ich war auch ein Einzelkind und hab mich trotzdem nie gelangweilt«, sagt die Mutter.
»Der Hansi, mein Freund, hat drei Geschwister. Bei denen ist immer was los«, sagt der Junge.
»Wir waren auch drei zu Hause und haben pausenlos gestritten«, erinnert sich der Vater.
»Ihr habt wenigstens jemand zum Streiten gehabt.«
»Junge, du bist undankbar. Du hast doch uns.«
»Ja.«

»Wenn du Geschwister hättest, könnten wir uns diese Reise gar nicht leisten. So fängt's mal an.«

Scheißreise, denkt der Junge.

»Außerdem müßtest du alles, was du jetzt allein besitzt, mit ihnen teilen.«

»Freunde sind viel angenehmer als Geschwister«, sagt der Vater. »Freunde kann man sich wenigstens aussuchen. Geschwister nicht.«

»Hier hab ich keinen Freund.«

»Du wirst schon noch einen finden.«

»Und warum hab ich keine Geschwister?«

»Du kannst einem wirklich den Nerv töten.«

»Und warum hab ich keine?«

Die Eltern sehen sich an. »Ja, weil – na ja, als du geboren wurdest, ging's uns finanziell ziemlich mies. Dazu die unsicheren Zeiten... Da haben wir uns gesagt, eins kriegen wir immer durch, aber mehr?«

»Hansis Eltern waren auch noch nie reich, und ihre Zeiten sind auch nicht sicherer als eure. Trotzdem haben sie vier Kinder.«

»Das sind doch Traumtänzer«, sagt der Vater. »Vier Kinder in heutiger Zeit! Kriegst ja nicht mal 'ne Wohnung, wenn du mit denen umziehen willst. Vier Kinder! Wer tut sich denn das heute noch an! Opfert man ihnen seine schönsten Jahre, schuftet sich ihretwegen ab – und was ist der Dank? Sie kommen einem frech.«

»Aber Weihnachten...« sagt der Junge.

»Wieso Weihnachten? Wie kommst du denn jetzt auf Weihnachten, sei froh, daß wir noch Ostern haben!«

»Weihnachten ist vielleicht was los bei Hansis«, sagt der

Junge. »Da laden sie immer noch ein paar Kinder ein, die keine Eltern haben. Dann ist ihre Bude richtig voll und ein irre schöner Krach. Sagt Hansi.«

»Bei uns ist es Weihnachten doch auch schön oder nicht?«

»Ja, sehr, aber…«

»Aber was?«

»Wir sind dann bloß immer wir drei.«

»Ist Arbeit genug für deine Mutter.«

»Ja, natürlich.«

»Weißt du«, sagt die Mutter, »man wünscht sich im Leben immer das, was man nicht hat.«

»Kann sein.«

»Was glaubst du, wie gern der Hansi manchmal ein Einzelkind wäre.«

Der Junge überlegt einen Augenblick. »Glaub ich nicht«, sagt er dann. »Ich glaub, der wünscht sich höchstens manchmal ein Einzel*zimmer*.«

Was sind das überhaupt für Gespräche! Wenn bloß bald der Regen aufhörte!

Beifahrer

Betrachtungen eines mitfahrenden Sohnes

Nie kommen wir rechtzeitig fort, weil meine Mutter ihre Autoschlüssel nicht finden kann. Dabei hat sie sie eben noch gehabt, sagt sie. Und ich sage: »Dein halbes Leben verbringst du mit dem Suchen nach Schlüsseln!« Sie widerspricht mir lebhaft: »Das stimmt nicht. Mein halbes Leben verbringe ich mit dem Suchen nach meinen Schlüsseln *und* meinen Brillen!«

Sie schnallt sich bereits in der Garage an, aber ihr Gurt ist meistens verheddert und rutscht von der Schulter. Sicherheit geht ihr über alles!

Wenn Ihnen mittags ein Auto mit angeschalteten Scheinwerfern begegnet, können Sie sicher sein: Das ist meine Mutter, die frühmorgens durch einen Tunnel fuhr, ohne mich auf dem Beifahrersitz.
»Ich versteh das nicht, Junge«, erzählt sie mir später. »Die Fußgänger haben mir pausenlos Zeichen gemacht, entgegenkommende Autos haben mich angeblinkt – ich war ganz irritiert. Hatte ich meine Tür nicht richtig zu? Hatte ich einen Platten? Aber nein, alles war in Ordnung. Es hat auch nicht brenzlig gerochen. Was wollten die Typen denn bloß von mir –?!«

Bis meine Mutter sämtliche Knöpfe und Hebel in ihrem Auto beherrscht, ist ihre Karre bereits durchgerostet. Aber mir erlaubt sie nicht, an irgendwas zu drehen. Die Fummelei mache sie ganz nervös, schreit sie. Und ob ich im Radio nicht mal einen einzigen Sender lassen könnte!?

Am vertrauensvollsten steigt unsere Hündin bei ihr ein. Lehnt im Fond und gähnt blasiert aus dem Fenster, während wir mit abgesoffenem Motor am Berg hängen, eine mordlustige Autoschlange hinter uns.

Wo andere Wagen zehnmal vergebens um den Block schleichen, findet meine Mutter auf Anhieb eine Parklücke. Sie hat nur meistens nichts von ihr, denn sie kann nicht einparken. Weil sie nicht optisch abmessen kann, entschuldigt sie sich, und außerdem wär' ihr ganz schwindlig.
Vielleicht liegt es daran, daß sie ihre Lesebrille aufhat.
Auf der Autobahn fährt sie zügig, geradezu sportlich, solange es hell ist. Nach Einbruch der Dunkelheit kann sie jede lahme Ente überholen, weil sie nachtblind ist wie ein Huhn. Das beste wäre, es ging einer mit einer Laterne vor ihrem Kühler her.
Ach, wär' ich doch schon achtzehn!!!!

Betrachtungen einer mitfahrenden Mutter

Zum ersten Mal sitzt mein Junge am Steuer und ich auf dem Beifahrersitz. Äußerlich gelassen, bin ich innerlich ins Polster verkrallt, bremse mit den Hacken. Ziehe nur manchmal Luft durch Zähne.

»Ist was?« fragt mein Sohn.

»Du fährst so rechts!«

»Stell dir vor, das war das erste, was wir in der Fahrstunde gelernt haben«, sagt er.

»Na schön, aber sooo rechts? Wir streifen gleich die Chausseebäume.«

»Du kannst wirklich nicht abmessen«, sagt er. Nun wird er kühn. Greenhorn, ich muß dich warnen: »Fahr vorsichtig. Selbst wenn du den Wagen technisch beherrschst, dir fehlt die Praxis. Du mußt auch mit den Fehlern der anderen rechnen, und bitte, bitte, rase nicht –!! Ich hab dich neulich durch die Hauptstraße fegen sehen –!«

Er, verwundert: »Seit wann erkennst du dein Auto?«

Solange ich den Wagen allein fuhr, genügte mir ein Radio mit Wackelkontakt. Nicht so meinem neuen Teilhaber. Er hat mir nach und nach eine Stereoanlage aufgeschwatzt mit Kassettenrecorder, 8 Lautsprechern, 120-Watt-Verstärker und einem Equalizer. (Weiß der Teufel, was das ist.) Um einen schrecklichen Mangel zu beheben, hat er auch noch eine Echomaschine eingebaut. Der Kölner Dom ist nun wirklich ein Schmarrn gegen unser Auto, was die Akustik anbelangt. Leider vermag ich den ganzen technischen Schnickschnack nicht zu bedienen.

Ach, wie oft denke ich an mein altes Radio mit Wackelkontakt zurück. Ein Hieb dagegen und schon funktionierte es.

Wir haben ein Einschreiben von der Polizei gekriegt. Unser Pkw wurde am 23. 4. um 19 Uhr 37 auf dem Ring geblitzt, und zwar mit 110 Sachen, wo nur 60 km zugelassen sind, na Mahlzeit, mein Sohn! Ich hab mir schon so was gedacht. Solange ich neben ihm im Wagen sitze, fährt er vorbildlich. Kaum steige ich aus, drückt er auf die Tube – will wahrscheinlich Mädchen imponieren –, zeigen, was er für ein Superfahrer ist. Dabei gehört wirklich kein Mut dazu, den Gashebel durchzudrücken, alles purer Leichtsinn aus Angabe: 110 km, wo nur 60 km zugelassen sind!
Das hagelt Strafpunkte und eine saftige Buße. Aber die soll er selber zahlen. Von mir keinen Floh. Ich habe ihn genug gewarnt. Vielleicht noch was getrunken, o Gott, wozu setzt man Kinder in die Welt! Nichts wie Aufregungen! Da redet man sich den Mund fußlig – warnt und warnt –, aber er schaltet die Ohren auf Durchzug. Nun hat er den Salat. Nun soll er ihn auch selbst ausbügeln. Ist ja alt genug!
Endlich kommt er aus der Schule. Ich schmeiße mit Vorwürfen nach ihm, während er das Einschreiben vom Polizeipräsidium liest und nachzurechnen beginnt. Und erleichtert feststellt: »Am 23. 4. war ich mit der Klasse in London.« Dreistufig rennt er zu seinem Zimmer herauf und kommt mit seinem Notizkalender wieder: Er war wirklich in London. Wir schauen uns gezielt an. Na, nun

sag schon, was du denkst! Laß deine Schadenfreude aus, dein Ätsch!! –
Aber nichts, auch wenn er sich inwendig vor Feixen biegt. Kein Vorwurf. Keine süße Rache. Nur seine stille Gaudi darüber, daß seine vorbildliche Mutter am 23. 4. mit 110 Sachen …
Was für ein vornehmer Charakter!

P. S. So vornehm nun wieder auch nicht, denn sonst hätte er seinen Freunden nicht erzählt, daß ich zur Verkehrserziehung vorgeladen bin. Nun feixen auch sie immer so herzlich, wenn sie mich sehen. Was bin ich doch für ein feines Vorbild! Kein Hund nimmt mich mehr ernst, wenn ich Moral predige …

Noch ein P. S. Ich habe meinen Sohn vorhin nach seiner ersten bewußten Erinnerung gefragt. Er sagte: Ich sitze in meinem Kinderwagen – so'nem kleinen, offenen – du schiebst mich – plötzlich fahren wir ganz schnell – das ist schön – dann kippe ich um. Um mich sind Blumen. Kann das gewesen sein, oder habe ich es geträumt?
Es war so, Junge. Ich fand es langweilig, deinen Kinderwagen durch den Stadtpark zu schieben. Da hab ich eben Vollgas gegeben – auch in der Kurve. Du kreischtest vor Vergnügen. Dann landeten wir alle beide im Tulpenbeet. (Seine erste bewußte Erinnerung!!)

Meditationen eines Zwölfjährigen über den Osterhasen

Der Osterhase wohnt im Wald. Seine Kinder gehen in die Hasenschule und können Geige spielen. Als Taschentuch benutzen sie ein Kohlblatt.

Der Mensch kann nur kleine Menschen legen. Der Osterhase dagegen legt nicht nur kleine Hasen aus Fleisch und Blut, sondern auch aus Plüsch und Schokolade.
Er legt außerdem hartgekochte Eier, Schokoladeneier, Zuckereier, Krokant- und Nougateier. In manchen ist sogar Schnaps.

Der Osterhase legt die Eier wie ein Huhn. Er ist das einzige männliche Tier, das legen kann. Einmal hat er mir ein Dreirad gelegt.

Die Hasenkinder helfen ihm beim Bemalen der Eier und wickeln sie in Glanzpapier, binden ihnen Schleifchen um und Bauchbinden, auf denen Suchard, Lindt oder Sarotti steht, packen die Eier in kleine Kiepen und tragen sie in der Nacht zum Ostersonntag zu den Menschenkindern.

Sie verstecken die Eier im Garten, hinter Sofakissen und in den Ritzen der Polstermöbel.

Und das alles habe ich wirklich mal geglaubt!

Entschuldigungszettel

Es ist kurz nach sieben. Max öffnet zart die Schlafzimmertür. Seine Mutter schläft. Es tut ihm so leid. Er traut sich nicht, sie zu wecken, deshalb schickt er seine Hündin Auguste hinein. Sie soll der Mutter auf die Brust springen, damit diese davon aufwacht, ihn, Max, in der Schlafzimmertür stehen sieht und fragt: »Was ist denn?«

Und er, an ihr Bett tretend: »Ich brauch 'n Entschuldigungszettel wegen gestern.«

»Kannst du damit nicht rechtzeitig kommen? Nein? Immer fünf Minuten vor Schulbeginn fällt es dir ein.«

Er legt ihr Block und Tintenkuli auf das Deckbett. Sie schaut beides unerfreut an: »Was soll ich denn schreiben?« Sie ist kein Schnelldichter, schon gar nicht um sieben in der Früh.

»Sag doch mal.«

»Nicht die Wahrheit«, sagt Max.

»Das weiß ich selber.« ›Mein Sohn mußte leider die Schule schwänzen, weil das Wetter in den Bergen so schön war‹, ist kein akzeptabler Entschuldigungsgrund für einen Lehrer.

Obgleich es natürlich ein Grund zum Schwänzen ist, wenn man – so zum Verzweifeln gesund wie Max – nie aus Krankheitsgründen fehlen kann, aber auch mal gerne möchte.

Es war ein schöner Tag. Mutter, Max und Auguste sind in die Berge gefahren und haben den blau-gold-braun-

grün-roten Herbst in ihr Gedächtnis eingespeichert und dabei Kaiserschmarren mit Kompott gegessen.
»Schreib, ich hatte die Grippe.«
»Bei Grippe fehlt man nicht nur einen Tag.«
»Ich würde ja auch länger fehlen«, versichert Max.
»Der eine Tag war schon zuviel«, sagt seine Mutter mit nachträglich pflichtschuldig-schlechtem Gewissen.
»Der Poldi, der neben mir sitzt, hatte Angina. Der könnte mich angesteckt haben«, überlegte er.
»Und im Bett hast du dir den Sonnenbrand geholt, ja?«
»Nein, geht auch nicht.« Max tritt eilig überlegend von einem Fuß auf den andern, er muß gleich zur Schule, es ist ja schon so spät. Plötzlich steht er still, auch an den Füßen, und hat ein Leuchten in den Augen, Illumination eines schönen Einfalls.
»Nun sag schon!«
»Durchfall! Bei Durchfall kann man Sonnenbrand kriegen, wenn man schnell genug flitzt.«
»Okay«, sagt seine Mutter und schreibt: »Sehr geehrter Herr – he, Max, wie heißt der Lehrer?«
»Stutenbäcker«, sagt er, noch einmal zurückkommend.
»Wie schreibt sich das? Buchstabier mal!«
»Also – S wie Sonntag – T wie Tomate – U wie – na, wie U-Boot – noch mal Tomate – E wie Eltern – N wie Nachttopf und dann Bäcker hintendran wie Konditor.«
Sie schreibt aufrecht im Bett sitzend, auf ihrem hochgestellten Kniepult: »Sehr geehrter Herr Stutenbecher...« Falsch. Verdammt! Sie reißt den Zettel ab, fängt einen neuen an. Neben ihr steht Max. Seine trampelnde Nervosität bringt sie ganz durcheinander.

»Junge, tut mir leid, aber ich kann nicht hexen.« Und bei dem Gedanken an das Lehrerauge, das ihren Zettel lesen wird, ist sie von vornherein orthographisch verunsichert. Schreibt man das DAS hinterm Komma nun mit ß oder mit s?

»O Mami«, stöhnt Mäxchen.

»Nur noch die Unterschrift – ich muß den Schwindel schließlich unterschreiben –«

Er reißt ihr das Blatt aus der Hand, schmeißt einen Kuß zum Dank in ihre Richtung und folgt Omas Ruf aus der Küche: »Max, dein Kakao!«

Als die Mutter wenig später aufsteht, um sich einen Kaffee zu kochen, findet sie neben Mäxchens halbgeleerter Tasse den Entschuldigungszettel. Er hat ihn vergessen.

Aber so ist das immer – erst kommt er in letzter Minute damit an und treibt sie zu höchster Eile – dann läßt er ihre gemeinsame Zangengeburt liegen.

Jetzt muß er seine Entschuldigung mündlich vorstottern. Hoffentlich erinnert er sich noch an den Grund, für den sie sich endlich entschieden haben.

Die ersten Zigaretten!

Dem intensiven Zigarettenrauchen verdankte:
dein Großvater seine chronische Bronchitis,
deine Großmutter Magengeschwüre,
dein Vater einen Herzinfarkt.
Deine Mutter hat soeben Schweres durchgemacht: Sie hat sich zum neuntenmal das Rauchen abgewöhnt. *Und du Idiot fängst gerade damit an.*
Du hältst die Zigarette wie ein Pusterohr, man merkt, du lernst noch. Man merkt, es schmeckt dir überhaupt nicht, aber du gibst dir große Mühe, dich zu gewöhnen. (Ja, huste nur schön, schadet dir gar nichts.)
Wenn du so weitermachst, hast du es in einem, höchstens zwei Monaten geschafft. Dann kannst du nicht mehr ohne Zigarette.
»Warum rauchst du eigentlich?« frage ich dich.
Ja, warum – das weißt du auch nicht so genau. Wahrscheinlich weil alle in deiner Klasse rauchen. Nun gibt es kein überzeugenderes Argument, sich ein Übel anzugewöhnen, als »weil es alle tun«. Was soll ich machen? Wenn ich es dir verbiete, rauchst du heimlich. Das hab ich auch getan.
Ich erinnere mich noch: Kam eines Tages meine Mutter überraschend früh nach Haus und entdeckte einen Koffer unter meinem Bett, der qualmte: »Wieso qualmt der Koffer«, sagte sie und zog ihn vor. Es lag eine brennende Zigarette in ihm herum, das gab vielleicht Ärger – schon wegen des angekohlten Innenfutters.

Ich weiß heute nicht mehr, warum ich damals immer in den Koffer rauchte anstatt zum Fenster hinaus. Ich war doch sonst nicht sehr originell.

Wahrscheinlich lag es an der guten Zigarettensorte und an den miesen Zeiten. Wir hatten Krieg. Da schmiß man nicht einfach eine angerauchte, englische Zigarette aus dem Fenster und fand sie womöglich nachher nicht wieder. Da riskierte man lieber einen Kofferbrand.

»Weißt du eigentlich, daß es Zeiten gab, wo eine einzige Zigarette acht bis elf Mark gekostet hat?« Du schaust mich an, als ob ich spinne. »Und ihr habt sie trotzdem gekauft?«

»Ja.«

»Ihr habt ja'n Kaiser gesehn, Mensch!«

»Wir waren eben süchtig. Darum. Was glaubst du, was wir alles geraucht haben – einmal sogar Abführtee, in Durchschlagpapier gerollt.«

»Pfui Deibel.«

»Und Eigenbau aus dem Garten. Ein sagenhaftes Kraut. Das ging nie wieder aus den Gardinen heraus. Frag deine Großmutter.«

Gardinen interessieren dich nicht. Um so mehr gibt dir zu denken, daß der Herr F., der immer so vornehm tut, sich im Jahr 1946 mit einem anderen Mann um eine fortgeworfene, lange Ami-Kippe geprügelt hat.

»Das kannst du dir nicht vorstellen? Aber du weißt auch noch nicht, was es heißt, keine Zigarette zu haben. Diese Kribbeligkeit in den Fingern und im Kopf. Du denkst an nichts anderes als an einen Glimmstengel. Suchst stundenlang durch alle Taschen und bist selig, wenn du eine in einem Blumentopf ausgedrückte Kippe findest, an der noch zwei Züge dran sind.«

»Igitt«, sagst du.

»Erst rauchst du fünf, sechs am Tag, dann zehn, dann fünfzehn, zwanzig und mehr. Du ißt, um hinterher rauchen zu können. In jeder Pause rennst du auf ›Knaben‹ wegen ein paar Lungenzügen. Du findest immer Gründe für eine Zigarette. Wenn du einen ganzen irren Schreck kriegst, wenn du erleichtert bist, wenn du dich freust, wenn du dich ärgerst, wenn du telefonieren mußt – vor allem aber, wenn du erst mal Alkohol trinkst. Du ahnst ja nicht, wieviel du dann erst rauchst. Und der Morgen danach … Ein Traummorgen. Im Kopf und im Magen. Du schwörst dir, nie wieder – aber sobald es dir besser geht …

Du rauchst, um deine Nerven zu beruhigen. Und woher hast du die kaputten Nerven? Vom Rauchen.«

»Der Wurster Anton ist an Lungenkrebs gestorben«, sagst du.

Mir fällt darauf der Herr Fassbinder von der Drogerie ein. »Dem haben sie das Raucherbein amputieren müssen. Jetzt sitzt er nur noch hinter der Ladenkasse und zittert am ganzen Körper und raucht und raucht.«

»Dem schmeckt's halt«, sagst du nachdenklich.

»Das Vergnügen kostet ja auch noch 'ne ganze Menge«, sage ich.

»Was hast du so im Monat verraucht?«

»Na – achtzig Mark bestimmt.«

»Macht im Jahr neunhundertsechzig Mark. Macht in zehn Jahren – Mensch!« Du schaust mich an, als ob ich uns ruiniert hätte.

»Aber was es kostet, ist dir völlig wurscht, wenn du erst mal süchtig bist. Hauptsache, du hast was zum Rauchen«, sage ich.

Nach zwei Tagen kommst du wieder auf das Thema zurück. »Der Peter in meiner Klasse kriegt eine Prämie von seinem Vater, wenn er nicht raucht.«

»Und für die Prämie kauft er sich heimlich Zigaretten«, sage ich.

»Der Peter raucht wirklich nicht mehr«, sagst du. »Er konnte es ja auch ohne Mühe aufgeben.«

»Ich gebe dir auch zehn Mark«, sage ich.

»Na gut«, sagst du, und ich sehe, wie es in dir rechnet. Du hast *das* Geschäft deiner ausgehenden Kinderjahre gemacht: 80 Mark im Monat gespart plus 10 Mark Prämie macht im Jahr – sagenhaft.«

Du rauchst nicht mehr.

Wozu eine Mutter gut ist

Nachfolgende Liste wurde unter angestrengter Mitarbeit einer Vierzehnjährigen, eines Elfjährigen und einer Fünfjährigen zusammengestellt.

Wozu eine Mutter gut ist.

1. Zum Unterschreiben verpatzter Klassenarbeiten, von denen der Vater besser nichts erfährt.
2. Zum Trösten.
3. Als Testperson dafür, was menschliche Nerven auszuhalten vermögen.
4. Zum Herausziehen von Splittern.
5. Zum Streiten.
6. Zum stundenlangen Vorlesen bei Windpocken, damit es nicht so juckt.
7. Zum Versorgen unserer Haustiere, die nur unter der Bedingung, daß wir für sie selber sorgen, angeschafft werden durften.
8. Zum ständigen Erinnern an das, was wir ohne ihr Erinnern glatt vergessen würden.
9. Zum Vokalbelabhören.
10. Zum Ausmeckern, wenn es unbedingt erforderlich ist.
11. Zum Anstoßen beim Schaukeln.
12. Zum Pusten – als wir noch klein waren und uns den Finger klemmten.
13. Zum Rückenschrubben.

14. Zum Schmusen.
15. Zum Ausbügeln von Eselsohren in Klassenheften.
16. Zum Aufklären, weil es dem Vater peinlich ist.
17. Zum Schwindeln am Telefon, wenn wir nicht da sein wollen.
18. Zum Ausbrüten neuer Geschwister.
19. Zum Schlichten von Familienstreitigkeiten.
20. Zum Beichten.
21. Zum Einsparen dessen, was die übrige Familie verplempert hat.
22. Zum Kofferpacken.
23. Zum Schreiben von Entschuldigungszetteln.
24. Zum Flicken unserer Hosen.
25. Zum Liebhaben, wenn alle anderen mit uns böse sind.
26. Zum Anpumpen.
27. Zum Aufräumen unserer herumliegenden Klamotten.
28. Als Krankenschwester.
29. Als zuverlässiger Wecker.
30. Zum Aufheitern (per Telefon) bei Heimweh, wenn wir mal woanders sind, wo es uns nicht so gut gefällt.
31. Zum Kopfwaschen.
32. Zum Totschlagen von Wespen, Spinnen und anderem Ungeziefer, vor dem wir uns fürchten.
33. Zum Händchenhalten beim Arzt.
34. Zum Blitzableiten.
35. Zum geduldigen Zuhören bei Liebeskummer – auch wenn wir ihr zum 14. Mal dieselbe Geschichte vorjammern.

36. Zum Abwimmeln von Freunden, mit denen es aus ist.
37. Zum Verwöhnen.
38. Zum Nähen von Puppenkleidern.
39. Zum Entfernen unserer Kaugummis von Tischkanten, Sessellehnen, Teppichen und Bettgestellen.
40. Zum Blödsinnmachen.
41. Zum Ausborgen ihres Fahrrades, ihrer Kosmetika, ihrer Ketten, Strümpfe, Schießgummis, Scheren, Briefmarken... davon das meiste auf Nimmerwiedersehen.
42 Zum Piesacken.
43. Zum Bewundern ihrer Kinder, wenn es sonst niemand tut...

...und noch zu vielem anderen mehr. Es fällt uns im Augenblick bloß nichts mehr ein.

Auf alle Fälle ist eine Mutter vielseitig verwendbar, und es ist ziemlich riskant, nur eine zu haben, denn wenn sie mal ausfällt, kann man die Familie zumachen.

»Können die Toten telefonieren?«

Wie ist eigentlich ein Friedhof?« fragt Ruthchen. Da war sie noch nie. Ihre Freundin Hanni geht jede Woche ihren Opa begießen, und ob sie mal mitdarf, fragt Ruthchen zu Hause. Ihre Familie hat ja keinen zum Gießen in dieser Stadt, die toten Verwandten ruhen fast alle in der DDR, sofern sie nicht im Himmel sind. Wieso sind die einen im Himmel und die anderen in der Erde von der DDR? Kann ihr das mal einer erklären? Und wo ist es denn nun schöner?

»Dieses Ruthchen«, sagt Ruthchens Mutter zu Ruthchens Uroma-auf-Besuch, »fragt einem Löcher in den Bauch.«

Und Uromi schimpft: »Mit fast fünf Jahren war das Kind noch nie auf einem Friedhof!«

»Was soll sie denn auch da?« sagt die Mutter.

»Wenn ihr so denkt, wundert es mich gar nicht, wenn ihr mal mein Grab verdorren laßt! Der Tod gehört genauso zum Leben wie eure verflixte Sexualaufklärung, mit der ihr nicht früh genug anfangen könnt. Aber vom Tod erzählt ihr Ruthchen nichts.«

Sie erinnert sich an eine Frau Gertrud Huller, mit der sie mal im Bus durch Österreich gereist ist. Im vorigen Jahr ist sie gestorben und auf einem hiesigen Friedhof beerdigt. Die wollte Uromi schon lange besuchen, und Ruthchen darf mit.

Auf der Busfahrt dorthin erinnert sich Uromi: »Als ich so klein war wie du, starb meine Schwester Elsie.«

»Erzähl mal«, sagt Ruthchen.
»Ich kam mal wieder zu spät vom Spielen nach Hause. Und wunderte mich, daß sie vergaßen, mich zu schimpfen. Dann sah ich Elsie in der guten Stube auf dem Tisch liegen. Sie hatte ihr bestes weißes Kleid an und gefaltete Hände und rührte sich nicht. Verwandte und Nachbarn waren da und weinten: Immer die Guten, Braven sterben zuerst! Und dabei sahen sie mich an.«
»Wieso dich, Uromi?« fragt Ruthchen.
»Weil ich kein so gutes, braves Kind war.«
»Und Elsie?«
»War tot. Lungenentzündung.«
»Wie tot war Elsie?« fragt Ruthchen.
»Sie hörte einfach auf zu atmen. Ihr Herz stand still. Das Herz ist der Motor des Menschen.«
»Und sitzt hier drin«, weiß Ruthchen und klatscht auf ihren Magen. »Was habt ihr mit Elsie gemacht?«
»Sie wurde in einen schönen, weißen Sarg gelegt – wie Schneewittchen – bloß aus Holz. In der Kirche war eine große Feier. Dann wurde der Sarg auf dem Friedhof in ein tiefes Loch versenkt und mit Blumen und Erde zugeschüttet. Der Pfarrer sagte: Sie war zu gut für diese Welt, und Onkel Willy spielte dazu auf der Posaune einen Choral.«
»Was ist ein Choral auf der Posaune?«
»Ein geblasenes, frommes Lied.«
»Und dann?«
»Hat meine Mutter das gesamte Gesparte geholt und einen großen Engel aus Stein meißeln lassen.«
»Mit Flügeln?«

»Mit Flügeln und langen Locken saß er an Elsies Grab und hielt eine Fotografie von ihr in der Hand. In seinem Schoß lagen Rosen.«

»Schön«, sagte Ruthchen, »da warst du sicher neidisch.«

»Und wie«, sagte Uromi. »Aber ich hätte ja doch keinen gekriegt, wenn ich gestorben wäre.«

»Weil du kein braves Kind warst.«

»Weil Elsies Engel alles Gesparte gekostet hat. Außerdem war's auf die Dauer lustiger, Räuber und Gendarm zu spielen, als brav im Sarg zu liegen. Das war vielleicht ein Friedhof, Ruthchen! Mit hohen Bäumen und Grabmälern wie richtige kleine Kirchen. Auf einem Grabstein saß ein halber General in Uniform aus Marmor, vor dem haben wir uns im Dunkeln gegrault.«

Voller Erwartung betritt Ruthchen den Friedhof. An seinem Eingang kaufen sie einen Topf Heidekraut für Frau Huller, man kann ja schließlich nicht mit leeren Händen Besuch machen.

Und nun kommt die große Enttäuschung. Keine Engel mit Flügeln und Locken, kein General, überhaupt kein steinerner Nippes unter Rauschebäumen, sondern eine moderne Parkanlage mit Blumenbeeten vor sachlichen Denkmälern. Das soll ein Friedhof sein?

An Uromis Hand trabt Ruthchen durch die Gräberzeilen auf der Suche nach Frau Gertrud Huller. Unter jedem Namen, den Ruthchen noch nicht lesen kann, stehen Zahlen auf den Steinen. Was Zahlen sind, weiß sie: Das sind wohl die Telefonnummern von den Gestorbenen.

»Aber Kind, sie telefonieren doch nicht. Sie haben ihre ewige Ruhe.«

»Und reden auch nicht untereinander?«
»Nein.«
»Hanni sagt, ihre Oma spricht immer mit ihrem Opa, wenn sie ihn begießt.«
»Ach Kind, das ist was anderes, nun komm schon.«
Endlich haben sie Frau Gertrud Hullers Grab gefunden.
»Künstliche Blumen!« schimpft Uromi. »Die hat Gertrud nun wirklich nicht verdient!« Und räumt sie beiseite, um ihren Topf direkt vor das Grab zu stellen. Und seufzt: »Bald ist keiner mehr von meinem Jahrgang übrig.«
Ruthchen steht abwartend daneben, wird ungeduldig: »Was ist denn nun? Kommt Frau Huller rauf?«
Uromi sieht ein: »Du bist wohl noch zu klein, um den Tod zu verstehen. Vielleicht habe ich mich auch falsch ausgedrückt.«
Eine Woche später findet Ruthchen einen toten Vogel. Eine Handvoll stilles Gefieder. So seltsam kalt. Da muß sie weinen, weil sie auf einmal versteht: Der kleine Vogel wacht nie mehr auf. Nur der Gedanke an ein schönes Begräbnis kann sie trösten.

Anette

Anette findet auf der Straße einen kleinen Stern aus Glanzpapier. Es ist schon jemand über ihn hinweggegangen.
Sie hebt ihn vorsichtig auf und putzt ihn.
Als ihre Mutter nachts das Fenster im Kinderzimmer schließen will, findet sie auf dem Fensterbrett den kleinen Stern und einen Zettel mit mühsamen Buchstaben:

»Engl
Kans du den prauchen?«

Täglich dasselbe Theater

Sie weiß bald wirklich nicht mehr, was sie kochen soll. Fragt sie die Kinder, bevor sie in die Schule gehen: »Was wollt ihr essen?«, sagen sie: »Was Schönes.«
»Was denn Schönes.«
»Na, eben was Schönes. Wird dir schon was einfallen.«
Ist sie genauso schlau wie vorher.

Mittags stürmen sie ausgehungert in die Küche.
»Gibt's bald Essen, ja? Was gibt's denn?«
Sie gucken in die Töpfe und ziehen ein Gesicht.
»Gemüüüse...«

»Gemüse ist gesund«, ein Argument, das noch kein Kind zu freudigem Essen angeregt hätte. »Außerdem kann ich nicht täglich Steaks kaufen. Wißt ihr, was Fleisch kostet?«

Ja, wissen sie. Hören es ja ständig von ihr.

Zum Gemüse wollte sie ihnen eigentlich Pommes frites vorsetzen. Pommes frites sind das größte für sie, aber leider nicht die hausgemachten, sondern die von der Bratbude am Bahnhof. Die aus Tüte. Wegen dem besonderen Geschmack, den ihnen das dunkle, verbrauchte Fett verleiht.

Ehe die Mutter das nächste Mal Kartoffeln fritiert, wird sie sich von der Tankstelle einen Liter Dieselöl besorgen. Vielleicht trifft sie damit die von den Kindern bevorzugte Geschmacksnote.

Bei Tisch stochern sie auf ihrem Teller herum.

»Was ist los?«

»Kein Hunger.«

»Weil ihr wieder Süßigkeiten vorm Essen gefuttert habt. Wie oft soll ich euch noch sagen, daß ihr vor dem Essen nichts Süßes ... ja, wozu koche ich überhaupt?«

»Als wir Kinder waren, mußten wir unseren Teller immer leeressen, egal, ob es uns schmeckte oder nicht«, sagt die Großmutter. »Wer mittags was übrigließ, kriegte es abends wieder aufgewärmt. Immer wieder. So lange, bis er alles auf hatte.« Mit ihrem Sohn, dem Vater der Kinder, hat sie es auch so gemacht. Darum hat er noch heute einen Widerwillen gegen Gerichte, die er als Kind unter Geheul in sich hineinstopfen mußte. Und das Mäkeln holt er jetzt mit Freuden nach. Einmal ist ihm das Fleisch zu sehnig, einmal zu fett, und wenn es rundherum schier ist, dann ist es ihm nicht abgehangen genug. Dann »kaut er sich die Zähne daran lahm«.

Dann geht die Mutter in die Luft und schreit: »Was kann ich dafür? Stecke ich vielleicht im Fleisch drin?« (Was natürlich eine ganz dumme Redensart ist, wenn auch ziemlich verbreitet.)

Wehe aber, die Kinder – vom väterlichen Beispiel angesteckt – nörgeln am Essen herum. Dann droht er: »Wer mäkelt, fliegt vom Tisch.« Die Kinder fliegen gern vom Tisch. Erstens müssen sie dann nicht warten, bis die Erwachsenen mit dem Essen fertig sind, und zweitens fallen sie in der Küche über den Brotkorb her.

Freitags gibt's Fisch. Die Kinder mögen keinen Fisch wegen der Gräten. Selbst in einem garantiert grätenfreien Fisch finden sie noch eine. Dieses Stochern nach einem Beweismaterial macht die Mutter rasend.

Sie erinnert die Kinder an die vielen Millionen Menschen auf der Welt, die Hunger leiden. Die wären froh, wenn sie solchen herrlichen Fisch – mit oder ohne Gräten – essen dürften. »Und ihr stellt euch an!«

Darauf die Kinder: Sie würden den Hungernden gern ihren Fisch geben.

Darauf ihre Großmutter: »Ihr wißt nicht, was Hunger bedeutet.« Und dann erzählt sie zum siebenunddreißigstenmal die Geschichte, wie sie 1945 ihren einzigen Unterrock gegen zwei winzige Heringe eingetauscht hat. Inzwischen ist der Fisch bis auf die Gräten kalt.

Es ist an sich schon ein Problem, sich jeden Tag etwas anderes zu Mittag einfallen zu lassen. Wenn man aber dann noch alle Geschmäcker unter einen Hut bringen soll ...

Großmutter behauptet zwar, sie esse alles. Was ihr jedoch nicht schmeckt, das »bekommt ihr nicht«.

Ihr bekommt überhaupt kein Joghurt, wohl aber fetter Gansbraten mit Rotkraut. Am liebsten hätte sie zweimal pro Woche Kohl.

Den wiederum verträgt ihr Sohn nicht, er hat's mit der Galle.

Wenn es zum Beispiel Leber gibt, kriegt der Vater seine nach Diätvorschrift zubereitet, Großmutter und Mutter essen sie gebraten mit Zwiebeln und Apfelmus und die Kinder essen lieber Koteletts als Leber.

Wenn es Lamm oder Hammel gibt, muß die Mutter ihrer Schwiegermutter und ihrem Mann sagen, es handelt sich um Schweinefleisch, denn vom Hammel essen sie nichts. Aber Hammel unterm Namen Schwein finden sie delikat.

Die Kinder wiederum würden niemals Schwarzwurzeln unter ihrem eigenen Namen essen, als Spargel verkleidet jede Menge.

Hat die Mutter schon einen vielseitigen Mittagstisch wie ein Gasthaus, so muß sie auch noch lügen.

Wie einfach war es doch neulich, für ihren Neffen zu kochen. Als Internatsschüler ist er nicht eben verwöhnt. Er schaufelte kommentarlos alles in sich hinein, was sie ihm vorsetzte – ob es sich dabei um gefüllten Fasan oder angebrannte Bohnen handelte. Hauptsache, er war voll. Aber wenn sie ganz ehrlich ist – für so einen Müllschlukker zu kochen macht nun auch wieder keinen Spaß.

Heimweh

Zum Beispiel:
Wenn ein Kind – fern von zu Haus – mit allen verzankt ist.
Wenn es müde ist oder verzagt.
Wenn das Taschengeld alle ist.
Wenn ein Brief von zu Hause kommt.
Wenn kein Brief kommt.
Wenn das Essen auswärts nicht schmeckt.
Wenn es so allein ist.
Wenn es sich in der Fremde schon furchtbar lange anständig benehmen mußte.
Wenn es irgendwo wie daheim duftet.
Wenn es seine Schuhbänder selber aufknoten muß.
Wenn es nicht einschlafen kann,
bei einer Prügelei den kürzeren zieht,
sich unverstanden fühlt.
Wenn es Zahnweh hat
oder einen Knopf annähen muß und weiß nicht, wie.
Wenn es eine Melodie hört, die an zu Hause erinnert.
Wenn Weihnachten ist oder Geburtstag oder Ostern.
Wenn das Selbstmitleid Wellen schlägt
oder das schlechte Gewissen.
Wenn die erste Amsel singt.
Wenn die Mutter krank ist und es kann nicht zu ihr reisen
oder umgekehrt.
Wenn es einem Hund begegnet, der so ausschaut wie sein Hund daheim.

Wenn es Liebeskummer hat
oder die letzte Bahn verpaßt.
Wenn es sich nach Geborgenheit sehnt,
mal wieder verwöhnt werden möchte,
etwas sehr bereut.
Wenn keiner mit ihm tanzen will.
Wenn es – schon beinah erwachsen – plötzlich wieder
Kind sein möchte.

Moni

Ich ging mit dem Hund spazieren. Dabei begegnete mir ein kleines Mädchen auf dem Heimweg von der Schule. Ein Mädchen voller Hopsen und Sich-selber-was-Singen und Stehenbleiben und alles Angucken. Auch meinen Hund.

»Du hast aber einen schönen, großen Hund. Darf ich den streicheln?«

»Lieber nicht. Manchmal schnappt er.«

Ich ging weiter, das kleine Mädchen ging mit mir mit.

»So ein schöner Hund. Hat dir den dein Mann geschenkt, wie ihr euch wieder vertragen habt?«

Ich guckte ziemlich dumm, aber ehe ich fragen konnte, warum, sagte das Mädchen: »Mein Vater hat meiner Mutti einen Hund geschenkt, wie er zu uns zurückgekommen ist. Wie das endlich aus war mit der anderen Frau, weißt du. Es war ein Pudel.«

»Aha.«
»Leider ist er tot«, sagte das Mädchen. »Unser Nachbar hat ihn aus Versehen überfahren. Rückwärts. Wie er aus der Garage kam. Wir wohnen Bergstraße 9. Kennst du das Haus? Wir wohnen ganz oben neben Tante Lilli.«
Ich sagte: »Wenn du Bergstraße wohnst, mußt du doch jetzt hier abbiegen.«
»Ooch«, sagte das Mädchen und pustete Haarsträhnen von seiner Nase, »ich komm gern noch'n Stück mit dir mit.«
»Aber deine Mutti wartet sicher mit dem Essen auf dich.«
»Glaub nicht«, sagte das Mädchen, »die war ja gestern abend kegeln. Wenn sie kegeln war, ist sie hinterher immer krank. Im Kopf und im Magen. Tante Lilli hat mir Frühstück gemacht. Kennst du Tante Lilli? Sie hat mir den Pulli gehäkelt, den ich anhab. Findest du ihn hübsch?«
Ich lobte den Pulli, den Tante Lilli gehäkelt hatte.
»Ich heiße Moni Häusler, und wie heißt du?«
»Barbara.«
»Hast du auch Kinder?«
»Einen Sohn.«
»Ich hätte gern einen Bruder, aber meine Mutti will nicht mehr. Schade. Ich hätte wirklich gern einen.«
Wir gingen weiter an der Bahn entlang. Ein Zug rauschte vorbei, Moni winkte, keiner winkte zurück. Moni machte das nichts.
»Schau mal, wie weit ich springen kann!« Sie tat einen umständlichen Hopser vorwärts, ihr Ranzen und sein Inhalt hupften rumpelnd mit.
»Kannst du auch so weit springen, Barbara?«

Ich dachte an den Hund und verzichtete auf einen Versuch.
»Im Turnen bin ich gut«, sagte Moni und zog ihre Strümpfe hoch. »Bloß nicht im Lesen und Schreiben. Ich kann mich nicht konzentrieren, sagt die Lehrerin. Vielleicht muß ich sitzenbleiben. Meinen Eltern ist das egal, bloß meine Oma darf es nicht wissen. Sonst sagt sie wieder, meine Mutti hat schuld, daß ich nicht gut bin. Sie kann meine Mutti nicht leiden.«
Moni sah eine Glockenblume auf der Bahnböschung stehen und pflückte sie und wußte dann nicht mehr, wohin mit ihr.
»Meine Oma wohnt in Augsburg. Wir haben da auch gewohnt, wie ich noch klein war. Dann ging's nicht mehr. Immer die Streitereien mit meiner Mutti.« Moni sang sieben hohe, unbeschwerte Töne. »Aber in den Ferien bin ich noch bei meiner Oma, bloß dieses Jahr nicht. Wir fahren nach Mallorca. Fährst du auch nach Mallorca, Barbara? Nein? Hast du kein Geld zum Reisen? Warum kaufst du dir nicht eine Reise auf Raten? Mein Vati kauft alles auf Raten. – Magst du die Blume?«
Ich nahm Monis Glockenblume dankend an und wußte nun auch nicht, wohin mit ihr.
»Einmal haben sie unsern Farbfernseher abgeholt, weil mein Vati die Raten nicht bezahlen konnte. Das war, wie ihm sein Chef gekündigt hat. Aber jetzt haben wir einen neuen Farbfernseher. Mein Vati arbeitet ja wieder. Bei Südbremse. Da verdient er auch mehr.«
»Moni«, sagte ich, »du solltest jetzt wirklich heimgehen. Deine Mutti wartet bestimmt auf dich.«

»Ja, vielleicht«, sagte Moni und verließ mich ohne Abschied, hupfend, zwischendurch ihre Strümpfe hochziehend, Haare pustend – Moni peilte neuen Anschluß an: einen Kinderwagen, den eine junge Frau schob.
Ich sah noch, wie sie in den Wagen schaute und: »Du hast aber ein schönes Baby«, ausrief. »Darf ich es mal streicheln?«
Beim Weitergehen überlegte ich, ob Moni die junge Frau wohl auch fragen würde: »Hat dir das dein Mann geschenkt, wie er wieder zu dir zurückgekommen ist?«

In Holzhausen wird noch geheiratet

Es wäre ein Fehler, zu behaupten, die heutige Jugend lehne die Ehe immer mehr ab und ziehe einen Lebensgefährten in freier Liebe einem Gatten mit Trauschein vor. Die Ehe ist bei der heutigen Jugend noch sehr gefragt, zumindest bei der von Holzhausen. Sie hat nichts anderes im Kopf als Heiraten. Denken Sie jetzt bitte nicht, Landkinder wären ein bißchen altmodisch. Unsere Holzhausener, von denen hier die Rede ist, haben alle Großstädter zu Eltern, die nur wegen der besseren Luft in eine vierstellige Postleitzahl gezogen sind.
Einziges Problem der Ehefreudigen: sie sind sich zwar völlig einig darüber, daß geheiratet wird. Es ist bloß

noch nicht heraus, wer wen. Tobias (fünfeinhalb) macht Gaby (fünfdreiviertel) einen Antrag nach dem anderen. Wie das bei sensiblen, zarten Knaben öfters vorkommt, zieht es ihn zum energischen Vollweib. Gaby ist einen Kopf größer und zweieinhalbmal so schwer wie Tobias. Sie zahlt ihm seine Anträge mit Kraftproben heim, überrollt ihn rücksichtslos, boxt ihn nieder, kratzt Striemen in sein Schmachten – sofern sie ihn erwischt. Tobias' einzige Waffe gegen Gabys brutale Angriffe ist seine Wendigkeit. Ehe die Dicke zuschlagen kann, ist er ihrem Hieb schon unten durch entwischt.
Manchmal verreist sie mit ihren Eltern. Dann dürfen seine von Gaby ausgeteilten Beulen und Kratzer ungestört heilen, dafür geht sein Seelenleben zu Bruch. Tobias hängt tragisch in der Gegend herum: Was soll er tun, wenn Gaby nicht da ist!? Was???
Gaby brutal braucht zwar den täglichen Nahkampf mit Tobias, aber heiraten wird sie einmal Karli aus Ammerland. Das steht eisern fest – wenigstens für Gaby. Für Karli nicht. Wenn sie manchmal so ein starkes Bedürfnis hat, ihren Anschmachter Tobias zu treten, so geschieht das mit den Hacken einer selbstgetretenen Seele, die einen anderen dafür leiden lassen möchte, daß Karli ihre Anträge verschmäht. Karli will nicht die Dicke, sondern die zierliche Susi heiraten, welche schon in der Wiege vor Wonne wippte, wenn sich ein männliches Wesen zum Killekillemachen über sie beugte. Susi kann sich nicht zwischen Karli und Florian entscheiden, Florian ist einfach Spitze. Er hat nur einen Fehler – er tendiert zum sanften, seelenvollen Typ, und dieser wird im Raume

Holzhausen ausgerechnet von Gabys Schwester Nanni verkörpert. Nannis Ehepläne wiederum ranken sich um den sensiblen Nachbarssohn Tobias. Und somit schließt sich der amouröse Ringverein.

Praktisch geht es so rund wie in Schnitzlers »Reigen«, nur nicht so galant. Einer prügelt um den anderen. Wer schon schreiben kann, schiebt seinem Rivalen saugrobe Drohungen unter die Fußmatte. Die Noch-Analphabeten wüten mit dicken Kreuzen auf der Hauswand von Nebenbuhler oder -buhlerin, was besonders deren Eltern erfreut, wenn sich der dafür benutzte Stift als garantiert farbecht erweist.

Rekapitulieren wir noch einmal: Tobias die Gaby, Gaby den Karli, Karli die Susi, Susi den Karli, wenn Florian nicht, Florian die Nanni, Nanni den Tobias.

Nun ist ein Novum eingetreten, ausgelöst von Gaby brutal. Sie hat ihrer Mutter nach reiflichem Überlegen mitgeteilt, daß sie vielleicht doch nicht Karli, sondern Tobias heiraten wird. Ach – und warum?

Weil er näher bei uns wohnt.

Das ist natürlich ein praktisches Argument, das man nicht von der Hand weisen kann. Aber wie werden seine Folgen ausfallen?

Tobias, mehr sensitiv als praktisch veranlagt, kriegt plötzlich eine Dicke präsentiert, die ihn nicht länger tritt, kratzt, niederboxt. Tobias steht plötzlich ohne den Widerstand da, der sein Schmachten anfachte, kriegt keine Haßliebe mehr, nur noch Liebe von Gaby brutal a. D. Gesetzt nun den Fall, dem Tobias wird die Dicke dadurch langweilig und er wendet sich ihrer Schwester

Nanni zu, der das Sanfte, Zärtliche viel besser steht, weil angeboren...
Gesetzt den Fall, das Karussell läuft plötzlich rückwärts, Gaby den Tobias, Tobias die Nanni, Nanni den Florian und so fort...
Gesetzt den Fall, ja, den auf alle Fälle: Gaby, vergiftet von gekränkter Eitelkeit, weil von ihrem treuesten Anbeter sitzengelassen, schwört ihm und Schwester Nanni massive Rache – man kennt ja ihre Methoden!
Die Eltern beziehungsweise wechselnden Schwiegereltern sehnen den nächsten Herbst herbei, denn im Herbst werden die letzten Kampfhähne eingeschult. Dann treffen sie endlich auf neue Probleme – und neue Kinder.

Schau, ich schenk dir auch was!

Wochenlang vorm Fest studiert er die Schaufensterauslagen, auch solche, die ihn sonst gar nicht interessieren. Steht gehetzten Erwachsenen im Wege – Vorweihnachten macht sie ja immer so nervös und ungeduldig mit Kindern –, steht da und überlegt, was er seinen Eltern schenken soll. Was wünschen sie sich?
Na schön, einen braven Knaben, einen, der freiwillig aufräumt. Bessere Zeugnisse. All solch mühseliges Zeug, das sich selten über längere Zeit verwirklichen läßt und trotzdem noch ein richtiges Geschenk erfordert.

Der Junge möchte am Heiligen Abend nicht mit einem Mund voll unsicherer Versprechungen und leeren Händen dastehen.

Er besitzt fünfzehn Mark und siebenundvierzig Pfennig. Das ist für seine Verhältnisse ein halber Reichtum. Aber angesichts der teuren Preise spürt er Inflation in der Hosentasche. Was soll er bloß kaufen? Worüber freuen sich seine Eltern wirklich? Sag doch mal!!

Voriges Jahr hat er leere Flaschen mit bunten Glassteinen beklebt. Die wurden genausowenig benutzt wie die Bieruntersetzer vom Vorjahr. Sein Mobile aus Strohhalmen und Glanzpapier – eine Idee der Klassenlehrerin – liegt irgendwo im Schrank herum oder längst im Mülleimer. Sie haben es zu Haus nicht einmal aufgehängt, dabei hat es soviel Mühe gemacht.

Sie haben auch nie die gerahmte Buntstiftzeichnung von seiner Katze aufgehängt. Na schön, die Katze war nicht besonders gelungen, vor allem hinten nicht, aber man konnte sie an den schwarzen Flecken erkennen. Und der Rahmen dazu hat über zehn Mark gekostet.

Sie haben »vielen Dank, wie nett von dir« gesagt, das Bild fortgelegt und nicht mehr angeschaut.

Aber wenn sie ihm etwas schenken, erwarten sie eine riesige Freude und anhaltende Dankbarkeit. Sie nehmen ihre Geschenke an ihn sehr wichtig.

Warum nicht auch das, was er ihnen schenkt?

Diesmal stellt er nichts mehr selber für sie her, diesmal kauft er nur noch etwas. Aber was?

Und so steht er in Kaufhäusern ungeduldigen Erwachsenen im Wege und überlegt und rechnet und zaudert und wird schließlich sein handwarmes Kleingeld an einer Kasse abzählen für ein Geschenk, von dem er hofft, daß seine Eltern sich diesmal wenigstens ein bißchen freuen werden...

Der Schulbus

Jeden Morgen sammelt unser Bus in sieben Ortschaften alles auf, was in die Kreisstadt zur Schule muß. An sich ist er ein Linienbus, aber alle nennen ihn den Schulbus, denn die paar Erwachsenen, die mitfahren, haben zwar pausenlos was zu meckern, aber nichts zu sagen.
Stunk gibt's vor allem Montag früh, wenn einer dem andern übelnimmt, daß Montag früh ist, und ca. 60 Mißstimmungen auf engstem Raum durcheinander und übereinanderfliegen, besonders wenn der scharfe Herrmann in die Kurve geht.
Blöd für die Meirichkinder, daß heute nicht Herrmann, sondern der miese Müller fährt. Der läßt sich jedesmal die Monatskarten zeigen.
Die Meirichs haben aber bloß eine zu dritt, und das klappt sonst ja ganz gut: Einer steigt ein, zeigt sie vor, drängt sich nach hinten durch und schmeißt sie aus dem Busfenster auf die Straße, worauf der zweite Meirich mit ihr einsteigt, sie vorzeigt, sich durchdrängt und so fort. Bis alle Meirichs drin sind. Bloß nicht beim miesen Müller. Der sperrt die Fenster ab, damit er die Schwarz-

fahrer schnappen kann. Zwei Meirichs müssen je eine Mark für die Fahrt zahlen. Sie fühlen sich ausgebeutet.
Dienstag mittag.
Schulschluß. Häberle aus der siebten Klasse ist als erster an der Haltestelle und schreit: »Der Bus kommt!« Der Bus kommt noch gar nicht, aber es freut ihn, wie sich die anderen Schüler die Lunge aus dem Leibe rennen.
Der Bus kommt endlich. Fahrer Müller sieht eine lärmende, sich boxende Horde um die vordere, geschlossene Bustür gedrängt – und läßt die hintere aufgehen. Wildes Gestürze nach hinten. Die letzten sind die ersten – Kiki und Tanja aus der Fünften. Sie belegen vier Sitzreihen für ihre Freundinnen.
»Schiebung«, brüllen die Jungen und schmeißen sich auf die freigehaltenen Plätze.
Die Mädchen gehen mit Fäusten und Stricknadeln auf sie los, Tanja schüttet Probefläschchen aus der Drogerie – Parfüm und Mundwasser – über den langen Huber, Huber schreit »alte Sau!«
Fahrer Müller will sie alle augenblicklich hinaussetzen. Da beruhigt sich die Meute. Einige machen Schularbeiten, die anderen warten darauf, daß sie damit fertig werden, um abschreiben zu können.
Sie vertreiben sich die Zeit mit dem Herumschießen von Papierkugeln und ausgedienten Kaugummis. Der lange Huber geht von Bank zu Bank und fragt, ob noch einer ein Pausenbrot hat. Häberle hat, läßt Huber aber nicht abbeißen. Darauf stellt ihm Huber ein Bein. Häberle schießt in langen, stolpernden Sprüngen bis vorn durch und schlägt sich einen Vorderzahn wacklig. Huber fliegt

raus. Aber bevor er aussteigt, gibt er noch jedem die Hand. Ein richtig schöner langer Abschied. Fahrer Müller kocht.

Mittwoch früh.
Eine Gruppe diskutiert darüber, was sich wohl in dem hochtoupierten Haaraufbau einer Mitfahrerin befinden mag – ein Vogelnest, Teleskop, abessinische Läuse? Dann macht eine große Schere ein Ratschgeräusch wie-wenn-als-ob hinter ihrem Kopf. Sie springt entnervt hoch und beschwert sich beim Fahrer. Er soll diese schrecklichen Kinder entfernen.
»Wieso«, sagt der, »die zahlen genauso wie Sie.«
Fahrer ist heute der scharfe Herrmann, der einzige, der die johlende, sich keilende, übermütige Meute ohne Nervenschaden übersteht.
Viele von ihnen fährt er schon sechs Jahre. Er muß ihnen die Daumen bei Klassenarbeiten halten und hat schon so manchen Entschuldigungszettel geschrieben. Herrmann ist dufte. Er bringt mit seiner Raserei den ganzen Fahrplan durcheinander und die Mädchen sowieso. Er ist ihr Typ. Vor allem der von Anni und Reni. Sie stehen immer vorn neben ihm und blockieren den Einstieg und merken gar nicht, wenn man ihnen die Mappen klaut oder sie mit ihren eigenen Schal-Enden an die Haltestangen fesselt.
Sie sehen bloß Herrmann.

Freitag nachmittag.
Die Schüler drängen sich in den schönen, warmen

Busmief. Auf die hinterste Bank fallen die Großen. Die ist ihr Privileg. Darf kein Jüngerer rauf. Erst wenn sie von der Schule abgehen, rücken die Nächstälteren nach. Aber das dauert! Weil die meisten Großen die letzten Klassen doppelt machen.

Die Großen stellen ihren Kassettenrecorder an. Herrmann wehrt sich gegen den Krach, indem er ihn mit dem Busradio bekämpft. Und so hört er erst gar nicht, wie sie von hinten »Herrmann!« brüllen. »Herrmann, unser Hintern wird so heiß!«

Herrmann flucht: »Herrschaftszeiten, brennt das Luder schon wieder!«

Alle müssen aussteigen und betrachten das qualmende Busheck.

Herrmann holt den Feuerlöscher. Er begegnet lauter vorwurfsvollen Blicken. »Warum passiert so was nie morgens! Warum immer, wenn wir nach Hause fahren!!?«

Beim Müller würden sie das noch verstehen. Da wär's echte Schikane. Aber bei ihm –!

Die Zeit der jungen Blüte

Nun ist Karlchen sowieso keine beauté, und dazu noch die Pickel.
Jeden Morgen neue Pickel auf Karlchen.
Jeder Pickel ein Komplex.
Seine Schädlingsbekämpfung ist radikal. Zwischen zwei Fingernägeln rottet er alles aus, was auf ihm blüht, bis seine Mutter sagt: »Gottes willen, Karlchen, bloß nicht drücken. Du kriegst ja lauter Narben.«
Also läßt Karlchen die Pickel stehen, bis sie einen gelben Kopf bekommen, bis sein Vater – total irritiert von dieser Blüte – mitten in einer Standpauke den Faden verliert.
Auch Karlchens Bio-Lehrerin starrt sich an seiner Akne fest und fragt: »Wo – eh – wo sind wir stehengeblieben?«
Karlchen selbst holt unter der Bank einen geklauten Taschenspiegel hervor und beobachtet darin den Reifeprozeß auf seiner Nase, drückt mal prüfend dagegen, nein, noch nichts, aber dann – in Englisch – explodiert das Ding. Junge, Junge, was da alles herauskommt!
Karlchen hört gar nicht, wie er aufgerufen wird. So können Pickel einen durcheinander bringen.
Manchmal hat er fünf Reifeprozesse auf einmal, die würden selbst einen hübschen Knaben entstellen.
Und die Leute schauen, als ob Träger derselben irgendwie quarantäneverdächtig wären.
Karlchen leidet.
Karlchens Mutter sagt: »Deine Talgdrüsen produzieren

zuviel Hautfett. Wir müssen die Akne von innen bekämpfen.«
Von innen bekämpfen heißt: Keine Süßigkeiten, keine gesalzenen Nüsse, keine Pommes frites und Krapfen, dafür Salate, Sauerkraut, Buttermilch, gekochten Fisch. Karlchen sagt, dann könne er ja gleich verhungern. Seine Mutter sagt, aber die Pickel auch.
Sagt Karlchen, dann könne er ja gleich mit seinen Pickeln zusammen verhungern.
Er trifft Max, der hatte es mit vierzehn auch ganz schlimm, aber eine prima Salbe dagegen, es muß noch was von da sein.
Karlchen geht gleich mit zu Max und holt sich den Rest Salbe. Schmiert sein ganzes Gesicht damit ein. Erinnert an Frankenstein mit dem graugelben Teint.
»Gottes willen«, sagt seine Mutter, »das kannst du doch nicht machen. Wie sollen denn deine Poren atmen, wenn sie verkleistert sind?«
Seine Poren sind Karlchen schnuppe. Hauptsache, die Pickel trocknen aus. Und das tun sie wirklich. Kein Wunder bei einer kosmetisch so unberührten Haut. Auf der hat beinah jedes Mittel anfangs eine verblüffende Wirkung.
Karlchens Pickel verschwinden. Sein Selbstbewußtsein geht wieder aufrecht. Wenigstens für ein paar Tage, dann steht er neu in Knospe.
Karlchen schmiert sich ein, die Pickel trocknen. Seine Mutter verlangt, daß er ein Dampfbad nimmt wegen der Poren.
Karlchen schwitzt unterm Frottiertuch über brodelndem Kochtopf und schimpft dumpf in die Küche.

Er kriegt keine Luft, aua, heiß, Mensch,wie lange soll er noch, soll er vielleicht ersticken, ja? Dann nützt es den Scheißporen auch nicht mehr, wenn sie sauber sind.
Zu einem zweiten Dampfbad kann ihn niemand mehr überreden. Lieber wäscht er sich gründlich mit Seife.
»Gottes willen«, sagt seine Mutter, »Seife reizt die Haut!«
»Du mich langsam auch«, stöhnt Karlchen.
Was muß sie sich pausenlos um seine Pickel kümmern! Die Mutter gibt ihm ihre eigene Reinigungsmilch und ihr Gesichtswasser, nimmt es ihm allerdings bald wieder fort. Ist ja nichts zu machen. Der Knabe verbraucht in vier Tagen mehr als sie in einem Monat.
Womit soll Karlchen jetzt seine Scheißporen reinigen, bitte schön? Wo sie ihm alles wegnimmt? Ein Glück, daß er Mark trifft. Mark weiß immer Rat. Mark sagt, als er die Pickelwirtschaft so schlimm am Rücken hatte, goß ihm seine Schwester immer Alkohol drüber. Alkohol reinigt und desinfiziert gleichzeitig.
»Was für Alkohol?« fragt Karlchen.
»Na, was wir gerade hatten«, sagt Mark, »reinen aus der Apotheke oder Gin oder Wodka.«
»Waren deine Pickel aber ganz schön besoffen, wie?« fragt Karlchen und Mark sagt: »Na und, war ja bloß am Rücken.«
Karlchen findet weder reinen Alkohol noch Schnaps zu Haus, nur Wein und Magenbitter. Der stinkt und klebt ihm zu sehr auf der Haut. Warum trinken seine Eltern bloß Wein und keinen Klaren? Wein hat zuwenig Promille für Karlchens Unternehmen.
Also durchblättert er die Hausapotheke und den Kosme-

tikschrank überm Waschbecken. Findet Borwasser, Hustensaft, Mundwasser, Waschbenzin ... soll er Benzin nehmen? Lieber nicht. Jacutin? Was dem Hund gegen seine Flöhe, müßte einem Jungen eigentlich gegen seine Pickel helfen ... aber ob Alkohol drin ist?
Alkohol ist bestimmt in Parfum.
Vier Flaschen hat seine Mutter, alles französische Gerüche, für so was ist nun Geld da, aber wenn er mal einen kleinen Wunsch hat ...
Parfum geht nicht. Stinkt er nachher wie ein Mädchen. Bleiben noch Körperöl, Haarfestiger, Trockenshampoo, Schaumbad, Nagellackentferner.
Nagellackentferner. Da ist bestimmt Alkohol drin, glaubt Karlchen, gießt eine Portion auf einen Wattebausch und säubert damit gründlich sein Gesicht. Nach drei Tagen ist die Flasche leer.
Geht Karlchen zu seiner Mutter und sagt: »Wir brauchen neuen Nagellackentferner.«
Sagt sie: »Wieso wir?«
Sagt Karlchen, wozu er ihn braucht.
Da schreit die Mutter ihr Gottes willen und will in Ohnmacht fallen. Fällt dann aber doch nicht, sondern eilt zur Apotheke, um sich endlich einen fachmännischen Rat in Pickelbekämpfung zu holen.

Vierzehn Jahre

Vierzehn Jahre. Ein herrliches Alter.
Wer möchte nicht noch mal vierzehn sein. Das ganze Leben vor sich haben, keine Sorgen und so voll Hoffnung sein …

Vierzehn Jahre.
Unruhige Träume. Kopfweh. Schon verdammt komische Stimmungen.
Sich selbst nicht grün sein. Herumgehen und Händel suchen. Was möchten, aber was –?! Konzentrationsmangel.
Voll ungezügelter Kraft und dabei so leicht erschöpft.
Und von acht bis halb zwei Schule. Dann heimfahren.
Mappe ins Zimmer feuern, egal wo sie landet.
Hauptsache, es kracht.
Irren Hunger. Essen einfahren, bis die Hose kneift. Mit vollen Backen die undeutliche Mitteilung: »Englisch zurückgekriegt. Ne Vier. Die schwierigen Sachen alles richtig, aber diese verdammten Flüchtigkeitsfehler. Arbeit ist sowieso ganz mies ausgefallen. Viele Fünfer und Sechser.«
Es wäre ein grober Fehler seitens der Mutter, jetzt zu fragen, ob es auch Einser und Zweier gegeben hat.
Nach dem Essen Schularbeiten: Mathe, Deutsch (Aufsatz), Bio, Englisch.
Morgen schreiben sie Franz.

Zuerst Bio. Bio geht schnell. Dann Mathe. Der Vierzehnjährige ruft seinen Freund an, um zu fragen, was der rausbekommen hat.
Der Freund hat noch nicht Mathe gemacht, sondern erst Englisch. Er ruft zurück, wenn er Mathe hat.

In Englisch haben sie auf, einen Text auswendig zu lernen, der sich so flüssig und amüsant wie ein Börsenbericht liest.
Vierzehnjähriger sitzt am Tisch. Kaut am Federhalter. Juckt sich den Kopf. Schaut zum Fenster hinaus.
Stöhnt.
Draußen scheint die Sonne und ein Wind. Herrliches Segelwetter. Schade um das Wetter. Der Text will und will nicht in seinen Kopf. Warum müssen wir bloß diesen Quatsch auswendig lernen, kannst du mir das mal sagen, ja??
Danach muß er noch eine halbe Seite aus dem Buch schriftlich übersetzen.

Deutscher Aufsatz.
Ganz dummes Thema, zu dem ihm kein Anfang einfällt. Kannst du mir nicht den Anfang machen? Mach mal! Die Mutter weiß von vornherein: Was immer sie vorschlägt, er wird es ablehnen.
Er wird sagen, das geht nicht, das glaubt der Lehrer nie, daß das auf meinem Mist gewachsen ist, und überhaupt ist es blöd. Schon der Stil ist blöd. Fällt dir nichts Besseres ein?
Will er überhaupt etwas anderes als streiten? Einen

Unschuldigen dafür strafen, daß er diesen Hausaufsatz mit diesem blöden Thema schreiben muß!? Im sanftesten Fall verläßt die Mutter achselzuckend die Arena. Meistens knallt sie die Tür. Sie braucht den Knall als auch-bloß-ein-Mensch. Und der Vierzehnjährige, Hausaufgabengeschundene braucht den Knall ebenfalls.
Er ruft ihr triumphierend hinterher: »Na bitte! Bitte. Gleich bist du eingeschnappt!«
Obwohl er weiß, daß sie es nicht ist. Weil auch tagtäglicher Schulaufgabenstreit zur Routine werden kann.

Der Aufsatz ist fertig. Eine Seite epische Einleitung und danach – bei nachlassender Intuition und Geduld noch eine halbe Seite, in der das blöde Thema im Telegrammstil in die Pfanne gehauen wird. Autor desselben trifft seine Mutter zufällig im Flur und sagt: »Wenn du unbedingt willst, dann lies ihn durch.«
Sie geht mit Brille und Heft nach nebenan. Bloß niemals das Machwerk im selben Zimmer lesen! Da wird ihr Mienenspiel beobachtet und falsch verstanden und jeder zufällige, etwas zu laut geratene Atmer als Kritik ausgelegt. Und wehe, sie nimmt Anstoß an seiner fürchterlichen Schrift oder moniert ein Satzzeichen oder hält sich an einem orthographischen Fehler fest. Dann wird's schlimm. Dann wird's sogar ganz schlimm.
Denn das Zusammenschustern eines blöden Aufsatzes mit einem blöden Thema ist an sich schon blöd genug, und wenn dann noch eine andere Person mit einem spießigen Rotstift ein *das* findet, das nach dem Komma ein ß haben sollte … nein.

Nein! So viel Kleinlichkeit verträgt kein unfreiwilliger Autor.

Sein Freund ruft an. Sie vergleichen die Matheresultate und schimpfen sich gemeinsam von den übrigen Zumutungen frei.
»Kommst du rüber«, fragt der Freund.
»Ja, später, muß erst noch Franz machen.«
Ist da zufällig einer im Haus, der ihn in Franz abhört? Großvater zu Besuch übernimmt das gern.
Irgendein unendlich höflicher Mensch hat ihm vor 35 Jahren in Pommern gesagt, daß er eine schöne französische Aussprache hätte.
Großvater korrigiert den ersten Satz in seiner schönen Aussprache.
Enkel will sich vor Lachen ausschütten. Schadenfreude tut seiner gequälten Arbeiterseele wohl.
Großvater steht vorm Blumenfenster als gekränktes Mahnmal. Der allmähliche Abbau seiner verletzten Eitelkeit wird viel Zeit in Anspruch nehmen. Er versteht auch seine Schwiegertochter nicht. Daß sie sich das Tag für Tag gefallen läßt! Wenn das sein Sohn wär –!

Fünf Uhr dreißig.
Er hat's geschafft. Bis auf französische Vokabeln. Die lernt er heut abend im Bett. Denn jetzt geht nichts mehr in seinen Schädel.
Es beginnt die kurze Freizeit eines Vierzehnjährigen!
Vierzehn ist wirklich ein herrliches Alter. Wer möchte

nicht noch mal vierzehn sein? Das ganze Leben vor sich haben, keine Sorgen und so voll Hoffnung sein!

Gespräche mit Loni

Was mich an Loni faszinierte, war ihre Hose, dieses ungebügelte, lilagepunktete, drei Nummern zu weite Pyjamamodell mit Bündchen an den Fesseln, in dem sie provozierend langsam durch unseren Ort zu hatschen pflegt.

»Warum zieht sie bloß dieses schreckliche Ding an?« fragte ich Philip, meinen sechzehnjährigen Sohn, der Loni bei uns eingeführt hat. Sie gehen in dieselbe Klasse.

»Du meinst ihr Modell Postsack?« grinste er. »Was hast du gegen die Hose? Sie ist genauso schön meschugge wie Loni selber.«

»Aber sie macht ihr einen großen Hintern.«

»Das ist Loni ziemlich wurscht«, sagte Philip.

Verstand ich nicht. War ja selber mal jung. Bei Kriegsende steckte man mich in ein ähnliches Monstrum, damit unsere Eroberer mich nicht zu sexy fanden und »Frau komm« hinter mir herbrüllten. Trotzdem war mir die Hose peinlich, ich hielt meine hängende Kehrseite schamhaft zusammen.

Lonis Modell ist zwar gefälliger vom Material her und nicht so mausgrau wie meine damals – vorteilhafter ist sie trotzdem nicht. Aber Loni trägt sie freiwillig und bewußt zur Schau. Warum?

»Sie wurschtelt zur Zeit an ihrer Persönlichkeitsfindung«, sagte Philip.

»Und was hat die Hose damit zu tun?«

»Dic ist ihr dabei ein wichtiges Requisit.«

Das verstand ich schon wieder nicht.

»Also paß auf«, sagte Philip. »Indem sie den Postsack trägt, bekennt sie sich zu ihrer Individualität. Sie will sich ganz unabhängig machen von der Meinung anderer und abhärten gegen öffentliche Anpöbeleien. Loni ist ja irre sensibel.«

»Aber braucht sie dazu ausgerechnet eine Hose, die ihr einen dicken Hintern macht?«

»O Gott«, sagte Philip, »du fragst so stur«, und klappte seine Mitteilsamkeit hoch.

Dabei hätte ich gern noch mehr erfahren. Ich wußte so wenig von den jungen Mädchen, die seit einiger Zeit bei uns ein- und ausgingen. Für mich als einseitig ausgebildete Mutter eines Jungen waren sie exotische Wesen. Ich hatte nie Kontakt mit ihnen gehabt, daran war Philip schuld. Fünfzehn Jahre lang bezeichnete er sie als blöde Ziegen, Wichtigtuerinnen und olle Petzen. Während andere Knaben sie längst »anmachten« (ich dachte anfangs, der Ausdruck habe was mit Hunden zu tun, aber nein, er basiert auf dem Feuermachen, dem Entzünden der Sinne sozusagen), wehrten Philip und seine Freunde jeden weiblichen Einbruchsversuch in ihre Intimwelt strikt ab. Warum, fragte ich mich? Waren sie schüchtern? Lehnten sie das weibliche Geschlecht generell ab? Die

Antwort fiel praktischer aus als erwartet: weil es in ihrem Umkreis nichts Vernünftiges zum Anmachen gab. Darum.

Es herrschte wirklich Mangel an weiblichen Attraktionen in Schule und Nachbarschaft, als die Jungen zu gären begannen. Aber die Mädchen gärten auch. Blöde Ziegen verwandelten sich beinah über Nacht in langbeinige Rehe.

Nun spitzten auch Philip und Freunde die Sinne – und mußten feststellen, daß der Zug für sie abgefahren war. Jene Mädchen, die ihnen einmal störend nachgelaufen waren, hatten inzwischen genügend Anmacher, die ihnen nachliefen. Wer noch als Bewerber in Frage kommen wollte, mußte entweder toll aussehen oder ein Auto haben. Schlecht für Philip. Er hatte bereits mit zwölf seine bildhübsche Periode abgelegt, und zum Führerschein fehlten ihm noch zwei Jahre.

Er fand einen Ausweg, d. h. eine Marktlücke: den Seelenfreund. Er diente sich den Mädchen als Vertrauter an, der nicht bloß Sex im Kopf hatte und anschließend mit seinen Erfolgen protzte. Auf die ruhige, verständnisvolle Tour schob er sich in das Leben der Begehrten.

Eines Mittags brachte er die erste mit nach Hause. Sie hatte ihren Schlüssel vergessen, ihre Mutter war nicht daheim und ob sie bei uns mitessen könnte. Noch vor einem halben Jahr wäre es ihm piepegal gewesen, ob eine verhungert wäre oder nicht.

Ich war fasziniert von der natürlichen Selbstsicherheit, mit der sie redete und sich bewegte und mein durch eine Büchse Erbsen verlängertes Mittagessen einfuhr.

Sie hieß Sabine und kam dann öfter zu uns. Das hatte einen Drohbrief zur Folge, der eines Tages auf unserer Matte lag, adressiert an den »Saukerl Philip«, der es wagte, sich an Bine ranzumachen. »Wenn ich euch noch mal zusammen sehe, kannst du mit Terrorakten rechnen.« Unterschrift: »Pepi.«

Dieses Versprechen hob Philips Selbstgefühl ungemein. Man sah ihn nun des öfteren mit reizvollen Mädchen, lang und dünn. (Ach Gott, warum ist das Äußere bloß immer so wichtig?) »Die anderen, die pummeligen, weniger hübschen, haben vielleicht viel mehr Herz und Charakter zu bieten«, sagte ich zu Philip. Und Philip, der mehrere davon in seiner Klasse hat, sagte:

»Sie sind selber schuld. Sie sind aggressiv und giftig.«

»Kunststück«, sagte ich, »vielleicht sind sie es aus Enttäuschung.«

»Die haben bloß Ehrgeiz im Kopf, alles Streberinnen.«

»Was bleibt ihnen anderes übrig?«

»Sie tragen ausgebeulte Röcke und futtern pausenlos in sich hinein.«

»Kummerspeck«, sagte ich.

»Aber ihre Haare sind auch speckig, daß es einen ekelt.«

Na schön, das war ein Argument, das mich überzeugte, aber: »Du darfst nicht so hart urteilen. Denke daran, du duschst auch erst seit einem halben Jahr freiwillig!«

Fast jeden Nachmittag standen nun ein, manchmal auch zwei Mädchen vor unserer Tür, sagten »Tag« in meine Richtung und verschwanden in Philips Zimmer. Sie machten Schularbeiten mit ihm, blödelten, hörten Musik, malten seinen Schreibblock voll Blümchen und

Elefanten mit Gänsebeinen, stritten sich auch mit ihm, daß die Fensterscheiben klirrten und gingen gemeinsam mit ihm fort.
Es kam Tina, Wildfohlen auf hohen Beinen, immer die Mähne schmeißend.
»Philip ist nicht da«, sagte ich zu ihr, »aber er wollte bald wiederkommen.«
»Macht nichts«, sagte sie, »dann warte ich eben«, und verschwand in seinem Zimmer. Nach zwanzig Minuten ging ich hinein und sagte: »Er scheint wohl doch nicht zu kommen.«
»Macht nichts«, sagte das Wildfohlen, »dann gehe ich eben.«
Auf einem Schreibblock hatte sie ihr Zwischenerlebnis aufnotiert: »Alter Philip, deine Schokolade schmeckt blöde. Kauf nächstens Milch mit Nuß. Habe dein Notizbuch gründlich gelesen. Was war am 23. 8. los??? Da hast du drei Ausrufungszeichen gemacht. Was war da??? Du kennst meinen Zorn. War is not healthy for children and other little things! Schreibe dir das hinter deine Löffel, mein Junge. Tina geht jetzt.«
Es kam Lulu, die kindlichste von allen. Meist erkannte ich sie nicht auf Anhieb, weil sie pausenlos ihre Frisur nach Anleitungen in Frauenjournalen veränderte. Einmal kam sie rot wie ein Feuermelder auf dem Kopf und verheult vom anschließenden Familienkrach. Sie hatte zuviel Henna genommen. Nun suchte sie Trost bei Philip. Philip, zartfühlend, sagte: »Mensch, du siehst aus wie'ne Nutte.«
Lulu experimentierte an sich herum auf der Suche nach

ihrem Typ. Zuweilen zerschminkte sie ihre süße, natürliche Jungmädchenhaftigkeit. Nichts wirkt verdorbener als Schminke auf kindlichen Zügen. Dabei bestanden ihre Sünden aus drei Zigaretten am Tag. Warum machte sie das nur? Wollte sie sich auf älter quälen?

Und dann Gaby, vorbeugende Aggressionen im dunkelbraunen Blick. Ich konnte ihr schnippisches »Tagchen« nicht vertragen, mit dem sie notdürftig Kenntnis von mir nahm.

»Mußt dir nichts draus machen«, sagte Philip, »die lebt zur Zeit mit sich und allem im Clinch.« Dazu trug sie durchsichtige Hemdchen, bis zum Jeansbund offen und nichts darunter. So heizte sie die Knaben an, aber wehe, einer drehte durch und griff zu. Dann entzog sie sich ihm, bis ins verworrene Innere gekränkt: Warum müssen sie immer gleich so brutal werden?

Gila, 16, schwerblütig und -knochig, in Midiröcken, am liebsten schwarzen, hatte seit zwei Jahren einen festen Manuel. Sie gingen miteinander wie ein altes Ehepaar, das sich nichts mehr zu sagen hatte. Mit achtzehn wollten sie zusammenziehen.

»Mich interessieren diese Mädchen«, sagte ich zu Philip, »ich weiß so wenig von ihnen.«

»Dann frag sie doch selber«, sagte er. Ich dachte, er wolle mich abwimmeln, aber er meinte es ernst.

»Kann ich das denn machen? Das ist mir peinlich.«

»Weil du irgendwo verklemmt bist«, sagte er. »Daran ist die Erziehung deiner Eltern schuld.« Womit er recht hatte. »Frag am besten die Loni, sie hat die mei-

ste Erfahrung von allen. Außerdem denkt sie gerade über sich selbst nach.«
Loni, 17, mit den Postsackhosen, auf dem Trip der Persönlichkeitsfindung. »Glaubst du wirklich, sie würde sich mit mir unterhalten?«
»Ich kann sie ja mal fragen«, sagte Philip.

»Wo bist du? Nie bist du da!«

Zähflüssiger bis stehender Verkehr auf dem mittleren Ring in Richtung Autobahn Garmisch, nennt es die Service-Welle vom Sender Bayern 3.
Ich bin ein Opfer dieses stehenden Verkehrs – ein Glied in der buntlackierten, abgasenden, zwangsgebremsten Unübersehbarkeit.
Auf der rechten Fahrbahn kriechen sie ein Stück vor, jetzt auch auf der linken. Warum immer die anderen. Warum muß ich stets auf der Fahrbahn stehen, auf der nichts weitergeht? An Ausscheren ist nicht zu denken.
Und zu Hause wartet Philip.
»Främdärr Mann«, singt es im Autoradio, »schau disch nischt um nach meine Trännen…« Der Mann im Opel rechts räumt das Kantinenessen aus seinen Zahnlücken. Vor mir streiten sich zwei Hinterköpfe in einem Mercedes. Abrupte Gesten, die einen langen, intimen Haß aufeinander ahnen lassen. Streit ohne Ton wirkt so viel

böser als in Begleitung unsachlichen Geschreis. Ich habe einmal durch ein Treppenhausfenster gesehen, wie ein Mann seine Frau die Stufen hinunterstieß. Es wirkte gespenstisch, weil sie keinen Ton von sich gab – wahrscheinlich wegen der Nachbarn.
»... eines Tages, främdärr Mann, bleibt von Trännen nur ein Gähnen –« (optimistischer Aufschrei) »denn die Wäält ist scheen und makt frei!«
Es wird einem ja viel Schönes in so einem Sender geboten.
Jetzt darf ich zwei Autolängen vorwärts kriechen. Das ist zwar nicht viel, aber es hält die Hoffnung warm, irgendwann einmal nach Starnberg zu kommen, wo mein Sohn auf mich wartet. Vorhin am Telefon schleuderte er mir einen Haufen Vorwürfe ins Ohr.
»Wann kommst du endlich? Wo bist du? Nie bist du da. – Waas? Erst um acht? Feine Mutter! Ach, Mensch, nun komm schon, laß die Besprechung sausen. Komm, ja? Komm, sag ich. Schadet dir gar nichts, wenn ich eines Tages ein Problem werde. Was läßt du mich soviel allein!«
Philip hat vor kurzem eine Sendung über berufstätige Mütter gesehen, über ihr chronisch schlechtes Gewissen ihren Kindern gegenüber, weil sie sich nicht genügend um sie kümmern können. Das schlachtet er jetzt aus.
Soll er doch lieber »Dick und Doof« anschauen!
Es ist nicht zu glauben – ich habe mich bis zur Autobahn vorgestanden. Ich sehe sie schon. Noch einmal rot. Aber dann mit dem nächsten Schub – Tiefdruck der Erlösung aufs Gaspedal.

Muß ich eigentlich so rasen? Muß ich diesen nervenaufreibenden Wettkampf wildgewordener Blechkisten mitmachen? Habe ich mir nicht hundertmal in die eigene Hand versprochen, mich nicht mehr provozieren zu lassen, an Philip zu denken ... Ich überhole eine vollbestückte Familienkutsche – zwei Kinderköpfe und spitze Hundeohren auf den Rücksitzen, davor Vater und Mutter.

Ich habe den Wagen schon fast vergessen, da sehe ich ihn im Rückspiegel auf mich zupreschen, als ob er rektal mein Auto aufspießen möchte. Na, na, was soll's denn ... Der Kerl muß den Verstand verloren haben. Hat er vergessen, daß er Frau, Kinder und Hund im Auto hat? Daß sein Motor diese Geschwindigkeit gar nicht verkraften kann?

Ja, hat er vergessen. Schließlich geht es um seine männliche Ehre. Eine Frau hat ihn überholt. Die muß er kriegen. Alles andere ist ihm wurscht.

Was soll ich machen?

Gas geben oder ihn vorbeilassen?

Ich lasse ihn vorbei. An den schadenfrohen Gesichtern seiner Kinder an der Rückscheibe erkenne ich, daß ich das Richtige getan habe – obgleich es mich schon ein bißchen wurmt.

Abfahrt nach Starnberg.

Dazu ein neues schönes Lied:

»Sterne im Regen, Träume im Wind
sind nicht mehr traurig, seit wir glücklich sind.«

Dazwischen eine Durchsage: »Rechte Fahrbahn der Autobahn Nürnberg-München zwischen Allershausen

und Eching wegen schwerem Verkehrsunfall gesperrt. Siebenkilometerstau.«
Und wieder »Sterne im Regen...«
Wieso eigentlich Sterne im Regen, sind doch bei Regen Regenwolken vor, oder? Wieso nicht mal »Frisch onduliert im Regen...« das leuchtet jedem sofort ein.
Noch eine lange Kurve, und dann liegt da unten Starnberg – links der See und glasklar die Berge, denn wir haben Föhn. Über der Kreisstadt die alte Kirche und das Schloß, ein trutzig-imposanter Bau, bei dessen Anblick ein Starnberger dennoch nicht recht froh werden kann: Unser Finanzamt ist in ihm untergebracht, weshalb das Schloß auch »Zwingburg« genannt wird.
Ich fahre durch den Ort, dann links ab zur Uferstraße. Auf einmal nehmen die Wagen vor mir so was Menschliches an: Sie erinnern an heimgetriebenes Rindvieh, das rechts und links von der Straße in seinen Hof einbiegt.
Philip erwartet mich am Tor. »Na endlich.«
Kuß durchs Wagenfenster und dann neue Vorwürfe: »Ich warte und warte – seit wann brauchst du fünfzig Minuten nach Haus?«
»Was glaubst du, was freitags auf dem Ring los ist«, sagte ich, aussteigend, »dazu der Fremdenverkehr... aber jetzt bin ich ja da.«
»Ja.« Ein kurzer Blick in meine Tasche. Nein, ich habe ihm heute keine rosa Gummistangen mitgebracht, von denen meine Freundin behauptet, sie schmecken wie toter Friseur.
»Was war los?« frage ich. »Hat jemand angerufen?«
»Ich hab's aufgeschrieben. Mit Natascha war ich auch

schon, hat aber bloß einen See gemacht. – Wann gibt's Abendbrot?«

»Um sieben«, sage ich.

»Dann fahr ich noch mal rüber in den Club«, sagt er und steigt auf sein Rad.

Wenn es nicht irgendwo komisch wäre, würde ich mich jetzt sehr ärgern.

Da habe ich eine wichtige Verabredung abgesagt und bin wie eine Halbstarke heimgefahren – und wofür?

Damit ich zuschauen darf, wie sich sein strammes, zwölfjähriges Jeanshinterteil in den Sattel schwingt und davonradelt.

»He – wart mal!« ruf ich hinter ihm her. »Warum sollte ich denn nun eigentlich so eilig nach Hause kommen?«

»Weil es schöner ist, wenn ich weiß, daß du da bist«, ruft er über seine Schulter zurück und ist schon um die Kurve.

Ein Vater kommt nach Haus

Einem Vater gelingt es, eine Stunde früher als gewöhnlich nach Haus zu kommen.

Im Hochgefühl dieser geschenkten Freizeit betritt er seine Wohnung ...

... und wird mit der erschreckenden Frage: »Was? Du schon?« kalt übergossen.

Im Nu fühlt er sich als unerwünschter Eindringling in einem Zuhause, dessen Geborgenheit und Wohlstand dadurch erhalten werden, daß er, der Vater, von morgens bis abends im Büro sitzt und schuftet.

Andererseits gefällt ihm die Begrüßung: »Fein, daß du schon da bist, dann kannst du gleich mal mit dem Jungen Mathe machen und zur Heißmangel fahren, die Wäsche holen und die Lampe reparieren ...« auch nicht so gut. Und dies nicht etwa, weil er sich vor häuslichen Pflichten drücken möchte, sondern weil die Freude über sein Kommen ausschließlich zweckbedingt ist.
Hätte ihn seine Frau mit der Feststellung: »Fein, daß du schon da bist«, empfangen und erst nach zehn arglos verstrichenen Minuten die Mathematik und die Heißmangel erwähnt, wäre ihm überhaupt nicht aufgefallen, wie seine schöne Extrastunde Freizeit vergewaltigt wird.

Ein Vater kommt abends nach Haus.
Bloß der Hund freut sich irrsinnig, weil Hunde sich über jedes Familienmitglied zu freuen pflegen, das zu ihnen heimkehrt.
Ansonsten hat der Vater bereits beim Türaufschließen das Gefühl, in eine geschlossene Gesellschaft einzudringen, in der er zwar ausreichend bekannt ist und sogar geduldet, aber dennoch mehr stört als erfreut.
Sein Kommen hält irgendwie die Uhren an. Sie stehen auf »Hab acht!«.
Sein Kommen bringt Ungemütlichkeit und einen gewissen Zwang ins Haus, finden Töchter und Söhne.

Sein Kommen zwingt sie, aufzuräumen, zumindest im Wohnzimmer, wenigstens so viel, daß der Vater dort einen Platz zum Niedersitzen hat …

… und die Platten von Straßenempfang auf Hauslautstärke zu drosseln …

… und das alltägliche, wunderschöne Werbefernsehen abzustellen, weil der Vater befürchtet, sie könnten durch die sich ständig wiederholenden Werbeslogans verblöden.

Wie gesagt, sie müssen wahnsinnig viel Rücksicht auf ihn nehmen, zudem befürchten, daß er irgendwelche Pläne für eine gemeinsame Gestaltung des Abends äußern könnte, während sie doch schon vor der Haustür erwartet werden.

Andererseits sind sie mal wieder blank und müssen den Alten auf irgendeine süße Tour anzapfen, was bedeutet, daß sie ihn nicht verstimmen dürfen, wenigstens vor dem Anzapfen nicht.

Seine Mitteilung, am nächsten Tag eine Geschäftsreise anzutreten, hebt die familiäre Stimmung so hoch an, daß es selbst dem Vater auffällt. Er zieht sich schließlich mit einem Bier und dem behaglichen Gefühl, ein Störenfried und ein Portemonnaie für seine Familie zu sein, an seinen Schreibtisch zurück.

Ein Vater kommt abends nach einem prallen, nervenschlauchenden Arbeitstag nach Hause. Er sehnt sich nach Ruhe und Harmonie. Irgendeinen Ort muß es schließlich geben, an dem er sich nicht wehren muß, sondern entspannen darf. Denkste.

Schon an der Tür empfängt ihn seine Frau mit ihrem Alarmgesicht.
(Anmerkung: Väter haben es nicht leicht. Mütter haben es nicht leicht. Aber wenn sie nicht ständig im Wettstreit liegen würden, wer von ihnen beiden es am schwersten hat, dann hätten es die Kinder auch viel leichter mit ihren Eltern.)

Seine Frau empfängt ihn also mit ihrem Alarmgesicht und mit Hiobsbotschaften.
»Ich werde nicht mehr mit ihnen fertig. Jetzt sieh du zu! Schließlich bist du der Vater!«
Den bösen Kindern hat die Mutter kapitulierend die Drohung entgegengefingert: »Na wartet! Laßt bloß euren Vater heimkommen! Dann werdet ihr was erleben!« Welches Kind freut sich schon auf die Heimkehr des Buhmanns?
Welcher Vater freut sich darauf, beim Heimkommen umgehend ins Tribunal geschubst zu werden und den Buhmann zu spielen, wo er viel lieber seine Beine und Nerven ausstrecken möchte!?
Ein pädagogisches Genie ist er sowieso nicht. Vergreift er sich nun – da völlig unvorbereitet aufs Strafgericht – im Ton und wird zu laut oder gar handgreiflich, dann tun der vor der Tür lauschenden Mutter die Kinder wieder leid. So ein Grobian! Das nennt sich nun Vater!
Redet er statt dessen freundschaftlich mit den Kindern und findet sogar noch eine Entschuldigung für ihre Missetaten, kann es ihm passieren, daß seine Frau ihn als erzieherischen Versager hinstellt:

»Tyyypisch du! Hast du dich mal wieder von ihnen einwickeln lassen!«
Was soll er zu seiner Rechtfertigung vorbringen? Was, bitteschön?
Er resigniert.

Eines Tages kommt der Vater nicht mehr so gern und eilig nach Hause. Und dann wundern sie sich.

Mathematik

Vor jeder Mathearbeit hatte ich einen Flattermagen, aber meine Mutter sagte, das wäre kein Grund, mir einen von diesen Zetteln zu schreiben, die mit dem Satz begannen: »Meine Tochter mußte das Bett hüten, weil . . .«
Ich durfte gar nichts hüten, sondern zur Schule gehen und Mathe schreiben, und im Grunde hätte ich mir das Magenflattern ruhig ersparen können – ich war ja eh auf Fünfer abonniert.
Irgendwann in Quarta hatte ich den geistigen Anschluß ans höhere Zahlenwesen endgültig verpaßt. Auch in den übrigen naturwissenschaftlichen Fächern lag eine echte Nichtbegabung vor.
Ich bin dennoch nicht einmal sitzengeblieben. Das habe ich Dr. Elsheimer zu verdanken. Er gab uns Physik, Chemie und Mathematik. Er war mein Klassenlehrer, ein

unnahbarer, unbestechlicher Mann voll knochentrockenem Witz und gebrochenem Herzen – er hatte seine beiden Kinder im Krieg verloren. Vielleicht war das der Grund für seine vom schulischen Standpunkt geradezu fahrlässig humane Einstellung einer Schülerin gegenüber, die ihm nichts als Ärger bereitete.

Er sagte: »Barbara, ich gebe dir eine Fünf auf dem Zeugnis und zwei Vierer, obgleich deine Leistungen lauter Sechser wert sind. Vielleicht ist dir das ein Ansporn, dich von jetzt an mehr anzustrengen.«

Ich strengte mich an und war weiterhin lauter Sechser wert.

Dr. Elsheimer beachtete mich eine Zeitlang überhaupt nicht mehr. Das war in Oberprima. Ich hatte es dank seiner Nachsicht bis Oberprima geschafft. Nun stand das Abitur bevor.

Ich sah keine Chance für mich, es zu bestehen. Da rief mich Dr. Elsheimer in einer Pause zu sich und knurrte mißgestimmt: »Du bist ein so begabtes Mädchen, nur leider nicht in meinen Fächern.« Und schrie mich an: »Ich gebe dir schon wieder Vierer statt Sechser, aber ich will dir doch nicht das Abitur vermasseln. Schließlich brauchst du's für deine Zukunft.«

Er wußte, daß ich Sprachen und Journalistik studieren wollte, Fachgebiete, bei denen kein Hahn danach krähte, ob ich ein mathematisches Genie war oder ein totaler Versager.

Während des Abiturs saß ich neben unserer Klassenbesten in Mathematik. Ich hatte ihr einen fairen Handel vorgeschlagen – wenn du mir in Mathe hilfst, helfe ich dir in Englisch und Franz. Sie half mir nicht. Das brachte mich auf, wie man sich denken kann. Mein Unmut wurde so hörbar, daß Dr. Elsheimer, am Katheder lehnend, meinte: »Barbara, ich habe den Eindruck, Elisabeth stört dich. Vielleicht nimmst du auf der Einzelbank Platz.«

Da saß ich denn und reparierte meinen Füllhalter und schoß hypnotische Blicke auf Elisabeth ab. Die mußte dann einmal aufs Klo, als sie mit den Ausrechnungen fertig war.

Ich mußte anschließend auch aufs Klo und fand dort auf einem Zettel, was ich so dringend für mein Matheabitur benötigte.

Dr. Elsheimer hat es gewußt. Er ist sogar einmal aus der Klasse gegangen, um mir die Möglichkeit zu geben, die endlos langen Differentialrechnungen abzuschreiben. Wenn ich ihm in den nächsten Tagen begegnete, hat er meinen Gruß nicht erwidert. Erst bei der Abiturfeier sprach er mich an, ätzend, ohne einen Funken Sympathie: »Wie ist es nur möglich, bei so falschen Rechnungen zu richtigen Resultaten zu kommen? Kannst du mir das erklären?«

Ich konnte schon, aber ich mochte nicht. Da sagte er es selbst: »Nicht mal zum richtigen Abschreiben von Zahlen bist du fähig!«

Und ließ mich stehen.

Dr. Elsheimer. Studienrat an der Oberschule für Mädchen in Berlin Grunewald. Was hat er nicht alles auf sein preußisches Lehrergewissen geladen, um mir das Abitur zu ermöglichen, mir, seiner miserabelsten Schü-

lerin. Ausgerechnet mein Mathelehrer hat an meine berufliche Zukunft geglaubt.
Erst viele Jahre später ist mir bewußt geworden, was dieser Mensch für mich getan hat. Aber da war es zu spät. Es gab ihn nicht mehr.
Damals – mit dem knappen Abitur unterm Arm – hatte ich nur einen Wunsch: raus aus diesem Laden und nie mehr etwas mit Mathematik zu tun haben zu wollen.

Eines Tages wurde ich Mutter.
Sechseinhalb Jahre nach der Fertigstellung meines Sohnes wohnte ich in einer Aula bei Blockflötenspiel und aufmunternden Begrüßungsreden seiner Einschulung bei. Und somit hatten wir uns wieder – die Mathe und ich – für nochmals 12 bis 14 Jahre (mögliche Ehrenrunden in den oberen Klassen vorsorglich mitgerechnet). Anfangs ging's ja noch. Da bestand sie aus schlichtem Zusammenzählen und Abziehen.
Aber bereits bei den Teilaufgaben kriegte ich meistens etwas anderes heraus als mein Sohn. Damals benutzte er zum erstenmal jenen Blick stillen, nachsichtigen Wunderns, wenn er mich rechnen sah.
Dann trat uns die Mengenlehre zu nahe. Untermengen, Obermengen, unendliche Mengen, endliche Mengen, Leermengen und so fort.
Mein Sohn Philip hat sie schließlich begriffen, indem er immer wieder versuchte, sie mir zu erklären.
Ach, und dann die so beliebten Textaufgaben. Beispiel: Um 7 Uhr fährt ein Güterzug mit einer durchschnittlichen Geschwindigkeit von 50 km/h vom Bahnhof A ab.

Um 7 Uhr 15 fährt ein D-Zug mit 90 km/h vom Bahnhof A in derselben Richtung. Wann und in welcher Entfernung überholt er den Güterzug?
Diese Aufgabe zu lösen würde meinen Lebensabend restlos ausgefüllt haben. Philip stellte sie mir gar nicht mehr.
Er bezeichnet meine Teilnahme an seinen mathematischen Problemen längst als reine Zeitvergeudung. Einzig den Zeitpunkt von Klassenarbeiten läßt er mich noch wissen.
Er sagt, morgen schreiben wir Mathe – und schon spüre ich Magenflattern.
Ich sage, geh heut abend früh zu Bett, schau lieber nicht fern. Ich sage, leg dein Mathebuch unters Kopfkissen.
Er fragt, wozu?
Ich sage, das soll helfen.
Er fragt, hat es dir geholfen?
Ich sage, nein.
Er sagt, warum dann also? Drückt doch bloß auf der Backe.
Er legt es trotzdem unter und vergißt, es am nächsten Morgen mitzunehmen.
Ich frage: In welcher Stunde schreibt ihr? Und er sagt: In der zweiten.
Hast du gar keine Angst?
Nö, warum?
Versteh ich nicht. Daß so nahe Verwandte so verschieden sein können! Dazu haben wir auch noch dasselbe Sternbild, bloß drei Tage auseinander... und keine Angst vor Mathe!

Philip schaut mich nachdenklich an. Mach nur weiter so, sagt er, dann kriegst du mich auch noch nervös.
Ich verspreche, ihm in der zweiten Stunde die Daumen zu drücken.
Er sagt: »Ja, danke«, und dann: »Ach, laß man lieber.«
Nicht mal meinen Daumen traut er, wenn es sich um Mathe handelt...

Erste Party

Mit zwölf fing das mit den Parties an. Die Mädchen waren die treibende Kraft. Sie wollten ihre hübschen Sachen vorführen, die sie nicht in die Schule anziehen durften, sie wollten tanzen und erwachsen spielen. Dazu brauchten sie Männer.
Wenn sie dabei auf gleichaltrige Knaben angewiesen waren, haperte das Unternehmen zumeist an Partnermangel. Denn zwölfjährige Jungen wollten sich weder hübsch anziehen und schon gar nicht nach Musik rumhopsen, so'n Quatsch.
Es zeigten sich nur solche partywillig, die scharf auf ein teilnehmendes Mädchen waren und sich ein bißchen Rumknutschen versprachen.
Die Mädchen mußten wirklich jeden Trick anwenden, um Männliches auf ihre Parties zu locken. Die Ina zum Beispiel aus Philips und Antons Klasse. Anton liebte Ina. Ina übersah Anton bis zu ihrem Entschluß, eine Party zu

geben. Da machte sie ihm Augen und lud ihn anschließend ein.
Anton ging hoffnungsvoll hin. Aber es wurde eine Pleite. Ina beachtete ihn überhaupt nicht, sondern tanzte bloß mit dem Michel. Die anderen Kinder – fünf Mädchen und zwei Buben –, saßen herum und langweilten sich.
Da kam Inas Mutter und schlug ihnen Gesellschaftsspiele vor – Hänschen piepe mal und die Reise nach Jerusalem. Anton wartete noch die Würstel mit Salat ab, dann ist er gegangen und war vielleicht sauer!
»Die hat mich bloß eingeladen, weil sie nicht genügend Jungen zusammengekriegt hat«, schimpfte er sich bei Philip aus.
Philip wollte sich kringeln vor Schadenfreude. Er hielt noch nichts von Mädchen. Sie kosten bloß Geld für Eis, und was sollte er mit ihnen reden? Trotzdem ging er ein paar Wochen später der Lisa auf den Partyleim. Denn die Lisa war plötzlich ganz hingerissen von seinen selbstgebauten Flugzeugen, ließ sich jede Konstruktion ausführlich erklären, brachte unendliche Geduld beim Zuhören auf. Borgte ihm ihren Tennisschläger. Schenkte ihm Guttis und Aufkleber für sein Fahrrad – investierte unendlich viel in Philip.
Ihm blieb gar nichts anderes übrig als ja zu sagen, als Lisa ihn bat, sie auf eine Party zu begleiten. Es sollte eine tolle Party werden. Zwanzig Paare, es würden auch größere hinkommen, sogar Fünfzehnjährige.
Auf seine besorgte Frage, ob auch solche Sachen wie Hänschen piepe mal gespielt würden, lachte sie ihn bloß aus: »Wir sind doch keine Babies mehr.«

Trotzdem reute ihn seine Einwilligung, Lisa zu begleiten, kaum daß er sie gegeben hatte. Er litt der bewußten Samstagsparty entgegen wie einem Arzttermin mit Blutabnahme. Er suchte nach Ausreden, aber seine Mutter sagte: »Du kannst jetzt nicht mehr zurück. Du hast es der Lisa versprochen, und außerdem schadet es gar nichts, wenn du mal so was kennenlernst.«

Die Party ging um sieben Uhr abends an. Sie fand im extra für Geselligkeiten ausgebauten Keller eines Einfamilienhauses statt. Gastgeber waren Lisas Freundin Irene und ihr fünfzehnjähriger Bruder Tom.

Zuerst standen alle herum und qualmten den Keller voll. Auch Lisa mühte sich mit einer Zigarette ab. Philip tränten die Augen. Alle gaben sich irre lässig. Lachen wurde tunlichst vermieden.

Philip kannte nur Lisa und noch ein Mädchen. Aber das machte nichts. Bei der Superlautstärke der Stereomusik war eine Unterhaltung sowieso unmöglich. Philip verstand nicht einmal seine eigenen, trüben Gedanken.

Dann wurde getanzt. Lisa wollte auch, aber Philip kann nicht tanzen. Er mußte es trotzdem.

Solange sie auseinandertanzten, fiel das nicht störend auf, aber dann kam etwas mit Anfassen und Schleudern. Zuerst schleuderte Lisa den Philip, er prallte gegen zwei andere, die kreischten: »Mensch, paß doch auf!«

Dann mußte Philip Lisa schleudern. Da war die Lisa plötzlich nicht mehr da.

Philip hat sie gesucht. Er fand sie auf dem Fußboden, wie ein Maikäfer auf dem Rücken zappelnd und sehr erbost.

Philip zog sie noch hoch, brüllte ihr »servus, Lisa«, ins Ohr und ist gegangen.

Ging durch die ganze Kreisstadt zu Fuß nach Haus. Das war seine erste Party. Lustig war sie nicht. Und zu Hause kriegte er auch noch sein Fett ab.

Sein Vater schimpfte: »Du kannst doch nicht einfach fortgehen und die Lisa allein lassen. Das tut man doch nicht. Aus dir wird nie ein geselliger Mensch.«

Philip wehrte sich vertrotzt. Unter Geselligkeit verstünde er was anderes als rumhopsen zu einer Musik, die einem die Ohren taubdröhnt. Er hätte es lieber gemütlich. Man unterhält sich, einer erzählt was Interessantes. Man kann sich auch mal richtig schieflachen und Blödsinn machen. So was mag er gern. Ist das denn ein Verbrechen?

Nach diesem ersten Fiasko hat ihn kein Mädchen mehr zu einer Party verlockt, schon gar nicht die Lisa. Sie hat überall verlauten lassen, der Philip wäre doch noch reichlich unreif.

Tom Sauyer und Huckleberry Finn leben immer noch

Wenn man es mal ganz nüchtern betrachtet, so gehen sie eigentlich nur wegen der Ferien in die Schule. Aber wenn sie nicht verreisen, dann wissen sie nach zwei Wochen Ferien nicht mehr, was sie miteinander noch spielen sollen.

So war es im vergangenen Sommer. Saßen sie zu sechst herum und ödeten sich gegenseitig an.

Zu Hause konnten sie sich schlecht sehen lassen, denn da hatten wir genügend Beschäftigungen für sie.

Also sind sie in den Segelclub hinunter. Da lag ein altes Badefloß herum, das durften sie haben.

Aber keinen Krach machen, hört ihr? Sonst fliegt ihr raus.

Also saßen sie nach dem Schwimmen leise auf dem Floß und ödeten sich wieder an, bis Andi sagte:

»Ich weiß, wo's alte Bretter gibt.«

Also haben sie die Bretter organisiert und aus ihnen eine Hütte auf das Floß gebaut, und schon hatten sie Ärger mit den Erwachsenen. Denen ging ihre Hämmerei auf den Wecker. Und ihre Eltern schimpften, weil sie jeden Tag etwas anderes in ihrer Wirtschaft vermißten. Nicht nur ihr Handwerkszeug und sämtliche Nägel, sondern auch Laken zum Abdichten der Hüttenwände, damit es nicht so durch die Ritzen zog, Sofakissen, einen Tütekessel, Kochtöpfe, Scharniere, einen Teppich zum Auslegen wegen der Nässe von unten, Bestecke, Geschirr und

Petroleumlampen. (Die allerdings klauten sie von einer Baustelle.)
Den größten Stunk machten Tonis Eltern, als sie eines Morgens die Dachpappe auf ihrer Garage vermißten.
Nach fünf arbeitsamen Tagen war die Hütte fertig, bißchen schief zwar in der Konstruktion, aber sehr gemütlich. Die Knaben ließen sie zu Wasser. Da schwamm sie nun vorm Hafen herum, kein schöner Anblick, an sich ein Schandfleck, die Knaben sahen das selber ein und erwarteten, daß sie von Erwachsenen vertrieben werden würden. Aber im Gegenteil. Auf einmal waren sie Lieblinge. Wußten gar nicht, wie sie so einen Haufen unverhoffter Sympathie für ihr windschiefes Floßhaus verkraften sollten. Bekannte und sogar wildfremde Erwachsene gaben ihnen plötzlich herzhaft die Hand und fragten, ob sie mal reingucken dürften.
Die Knaben ruderten sie hinaus, die Erwachsenen krochen hinein und kamen ganz verklärt und ungern wieder heraus: Nein! Nein, so was Schönes, Romantisches! Davon hätten sie immer als Jungen geträumt! (Sogar die Weiber!)
Als immer mehr kamen, die sie zum Floß herüberrudern mußten, kassierten seine Besitzer Eintritt und kauften sich von dem Geld einen Spirituskocher und Vorhängeschlösser.
Auch ihre Eltern kamen und feierten Wiedersehen mit all den Sachen, die sie zu Hause vermißten, aber sie schimpften nicht mehr. Nur Philips Mutter nahm ihr Tafelsilber wieder mit.
Nico übernahm die Küche. Er konnte zwar nichts ande-

res als Tütensuppen und Spiegelei herstellen, aber seine Floßpartner fraßen es, bis es ihnen aus den Ohren herauskam.

Das Hausboot sprach sich auf dem See herum. Nachts kamen Liebespärchen angeschwommen und wollten darin nisten.

Da mußten die Knaben Schilder malen: Betreten verboten! Die Besitzer! Ausnahmen müssen begründet werden! (Notfall.)

Und die Schwäne und Bleßhühner kamen auch und schissen die Planken voll.

Nun übernachteten die Knaben selbst auf ihrem Floß, immer zu zweit mit einem Hund als Alarmsirene. Das war schön. Die Nächte im Schlafsack, das Schaukeln und Wasserglucksen.

Gegen Morgen machten sie die Luken auf und schauten auf den unberührten See und unterhielten sich und kraulten dabei den Hund, der zwischen ihnen lag.

Das war wirklich schön.

Im Juli fand das Starnberger Seefest statt mit großem Feuerwerk und Prämiierung des originellst geschmückten Bootes.

Einen Tag lang wienerten unsere Hausbesitzer ihr Eigenheim von außen und innen und garnierten es mit einem Schilfdach und vielen Lampions. Man lieh ihnen einen Außenbordmotor.

Um sieben Uhr abends tuckerten sie los Richtung Strandcafé, um dort als windschiefe Mickerigkeit zwischen lauter großen, raffiniert geschmückten Booten unterzugehen, nicht wörtlich – aber optisch.

Wer waren sie denn schon – kleine Buben zwischen elf und dreizehn, die mit ihrem Selbstgemachten aufgebrochen waren, um an der Konkurrenz der Erwachsenen teilzunehmen. Aller Größenwahn rutschte ihnen in die Hose.

Sie harrten trotzdem bis zur nächtlichen Preisverteilung aus, wann bot sich ihnen sonst die Chance, grenzenlos aufbleiben zu fürfen!?

Und dann dachten sie, es laust sie ein Affe, als durch den Lautsprecher ihr Floß den ersten Preis erhielt. Den ersten, Mensch, hast du gehört?

Eine Abordnung von zwei Buben stolperte auf die Tanzfläche des Strandcafés, auf der die Preisverteilung stattfand.

Sie nahmen einen Blechpokal mit Eingravierung und eine Zweiliterflasche Sekt entgegen. (Der erste Preis war eigentlich ein Fäßchen Rum, aber wer rechnet denn damit, daß Kinder den ersten machen werden!?)

So gegen Mitternacht hat ein Motorboot sie heimgezogen. Ein schnittiges Motorboot, an dem ein kleines Seeräuberfloß hing, das so aussah, als ob es von dem Mann erfunden wurde, der am meisten von realen Jugendträumen verstand: Mark Twain.

Innendrin hockten unsere übernächtigten, preisgekrönten Knaben und tranken reihum zwei Liter warmen Sekt aus.

Danach sind sie ganz stumm nach Hause und in einem durch und mit allen Klamotten an ins Bett, welches sehr geschaukelt haben soll.

Nun war ihre Floßhütte berühmt.
Es kamen Fotografen von einem Journal für modernen Wohnbau und von der Zeitschrift »Eltern«. Und Zeitungsreporter.
Alle mußten tüchtig blechen, ehe sie knipsen durften. Solch ein Geriß um ihr ›Hausboot‹, wie die Besitzer es nannten und auf dem sie überhaupt kein Privatleben mehr hatten. Das lag am Ruhm.
Aber sie verdienten einen Haufen Geld, soviel, daß sie die windschiefe, morsche, ständig feuchte Hütte einreißen und dafür ein neues, stabiles, größeres Haus auf das Floß bauen konnten. Wasserdicht von oben und unten. Mit Komfort innen und Platz für vier zum Schlafen. Ein echtes Traumhaus.
Sie waren sehr stolz darauf.

Aber auf einmal hatten sie wieder nichts als Ärger mit den Erwachsenen.
Die nahmen ihnen diesen »häßlichen, nüchternen Kasten« persönlich übel, und ein alter Herr weinte beinah: »Ach, Jungs, warum habt ihr das getan? Warum habt ihr meinen Jugendtraum zerstört!«
Nostalgie, gell?
Aber die Erwachsenen hatten ja auch nie dringelegen, von unten feucht, von oben Regen und die eine Hauswand bei starkem Wind im Kochtopf drin.

Jetzt waren die Knaben böse mit den Erwachsenen, weil sie ihnen die Freude an ihrem neuen, stabilen Hausboot verdorben hatten.

Dabei, was taten sie denn, wenn sie zu Geld kamen? Dann rissen sie auch das romantische Morsche ein und bauten dafür moderne Kästen, die als plumpe Ausrufungszeichen die Landschaft zerstörten.
Unsere Knaben verloren die Lust an ihrem Eigenheim und sind gar nicht mehr runter an den See, höchstens zum Baden.
Bis zum Ende der Ferien haben sie wieder Fußball gespielt.
Aber manchmal erinnerten sie sich schon an die frühen Morgen auf dem See – wenn die Sonne überm Ostufer aufging und die Nebel sich auflösten und es langsam warm wurde auf ihrem Floß und sie lange, halblaute Gespräche führten, während sie den Hund kraulten, der zwischen ihnen lag.
Das ist wirklich schön gewesen.

Nie wieder kommt mir ein Hund ins Haus

Die Toidoi war ein schwarzer Spaniel und hieß eigentlich Cordy, aber der kleine Philip hat sie Toidoi genannt.
Und dabei blieb's.
Sieben Jahre lang flötete, säuselte, lockte und drohte er: »Toidoi! Hierher!«
Sie hat ihm ums Verrecken nicht parieren wollen.

Schließlich war sie die Ältere und länger im Haus als er. Sie ließ sich von dem Kleinen nichts sagen.
Die Toidoi war damals schon mit zum Standesamt. Während wir drinnen »ja« sagten, pöbelte sie draußen aus dem Wagenfenster.
Die Toidoi war immer und überall dabei, auch als wir die hellblaue Tragetasche mit Philip aus der Klinik abholten. Sie empfand das Baby als völlig überflüssige Anschaffung. Es brachte bloß Unruhe in unsere kleine Familie, in der sie bis dahin der einzige Liebling gewesen war.
Toidoi mochte sowieso keine kleinen Kinder. Gutmeinende Nachbarn rieten uns, sie abzuschaffen. Sie war doch so unberechenbar in ihrer Eifersucht. Wir schafften sie nicht ab, sondern taten viel, um ihr zu beweisen, daß wir sie genauso liebhatten wie vor dem Familienzuwachs.
Dabei kamen wir vor lauter Zärtlichkeiten nach rechts und links nicht aus dem Händewaschen heraus. Toidoi akzeptierte Philip, ohne ihn zu mögen, aber sie schloß ihn in ihr Verteidigungsprogramm mit ein. Sie wurde Philips Hütehund.
Nur für seine Schlaftiere hatte sie eine geradezu fatale Zuneigung, vor allem zu Zeiten ihrer eingebildeten Schwangerschaften.
Dafür klaute Philip, als er schon krabbeln konnte, ihre Quietschpuppen und Knochen.
Das sah mal meine Schwiegermutter. Ihr standen die Haare zu Berge vor Entsetzen.
Sie griff sich die Toidoi und fuhr mit ihr in die tierärztliche Hochschule.

Dort müssen sie unsere Hündin scheibchenweise unters Mikroskop gelegt haben, aber außer einer äußerst renitenten Abwehr gegen diese Maßnahme und zwei Zecken haben sie nichts Bedrohliches an ihr entdecken können.
Philips Kindheit wäre ohne Hund halb so lebendig gewesen. Toidoi ersetzte ihm die fehlenden Geschwister. Im Lauf der sieben gemeinsamen Jahre ließ sie sich manches von ihm gefallen. Aber nur bis zu einer gewissen Grenze, dann zeigte sie ihm die Zähne. Sofort war er brav.
Vater und Mutter mochten Philip die Zähne zeigen, so oft und so bleckend sie wollten – ihnen hat er trotzdem nicht gehorcht. Und das konnte Toidoi sehr wütend machen. Sie war die einzige in der Familie, die viel von autoritärer Kindererziehung hielt. Toidois Tod nach sieben gemeinsamen Jahren ging Philip mehr zu Herzen als das Ableben seiner Großeltern.
Großeltern gehörten schließlich nicht zum alltäglichen Umgang, wohl aber die Toidoi.
Das Heimkommen von der Schule machte keinen Spaß mehr, weil niemand an ihm hochsprang.
Die Wohnung war so leer, seitdem Toidoi nicht mehr da war, aber ich sagte nein, nein, ich will keinen Hund mehr. Es ist so schwierig mit dem Verreisen und überhaupt.
So ein Hund ist schließlich ein Lebewesen, und als solches eine Verpflichtung. Den kann man nicht einfach kaufen, weil er ›so süß‹ ist und wieder abschaffen, wenn er im Weg ist.
Die Todoi fehlte überall, am meisten in den Händen.

Philip hatte so gar nichts mehr zum Kraulen, kein zusammengerolltes Fell auf dem Fußboden, um das er sich selbst herumrollen konnte und schmusen.

Ich habe ›*nein*‹ gesagt.

Zwei Monate hielten wir durch, dann hielt Philips Vater es nicht mehr durch.

Eines Mittag stand er mit einem total verschüchterten, blonden Hundebaby im Arm vor unserer Tür und erhoffte wenigstens keinen Rausschmiß, wie ich seinem ungewissen Grinsen entnahm.

Ich sagte, wie konntest du, wir wollten doch nicht mehr.

Mein Mann sagte, er wäre zufällig an einer Tierhandlung vorbeigekommen, da hätte der hier im Fenster gesessen mit seiner Schwester, beide vom Land, aus Westfalen, ganz in der Nähe, wo sein Vater geboren war, Prachtexemplare, nicht überzüchtet, schau ihn dir doch an – und seine Schwester hat vielleicht geweint, als ihr Bruder verkauft wurde.

Ich spürte, die arme kleine, verlassene Schwester von diesem Hund ging ihm nicht aus dem Sinn und aus dem Mitleid.

Philip nahm ihm das Hundebaby ab und strahlte verklärt.

Das Baby weinte. Philip beruhigte es: »Hab keine Angst, du mußt nicht wieder fort. Hast du nicht die Geldscheine gesehen, die mein Papi für dich bezahlt hat?«

»Wieviel hast du für ihn bezahlt?« fragte ich meinen Mann.

Er konnte sich nicht mehr an die Summe erinnern, nur an die arme kleine, verlassene Schwester von diesem

Hund. Wer weiß, was der für ein Schicksal bevorstand! Er wollte auch noch die Schwester!
Wir konnten uns damals nicht mal *einen* Hund leisten. Nicht mal diesen in Philips Arm.
Wir nannten ihn Sascha.
Nur am ersten Tag war er verschüchtert und sanft. Im rauhen Toben mit Philip und seinen Freunden entwikkelte er seine Persönlichkeit sehr schnell. Er wurde ein Rabauke. Ein Halbstarker. Faxenmacher. Ein Schmierenkomödiant. Philips erster, eigener Hund, der ihn rabiat verteidigte ohne Rücksicht auf die Rechtslage. Er hielt immer zu Philip und hütete mit ihm acht Tage lang das Bett, als Philip die Grippe hatte. Sie hatten auch die Grippe zusammen. Alles zusammen.
Nur einmal mußten sie sich für eine Zeit trennen. Sascha und die Meerschweine zogen vier Wochen früher von Berlin nach Starnberg als Philip. Als er Philip endlich vom Flughafen abholte, brüllte er vor Freude die Lautsprecheransagen nieder. Er kannte ja keine Hemmungen. Philip hatte es anfangs nicht leicht in der neuen Umgebung. Sascha verschaffte ihm Respekt bei den ortsansässigen Buben.
Sie hatten dann noch anderthalb herrliche, wilde, abenteuerliche Jahre miteinander. Sascha fuhr sogar noch mal in Urlaub.
Eines Abends sind zwei Schäferhunde über ihn hergefallen und haben ihn getötet.
Philip hat es miterlebt. Er war damals elf und drehte durch. Lief einfach los. Ich fand ihn schließlich auf einer Wiese. Es war sehr schlimm.

Ein Jäger nahm den Hund mit und grub ihn an einem landschaftlich besonders schönen Platz ein. Ein Grab mit Blick. Noch in derselben Nacht gruben die Füchse Sascha wieder aus.

Ein Glück, daß Philip nicht dabei war, als wir den stimmungsvollen Ort aufsuchten.

Ich schwor mir, nie, nie wieder einen Hund. Zwei Tage lang brannte eine Kerze neben Saschas Bild. Wehe, wenn wir sie gelöscht hätten. Dann nahm Philip das Telefon mit der langen Schnur und schloß sich damit im Klo ein. Er sagte uns nicht, mit wem er ein Gespräch führte.

Aber wenige Tage später stand ein enger Freund des Hauses mit einer jungen Afghanenhündin vor der Tür. Sie blickte uns aus klugen, dunkelbernsteinfarbenen Augen ungewiß an und wedelte ein bißchen. Ich schrie: »O nein, o bitte nicht schon wieder!«

Philip kniete sich beglückt zu ihr und sagte mit einem letzten Rest von Pietät und Treue: »Aber Saschas Napf darfst du nicht haben.«

Wir kauften einen neuen Napf und nannten sie Natascha.

Achtung, Kind hört mit!

Jede Familie hat ihre eigenen, ganz geheimen Heimlichkeiten, ihre Kräche ab und zu und ihre kleinen Schlampereien – die einen im Charakter, die anderen mehr im Schrank. Und die gehen keinen Außenstehenden was an. Dafür gibt es Türen, die man zusperren und Gardinen, die man vors ganz Geheime ziehen kann. Und wenn es einmal sehr laut in der Familie wird, dann dreht man eben das Radio noch lauter, damit die Nachbarn nicht hören, was sie nicht zu hören brauchen.

Man denkt an alles, nur nicht an die kleinen Ohren in seiner nächsten Umgebung.

Mit diesen kleinen Ohren ist das so eine Sache. Posaunt man Aufforderungen wie »Räum endlich dein Zimmer auf!« oder »Ins Bett mit dir!« in sie hinein, hat man den Eindruck, sie wären durch einen großen Pfropfen schalldicht verstopft. Nicht ein einziges winziges Tönchen rutscht durch sie hindurch.

Wenn man sich aber über etwas unterhält, was sie auf keinen Fall hören sollen, dann sind dieselben kleinen Ohren messerscharf gespitzt. Es entgeht ihnen kein Flüstern, nicht ein Geheimnis. Das bewegen die kleinen Besitzer der kleinen Ohren in ihren kleinen Köpfen und tragen es bei nächster Gelegenheit aus dem Haus und in der Nachbarschaft herum, auch in die Schule und zu denjenigen Personen, über die daheim geredet worden ist. Dabei kommt dann folgendes heraus:

»Wir haben goldenes und silbernes Geld und Geld aus Papier und sogar schwarzes. Habt ihr auch schwarzes Geld?«

Oder: »Wenn wir verreisen, hebt Mutti alles Wertvolle im kaputten Staubsauger im Keller auf. In dem sucht bestimmt keiner.«

»Papa hat heut nacht auf'm Sofa im Wohnzimmer schlafen müssen, weil Mama ihn ausgesperrt hat.«

»Oma war auf Kaffeefahrt und hat sich dabei 'ne elektrische Heizdecke andrehen lassen, die kostet über 200 Mark, die hat Oma aber nich, nu soll mein Vater zahlen, aber der weigert sich. Nu heultse.«

»Der Heini, der bei uns im Laden hilft, der klaut plötzlich. Wollten ihn meine Eltern rausschmeißen, hat er gesagt, dann sagt er, was er alles weiß. Nu kann er bleiben und klaut weiter.«

Oder: »Da war vielleicht ein Ärger mit meiner großen Schwester. Nu fährtse nach Holland, ich glaube, zu 'nem Arzt.«

Die kleinen Menschen plaudern gern, denn auf einmal haben selbst solche Nachbarn, die sonst keine Geduld mit Kindern aufbringen, viel Zeit und Bonbons für sie – nu erzähl doch mal – was du nicht sagst! Hat der Mensch Töne –!? Wer hätte das gedacht –!

Es kann allerdings passieren, daß den ahnungslos heimkommenden kleinen Menschen zur Begrüßung rechts und links was um die Ohren fliegt. Dann brüllen sie wie am Spieß und begreifen gar nichts mehr.

Was haben sie denn Schlimmes gesagt? Nur die Wahrheit, und das sollen sie doch – oder!?

Licht aus – Taschenlampe raus

Um halb neun muß Anette ins Bett, und um neun wird das Licht ausgemacht, da hilft kein Handeln. »Ich komme nachschauen«, verspricht die Mutter.
Anette hat ihr Buch schon dort aufgeschlagen, wo die Seite oben ein Eselsohr hat und weiter unten ein Absatz mit einem Fingernageleindruck beginnt. Ihre Augen flitzen sozusagen umgehend an den Lesestart, um vor Einbruch der Müdigkeit noch so viel Spannung wie möglich und das Ende des Kapitels zu erreichen.
Um neun Uhr fünf macht die Mutter einen Kontrollgang zum Kinderzimmer und kehrt dann befriedigt zum Vater zurück, der vor dem Fernseher Bier trinkt.
»Das ist das Fabelhafte an unserem Mädchen. Wenn ich sage, um neun wird das Licht ausgemacht, dann ist das Licht Punkt neun Uhr aus.«
»Auch unter der Bettdecke?« erkundigt er sich.
»Wieso?« Das versteht sie nicht, und das wiederum versteht er nicht.
»Ja, hast du als Kind nie unter der Bettdecke weitergelesen?«
»Ich hab' überhaupt nicht gern gelesen.«
»Das erklärt deine Naivität«, sagt er und sie: »Meinst du wirklich? Ich schau mal nach.«
Tiefe Atemzüge empfangen sie im Kinderzimmer, ebenso tief wie die befohlene Dunkelheit. Sie hebt die Bettdecke an und findet darunter ein zusammengeroll-

tes Kind, das die Augen zukneift, ziemlich dünne Luft, ein Buch und eine Taschenlampe.
»Das hätte ich nicht von dir gedacht«, sagt die Mutter.
Anette sagt gar nichts. Sie »schläft« ja.
»Nun?« fragt der Vater, als sie zurückkommt. Sie legt wortlos die Taschenlampe vor ihn hin.
»Na bitte«, freut er sich, weil er recht hatte.
»Aber damit ist jetzt Schluß!«
»Mit der Taschenlampe vielleicht.«
»Wie meinst du das?«
»Von nun an holt sie sich die Nachttischlampe ins Bett.« Er grinste.
»Warum grinst du?«
»Meine Schwester ist dabei mal eingeschlafen. Nachher war das Bett angesengt. Haha!«
Die Mutter eilt besorgt zum Kinderzimmer.
»Nun?« fragt der Vater.
»Nichts. Die Lampe steht auf dem Nachttisch.«
»Hast du auch die Birne angefaßt? Nein? Dann tu das mal.«
Als sie diesmal ins Wohnzimmer zurückkommt, bepustet sie ihre Fingerkuppen. So heiß war die Glühbirne.
»Du kennst dich aber aus«, sagt sie zum Vater.
»Mein Bruder ist einmal in ein Lampengeschäft und hat zwei kalte Birnen gekauft. Wenn Gefahr im Verzug war, haben wir die heißen mit einem nassen Waschlappen ausgedreht und die kühlen hinein. Aber auch dahinter sind unsere Eltern gekommen. Sie kamen so leise angeschlichen, daß wir sie oft nicht rechtzeitig hörten.«
»Und da? Habt ihr's da aufgegeben?«

»Aufgegeben?« Dieses Wort beleidigt den Jungen von damals, der jetzt Vater ist. »Wir haben Zucker auf den Treppenläufer gestreut. Da knirschten ihre Schritte hörbar drauf.«

»Zucker? Der geht doch so schwer wieder raus!« entsetzt sich die Mutter.

»Das war ja gerade das Gute«, sagt der Vater.

Sie reißt von neuem die Kinderzimmertür auf und droht: »Wehe, du streust Zucker auf den Läufer!«

Anette fährt hoch und pliert verständnislos ihre Mutter im hellen Türrahmen an. Diesmal hatte sie wirklich schon geschlafen.

Im Wohnzimmer sitzt der Vater und bereut. Wie kam er eigentlich dazu, sein kleines Mädchen zu verpetzen? Nur um vor der Mutter mit seinen trickreichen Kenntnissen zu protzen? Zur Strafe wird er sich jetzt etwas Neues einfallen lassen, damit Anette nicht mitten im Satz um neun Uhr abends das Licht ausmachen muß.

So kriegt man's heraus

Du, Klaus, dein Klassenlehrer hat heute angerufen.«

»Der Pöppel? Bei uns?« (Leichtes Erschrecken.)

»Was wollte er denn?«

»Keine Ahnung. Ich war nicht da. Die Omi war dran.«

»Und was hat er gesagt?«

»Er will mich sprechen. Morgen ruft er wieder an.«

Spürbares Unbehagen. »Was der wohl will –!?«
Das fragt sich seine Mutter auch. »Hast du was angestellt?«
»Ich? Nö – nicht daß ich wüßte.«
»Junge, ehrlich, hast du? Es ist besser, wenn ich vorbereitet bin.«
Gründliches Überlegen. »Tja – an sich nicht mehr als sonst – warte mal – vielleicht wegen der Hilde –«
»Wer ist Hilde?«
»Eine total bescheuerte Kuh aus meiner Klasse. Die verpetzt uns immer. Beißen tut sie auch, das Aas, guck mal, hier –!«
»Das war die Hilde? Ich dachte, das war der Hund. Und warum hat sie gebissen?«
»Wegen der Haare, die ich ihr ausgerissen hab.«
(Bedauernd:) »Es mußte sein. Sie hat dem Pöppel gesteckt, wer in der Klasse geraucht hat –« Er bricht ab und möchte sich ohrfeigen, man sieht es ihm an. »Aber ich hab nur paar Züge gemacht, es schmeckt mir nicht, und deswegen kann der Pöppel auch nicht angerufen haben. Das war ja schon vorige Woche. Es muß was anderes sein.«
»Überleg mal!«
»Tu ich ja die ganze Zeit. –.–.–. Vielleicht wegen dem Juckpulver –? Aber dabei hat mich keiner gesehen ...«
»Was für Juckpulver, wo?«
»Auf der Klorolle in der Lehrertoilette.«
»Und das hast du gemacht?«
»Ja, du früher nicht?«
Nervöses Fingertrommeln.

»Wenn ich bloß wüßte, was der Pöppel von dir will.«
»Wie stehst du eigentlich jetzt in der Schule?«
»Ochnasonaja – durchschnittlich, möchte ich sagen.«
»Hast du kürzlich schlechte Noten gekriegt?«
Zögern. »Außer der Fünf in Mathe…«
»Die ist doch schon eine Weile her.«
Sehr schonend: »Nicht *die* fünf, die andere…«
»*Noch* eine! Davon hast du mir gar nichts erzählt!«
Sanftes Staunen. »Hab ich nicht? – Aber deshalb ruft der Pöppel nicht an. Wenn ich mies bin, bestellt er dich höchstens in die Sprechstunde.«
»Was könnte es sonst sein?«
Tiefes Bedauern bei hochgezogenen Schultern:
»Ich habe leider geschwänzt.«

Da sitzt man ahnungslos zu Haus und glaubt sein Herzchen in der Schule gut untergebracht. Und was tut es? Raucht im Klassenzimmer, skalpiert Hilde, schreibt Fünfen, bringt Lehrer zum Jucken. Schwänzt.
Klaus schwört, es wäre das erste Mal gewesen. Aber wenn es nicht das erste Mal war? Wenn er es öfter getan und sich selbst Entschuldigungen geschrieben hat oder vom Besitzer der Eisbude schreiben ließ. Wenn sein Klassenlehrer dahintergekommen ist –!?
Wenn sein Anruf auf etwas Schlimmes vorbereiten soll – zum Beispiel auf einen Rausschmiß?
Die Mutter darf jetzt nicht durchdrehen. Ganz ruhig bleiben und nüchtern denken. Sie denkt: Rechnen wir also mit dem Schlimmsten – wenn Klaus geschaßt wird – wohin dann mit ihm? Das nächste Mathematisch-Natur-

wissenschaftliche Gymnasium ist weit und umständlich zu erreichen. Was bedeutet, daß wir von jetzt ab schon vor sechs Uhr aufstehen müssen. *Vor Sechs!!!*
Daß der Junge mir *das* antut!

Am nächsten Morgen während der Zehn-Uhr-Pause ruft Klassenlehrer Pöppel wieder an. Sehr höflich – hofft, er störe nicht... aber nein, Herr Pöppel, ganz und gar nicht (Nur um meine Nachtruhe haben Sie mich gebracht.)
»Es handelt sich um folgendes –« Räuspern in seiner Stimme, Gummigefühle in mütterlichen Knien, »– und zwar um eine Pistole. Ihr Sohn...«
»Allmächtiger! Hat er geschossen??«
Befremden in der Leitung. »Geschossen? Wieso? Nicht daß ich wüßte. Er hat uns neulich im Unterricht erzählt, daß Sie eine alte Perkussionspistole besitzen, und da ich mit der elften Klasse gerade ein historisches Theaterstück einübe, wollte ich Sie fragen, ob es vielleicht möglich wäre, daß Sie uns die Pistole – natürlich nur zu den beiden Vorstellungen und unter meiner Aufsicht, selbstverständlich...«
Die Mutter hört schon nicht mehr zu. Ist so unbeschreiblich erleichtert. Möchte singen, Kerzen stiften und die Pistole nicht bloß leihen, am liebsten der Schule schenken.
Ehe sie das Gespräch beenden, fragt sie Herrn Pöppel, wie sich ihr Klaus denn so im Unterricht macht.
»Na ja«, sagt er, »ein Musterschüler ist er gerade nicht und könnte besser mitarbeiten. Die Konzentration fehlt –. Das macht mir Sorgen.«

Der Mutter auch, aber wenigstens ist schlechte Konzentration kein Charakterfehler.

Bei aller Aufregung hatte der Lehreranruf mit anfangs ungeklärter Ursache ein Gutes: Klaus' Mutter hat endlich einmal Dinge aus dem Schulalltag ihres Sohnes erfahren, die er sonst tunlichst vor ihr zu verschweigen pflegt, um sie »zu schonen«, wie er das nannte.

Anette und ihr Wanderzirkus

Am Dienstag, als es so regnete, brachten Zugmaschinen mehrere buntgestrichene Wagen auf den freien Platz gegenüber dem Haus, in dem Anette wohnt.
»Wird da jetzt auch gebaut?« fragte sie ihre Mutter, aber die meinte: »Das sieht ganz nach Wanderzirkus aus.«
Am Mittwoch kam Anette zu spät zum Mittagessen.
»Ich war drüben. Sie haben viele Ponies und Affen und Lamas und einen kleinen Elefanten ...«
»Möchte wissen, wovon so ein Wanderzirkus existiert«, sagte der Vater. »Bei den Futterkosten! Jetzt kommt auch noch die Kälte – wie bringen die bloß ihre Tiere über den Winter?«
Anette hörte sorgenvoll zu.
Eine Stunde später wies die Vorratskammer Kahlstellen auf. Keine Äpfel mehr, keine Möhren oder Kartoffeln ...

»Anette!!!« Auch keine Anette mehr. Die traute sich genausowenig nach Hause wie die Kinder aus der Siedlung nebenan.
Dafür hatten sie zum erstenmal ein beinahe herzliches Verhältnis mit dem Hausmeister, denn er erlaubte den Ziegen und Ponies, auf dem Rasen vor der Siedlung zu grasen.
Am nächsten Tag vermißte Anettes Mutter den Würfelzucker und das frische und das eingefrorene Brot.
»Anette!!!!«
Nein, dieses Mal war sie es bestimmt nicht. Ehrenwort. Diesmal mußte ein anderes Familienmitglied zugegriffen haben. Man tippte auf Großmutter. Sie ging auf einmal so häufig mit Markttasche spazieren und kannte bereits die Tochter vom Zirkusdirektor. »Eine ordentliche Frau. Bißchen verhärmt, aber stolz auf ihr Familienunternehmen, nun schon in der dritten Generation. Sie sagt, lieber verschuldet bis zum Kragen als ohne Freiheit und ohne Tiere. Wer einmal im Zirkus aufgewachsen ist...«
Soweit Oma.

Freitag morgen wurde die Arena aufgebaut und das Zelt hochgezogen, denn um zwei Uhr sollte die erste Vorstellung stattfinden.
»Die mit ihren paar lausigen Viechern«, sagte Anettes großer Bruder beim Frühstück. »Wer schaut sich so was schon an, wenn er im Fernsehen internationale Spitzennummern geboten kriegt!«
»Ich schau's mir an!« schrie Anette aufgebracht. »Ich und

meine Freunde. Und wer unseren Zirkus mies macht, ist selber mies. So!« Inzwischen war es »ihr« Zirkus geworden, in dem sie jeden Artisten und jedes Tier persönlich kannte und sich für alle verantwortlich fühlte.

Zehn Minuten vor der ersten Vorstellung gab es ein Unwetter. Vor lauter Donnern und Krachen und Pladdern ging die Lautsprechermusik des Zirkus trostlos unter.

Anettes Mutter stand am Fenster und zählte jeden Regenschirm, der noch zur Kasse rannte. Es waren nicht viele. Aber die wenigen, die trotz Blitz und Wolkenbruch im Zelt saßen, hatten einen Riesenspaß. Fragen Sie Anette und ihre Großmutter und die Siedlungskinder.

Der Pudel und der Affe waren Kunstreiter, ein Pony zählte bis drei, der kleine Elefant stand auf einem Bein, und der Seiltänzer war Ferdl, der Enkel vom Direktor.

»Aber wir waren nur 35 Zuschauer, ich habe uns gezählt, davon können sie nicht existieren«, sorgte sich Großmutter und rechnete in ihrem Zimmer ihre Rente durch.

Die Abendvorstellung war auch nicht besser besucht.

Jetzt wurde selbst Anettes Mutter nervös.

Verflixter Wanderzirkus.

Wenn sie ihn wenigstens nicht vorm Küchenfenster gehabt hätte. Was man nicht ständig sieht, kann man leichter aus seinem Gewissen verdrängen.

»Anettchen, geh rüber und kauf fünf Karten. Auch wenn wir keine Zeit haben hinzugehen…«

Herr Schneider von nebenan karrte sein gemähtes Gras

zum Pferdezelt. Durch die Treppenhäuser stieg eine Mieterin mit einer Spendenliste für den Zirkus.

»Das ist ja alles gut und schön«, meinte Anettes Vater. »Aber die brauchen nicht nur Geld, sondern auch Publikum. Wer zeigt schon gerne seine Kunststücke vor leeren Bänken?«

Anette und die Siedlungskinder rissen leere Seiten aus ihren Schulheften und machten Zettelchen daraus:

»Komt in den Zirkuss. Er ist schöner wie fernsehen. Bitte komt!

Ein Kind.«

Die Zettel verteilten sie im ganzen Ort.

Großmutter, ständig mit ihren Gedanken beim kleinen Zirkuszelt, sah einen Rocker auf seinem Motorrad anbrausen und noch einen hinterher. Mit quietschenden Bremsen hielten sie vorm Zelteingang.

»Das'n Ding!« rief sie erregt. »Die Lümmel wollen Krawall machen. Polizei!«

»Ach, die kenn ich«, sagte Anette, »die bringen jeden Tag altes Brot.«

Samstag war noch ein flauer Besuchstag, aber am Sonntag gab es zu beiden Vorstellungen weit und breit keinen Parkplatz. Das Zirkuszelt war ausverkauft. Selbst der Pastor hatte seine Schafe von der Kanzel aus hineingetrieben. Sogar Anettes Bruder kam mit seiner Clique und fand das Programm gar nicht so übel. Aber das hatte Anette ja gleich gesagt. Das ist kein Wanderzirkus zum Leidtun. Der bietet wirklich was fürs Geld.

Montag früh war dann alles vorbei. Das Zelt wurde

abgebaut. Die Trecker schafften es nicht, die bunten Wagen aus den Schlammfurchen zu ziehen. Alle Artisten mußten mit anschieben, es halfen auch ein paar aus der Siedlung mit.

Der kleine Elefant verabschiedete sich mit hellen Trompetenstößen.

Die Traktoren kamen mehrmals am Tag zurück, bis sie alle Wagen abgeholt hatten. Am Abend war nichts mehr vom Zirkus übrig als zertrampelte Erde im Kreis da, wo die Manege gewesen war, ein sehr kleiner Kreis.

»In zehn Jahren gibt's das auch nicht mehr«, sagte Anettes Vater. »So was stirbt doch aus.«

»Im nächsten Jahr kommen sie wieder«, sagte Anette. »Sie haben es versprochen.«

»Wo wollen sie denn hin?« sagte Peter. »Wo noch'n leerer Platz ist, wird er zugebaut. Da drüben auch.«

»Tja, wo wollen sie hin mit all ihren hungrigen Mäulern?!« überlegt Oma, und die Mutter erinnerte sich: »Da ist doch mal einer aus Opas Familie anstatt mit seinem schlechten Schulzeugnis nach Hause vorübergehend zum Wanderzirkus gegangen. War das nicht Opa selber?«

»Nein, das war sein Bruder Hermann. Opa bestieg einen Güterzug zur nächsten Hafenstadt, um sich als Schiffsjunge anheuern zu lassen. Damals dachte noch kein schlechter Schüler aus Furcht vor Strafe an Selbstmord. Damals dachten sie an Auswandern und Wanderzirkus – nicht ans Sterben, bloß ans Wandern ...« sagt Oma, und eigentlich möchten ihr alle widersprechen, weil sie Oma so gerne widersprechen, weil Oma eine alte Frau ist und nicht modern genug denkt. Aber es fällt keinem ein überzeugendes Gegenargument ein, und darum lassen sie das Thema Wanderzirkus fallen.

Im Grunde genommen sind alle erwachsenen Anwohner froh, den Zirkus loszusein. Er hat eine Woche lang ihr Gewissen belastet wie eine Verantwortung – aber immerhin war es eine gemeinsame gewesen. Sie hatte die Mieter aus ihren Wohnburgen gelockt und durch die gleiche Hilfsbereitschaft geeint. Und durch das Behagen, sein gutes Herz zu demonstrieren, und durch das Wundern über das gute Herz des Nachbarn, dem man solches niemals zugetraut hätte.

Nun lebte wieder jeder eigensüchtig für sich und der Hausmeister im täglichen Streit mit den Kindern.

Post scriptum. Die Verfasserin dieser rührseligen, wahren Geschichte wurde beim Füttern der Zirkustiere von einem Lama heimtückisch und hinterrücks über eine Zwergziege geschubst und ging vor dem verdutzten Pony, das bis drei zählen konnte, unsanft zu Boden, weshalb sie sich noch lange nach Abzug des Wanderzirkus einer Gipshand erfreute.

Liebeskummer mit 12

Er ist bereits achtzehn und geht zum zweitenmal in die zehnte Klasse. Wenn er noch einmal klebenbleibt, wird er von der Schule aus Altersgründen zwangspensioniert. Sie ist zwölf und wäre am liebsten auch schon sechs Jahre älter.

Sein Name ist Manfred Noffke, genannt Mandi, ein dufter Typ, der einen heißen Ofen fährt, worunter ein frisiertes Leichtmotorrad zu verstehen ist. Zusammen mit seinem Freund Pepi Zwicknagel bildet er das Racingteam Noffke & Zwicknagel. Wenn die beiden durch die Straßen knattern, schießen ihre Auspüffe Löcher in den Asphalt.

Seit Anette diesem Manfred zum erstenmal begegnet ist, kann sie an nichts und niemand anderen mehr denken. Hat sich sogar mit seiner Schwester befreundet, um ihm öfter nah zu sein. Liebt bedingungslos alles, was ihm gefällt. Verhaut jede Klassenarbeit, weil sie sich nicht mehr konzentrieren kann. Nur auf Mandi.

Er ist übrigens sehr nett zu Anette. Borgt ihr Platten, überspielt Kassetten für sie und gibt ihr auch mal einen Kuß auf die Wange, wenn er ihr bei seiner Schwester begegnet. Einmal hat er mit Anette auf seinem Feuerstühlchen eine scharfe Kurve um den Block gedreht. Anette, hin- und hergerissen zwischen Angst und Entzükken, klammerte sich dabei von hinten – zweihändig – um seinen Kunstledermagen.

Das war noch vor drei Wochen.

Neuerdings knattert Mandi am Wochenende immer nach Schleißheim.

»Warum?« fragt Anette seine Schwester.

»Er hat dort 'ne Freundin.«

»Mandi? Eine Freundin? Aber er hat doch mich!«

Sie läuft heulend nach Hause.

»Die Anette ist irre in dich verknallt«, sagt Mandis Schwester Montag früh zu ihm.

Mandi: »Ich werd' verrückt! Hat sie wirklich geglaubt, wenn ich mit ihr so'n bißchen rumflachse, ich will was von ihr? Seit wann gebe ich mich mit dem Kindergarten ab.«

Ja, wirklich, was soll Mandi mit einer Zwölfjährigen anfangen, die schon um neun zu Hause sein muß und überhaupt... Seine Schleißheimerin ist neunzehn.

Anette hat ihren ersten Liebeskummer. Die ganze Familie leidet darunter. Keiner traut sich, laut zu lachen. Es ist so, als ob im Nebenzimmer der Lieblingsopa aufgebahrt liegt.

Bei Tisch redet sie kein Wort. Nein, sie hat auch keinen Hunger. Nie mehr. (Sie hat Gott sei Dank noch einen Vorrat an Erdnüssen in ihrem Zimmer.) Wenn ein Motorrad am Haus vorüberrattert, läuft sie zum Fenster und schaut todtraurig hinterdrein. Wenn man sie etwas lauter als im Flüsterton anredet, schießen sofort Tränen in ihre Augen. Die Nase ist dick und rot vom ständigen Heulen. Stundenlang telefoniert sie mit ihrer Freundin, nicht mit Mandis Schwester, einer anderen.

Nach einer Woche reicht es ihrem Vater. »Hör endlich

auf zu maulen! Wegen so einem Rotzbengel! Ist ja furchtbar. Was können wir dafür...«
»O ja!« schluchzt Anette. »Warum bin ich erst zwölf? Und warum muß ich um neun schon zu Hause sein? So krieg' ich nie einen Freund. Niiiie!« Sie läuft heulend davon.
Jetzt wird ihrem Vater bange. Er fährt ihr hinterher. Als sie später gemeinsam zurückkommen, hat Anette eine neue Bluse – aber die ist nur ein kurzer Trost. Abends im Bett dreht der Liebeskummer wieder voll auf.
Die Mutter möchte ihr armes, waidwundes Häschen in die Arme nehmen, spürt jedoch Widerstand. Ist schon dankbar, daß sie auf dem Bettrand sitzen darf. »Als ich so alt war wie du, liebte ich auch einen großen Jungen. Er war nett zu mir wie zu einem jungen Hund. Ich habe damals sehr gelitten.«
»Wie lange?« fragte Anette.
»Bis zum nächsten.«
Den wird es für sie niemals geben, nie, nie, nie, aber ihre Mutter sagt: »Ach, Kindchen, du hast noch soviel Zukunft vor dir, soviel Glück und Enttäuschungen – und wieviel Männer werden einmal deinetwegen leiden...«
Nichts hilft. Da fällt ihrer Mutter der Herr Schneider ein. »Stell dir vor – du kennst ja diesen bornierten Miesling – vor 15 Jahren hätte ich mir beinah' seinetwegen das Leben genommen. Damals war er natürlich schöner. Trotzdem. Stell dir vor! Und so wird's dir vielleicht ergehen, wenn du den Mandi einmal wiedersiehst. Du wirst dich an den Kopf fassen und denken: Wegen so einem hab' ich mich damals zerferzelt!«
Mandi zu erwähnen war ein Fehler. Anettes Augen baden

gleich wieder. Sie kann und will sich den Mandi der Zukunft auch nicht vorstellen.
Und wenn ihre Mutter sie mit ihren eigenen Erfahrungen zu trösten versucht, so ist das lieb gemeint und ein großes Glück, daß sie jetzt da ist mit ihrer Geduld und ihrem Mitleid, aber Anettes Kummer kann sie trotzdem nicht verstehen, weil jeder seinen eigenen Kummer hat und seine eigenen Erfahrungen machen muß…
So ist das nun mal. Immer und immer wieder.

Abschied vom Vatertag

Himmelfahrt. Vatertag. Weil das Wetter schön ist, fährt Fritz mit Familie und Grillwürstchen zum Schwager aufs Havelgrundstück.
Die Frauen aalen sich unterm Birnbaum, die Kinder schaukeln. Fritz und sein Schwager kloppen mit Opa Skat.
Ein Ausflugsdampfer zieht vorbei. Auf seinem Achterdeck ein Gesangverein: »Lustig ist das Zigeunerleben, fariafariaaa –« Aber es klingt, als ob sie einen zu Grabe dampfern, so langsam und trübselig ziehen sich die Stimmen hin. Vielleicht haben sie auch schon einen in der Krone.
Während Schwager die Karten mischt, betrachtet Opa ihn und seinen Sohn Fritz und leistet sich ein mitleidiges

Wundern: »Wenn ick mir euch beede so bekieke – an Vatertag sittsam mit Familje. Und lutschen tut ihr nu schon zwee Stunden an een einzigstet Bier! Mann, seid ihr trübetassig. Wenn ick an unsere Vatatage denke! Wat ham wa uff de Pauke jehaun und Muttan konntet nich vabieten. War ja Vatatag. Eeenmal warste mit, Fritzeken, weeßte noch?«

»O ja«, sagte Opas Sohn. Das wird er nie vergessen.

Damals war Fritz neun Jahre alt und stolz, daß er mit Vatern ins Grüne fahren durfte. Um sechs Uhr früh ging's los. Als sie am Treffpunkt ankamen, johlten Vaters Skatbrüder bereits – total verkleidet – auf einem Kremser. Sie hatten Pappnasen auf, Melonen und Kreissägen. Dazu Ringelhemden und ausgediente Kellnerfräcke, in jeder Tasche einen Flachmann und Mutters Ermahnungen schon längst nicht mehr im Ohr.

Fritz durfte beim Kutscher sitzen. Das war schön, so die Chaussee entlangzurollen, vor sich die blanken Pferdehintern. Manchmal hoben sie den Schweif und äpfelten. Hupende Autos überholten sie, Radfahrer klingelten, buntes Kreppapier flatterte aus ihren Speichen. Einige tippelten auch zu Fuß ins Vergnügen mit ausgestopften Busen und Nachtmützen. Männlicher Karneval im Frühling. Herrenpartie.

Frauen nahmen nur als Zuschauer an diesem Spektakel teil, und wenn sie hübsch waren, mußten sie sich ziemlich direkte Angebote gefallen lassen.

Fritzchen wurde vom Übermut angesteckt und so männlich kühn, daß er zur Kellnerin im ersten Gartenlokal, in dem sie gegen acht Uhr einkehrten, »Na, Kleene?« sagte, was ihm den Tadel »Janz schön keß für so'n Dreikäsehoch« eintrug. Da kriegte er einen roten Kopf. Im Lindengarten gab's Leierkastenmusik und warmes Bier, weil das kalte schon ausgegangen war. Die Sonne stieg höher, die Herren schwitzten, Vaters Pappnase hing ihm bereits im Nacken.

Gegen neun Uhr vormittags bestiegen sie ihren Kremser und zuckelten dem nächsten Lokal zu. Auf der Fahrt dorthin bemerkte Fritzchen die ersten »Väter«, die sich zum Schlafen im Rinnstein niederlegten.

Das neue Lokal war am Wasser. In seinem Garten hatten die Skatbrüder mehrere Tische bestellt und holten die Karten heraus. Weil Skat durstig macht, bestellten sie laufend Steinpilse, worunter ein Steinhäger in Begleitung eines Pils zu verstehen ist.

Fritzchen ging indessen zum Ufer und ließ Steine über die Wasserfläche hüpfen. Dabei kriegte er nasse Schuhe und verlor die Lust.

»Kann ich Bockwurst haben und Limo«, fragte er seinen skatenden Vater. Der sagte zu allem ja, um ihn loszusein.

Bei den Toiletten im Hof begegnete Fritz einer schwarzen Katze und versuchte mit ihr anzubändeln, aber sie mochte nicht. Dann sah er zwei Betrunkenen zu, die sich in die Wolle kriegten. Leider wurden sie, bevor es zu einer richtigen Keilerei kam, gewaltsam getrennt.

Fritzchen näherte sich wieder seinem Vater: »Bleiben wir noch lange hier?«

»Junge, kannste dir nich mal zehn Minuten alleene beschäftigen?«

Zehn Minuten schon, aber nicht drei Stunden. Sein Vater

zog zwei Mark für Eis aus der Hosentasche. Sonst war er nicht so spendabel. Wie so oft am Himmelfahrtstag, setzte am frühen Nachmittag ein Gewitter mit Wolkenbruch ein. Fritzchen sah interessiert zu, wie die Polizei pitschnasse Schnapsleichen einsammelte und abtransportierte. Im Radio sprach man abends von »hilflosen Personen«.

Vaters Club rettete Karten und Steinpilse vor unerwünschter Verwässerung ins trockene Lokalinnere und spielte weiter, bis die ersten Köpfe auf den Tisch sackten. Da endlich dachten sie ans Heimfahren.

Das Gewitter hatte inzwischen die Luft empfindlich abgekühlt. Fritzchen schlotterte auf dem offenen Kremser unter einer Pferdedecke, während die Skatbrüder aus vollem Halse »Ein Linienschiff« grölten. »Ein Linienschiff, ein Linienschiff, das ist ein Schiff, das Linien schifft« – nach der Melodie von »O Tannenbaum«.

Aber lustig war das nicht.

Vor allem nicht das letzte Ende zu Fuß mit seinem Vater, der wie ein zerrupftes Huhn aussah und Schwierigkeiten mit der Richtung hatte. Er schoß von Baum zu Laternenpfahl und wieder zum Baum und verlor dabei seinen Hut. Fritzchen mußte zurück und ihn aus einer Pfütze sammeln.

Von ihrem Parterrefenster aus sah die alte Neumann zu. »Na, Fritzeken, dein Olla hat aban Kanal voll, dem looft's ja aus de Ohrn. Ne Schande ist det, sich so zu besaufen vor sein eignet Kind. Und morgen sollste wieda Respekt vor ihm ham...«

Das schlimmste waren die drei Treppen bis zu ihrer Wohnung hinauf. Fritzchen mußte schieben, ziehen, Hut aufsammeln, Erzeuger inzwischen gegen die Wand lehnen, damit er nicht umkippte, ihn gleichzeitig am Singen des »Linienschiffs« hindern ... Andere Besoffene hatte er immer komisch gefunden, seinen eigenen Vater überhaupt nicht.

Vielleicht ist die Erinnerung an diesen Ausflug schuld daran, daß Fritz, nun selber Vater, am Himmelfahrtstag lieber mit Familie als mit Skatbrüdern ins Grüne zieht, und es ist ihm auch völlig egal, ob sein Vater ihn deshalb eine trübe Tasse schimpft, die unterm Pantoffel steht, von dieser Schwiegertochter total entschärft ...

Der Variopropvierkanalschaltbaustein-vierkommaachtvau

In einem Alter, in dem andere Knaben bereits Mädchen im Kopf haben, beherrscht ihre Sinne ein Aluminiumspinner für OS-Motoren.

Rotationskolbenmotorengeräusche ersetzen ihnen jede Beatmusik.

Statt psychedelischer Beleuchtungseffekte glüht in ihren Zimmern das rote Lämpchen des Multiladers durch die Nacht.

Statt Postern mit Pop und Mick Jagger kleben Konstruktionspläne an ihren Zimmerwänden.

»Ihre Lieblingslektüre: Modellbaukataloge.
Ihre Unterhaltung: völlig unverständlich. Es geht darin um Umpolaggregate, Varioprop 4 Kanal Schaltbausteine 4,8 V, um Auspuffeinsätze der Drosselvorrichtungen und so fort. Reines Technikerchinesisch für Nichteingeweihte. Ihre Träume: ein ferngesteuertes, selbstgebasteltes Flugzeug für einfachen Kunstflug, mit Schwimmern ausgerüstet, damit es auch wassern kann.
Natürlich wird alles selbst gebaut. Wer es nicht glaubt, der soll sich die angesägten Tische, die unausrottbaren Hartkleberkleckse und Ölfarben auf dem Teppich und die Sägespäne in ihren Zimmern betrachten.
Ich bin ja eine verständnisvolle Mutter. Ich sage mir auch – ein Bastler treibt sich wenigstens nicht herum, und wo gehobelt wird, da fallen Späne.
Aber zwei Sachen habe ich jetzt strikt verboten: a) das Einlaufen eines neuen Benzinmotors innerhalb der Wohnung und b) das Hantieren mit Spannfiximmunfarbe in derselben. Das ist ein zu strenger Duft, der schneidet mit Messern in die Nase und blockiert die Lungen, und ich wundere mich, wie unser Wellensittich Ludwig ihn gesund überstanden hat.
In einem Zimmer von 3 mal 4 Metern werden ein Flugzeugmodell (Spannweite der Tragflächen 1,80 Meter, Rumpflänge 98 cm) und zwei etwas kleinere sowie ein Schnellboot von einsfünfzig Länge aufbewahrt.
Dringend benötigte Möbel wie Bett, Tisch und Stühle müssen sich darin auch noch behaupten. Der Schreibtisch ist schon seit einem halben Jahr Werkstatt und seither nicht mehr abgestaubt worden, ja wie sollen wir

denn –? Bastler nehmen jede Arbeit an, die honoriert wird. Denn das Basteln von ferngesteuerten Flugzeugen, Schiffen und Autos ist unheimlich teuer.

Bastler müssen auch ein hartes Fell haben. Schließlich bauen sie ihre Möbel nicht nur, damit man in ihren Zimmern nicht mehr treten kann, sondern um sie auch in freier Natur einzusetzen. Zum Beispiel das ferngesteuerte Auto. Eine tolle Sache.

Überall, wo sie es fahren lassen, dürfen sie es nur einmal fahren lassen, dann werden sie verjagt. Sie sind es gewohnt, daß man hinter ihnen herpöbelt, denn die kleinen Benzinmotoren machen einen Höllenkrach. Aber Spaß.

Kein Mädchen im Arm verleiht unseren Bastlern so ein männliches Glücksgefühl wie eine 6-Kanal-Fernsteuerungsanlage vorm Magen, d. h., es gäbe ein noch größeres: eine 12-Kanal-Anlage.

An die kann man sechs Rudermaschinen anschließen – hoch – tief – rechts – links – Motor drosseln – Querruder einzeln bedienen und die Landeklappen. Mann!

Hände haben sie wie Autoschlosser. Gehen gar nicht mehr sauber. Ihre Fingerkuppen sind breit und plump wie Hundepfoten, aber so sensibel und geschickt wie Uhrmacherfinger, wenn sie ein winziges Schräubchen festdrehen oder einen haardünnen Draht verbiegen müssen. Und diese unendliche Geduld – ach, hätten sie die doch bei ihren Schularbeiten.

Bastlerleben ist auch von Tragik umwölkt.

Da haben sie nun ein Jahr gespart, um sich ein Modellflugzeug mit allem Drum und Dran zu kaufen und zusammenbasteln zu können.

Der Ölfarbengeruch vom letzten Anstrich hat sich aus der Wohnung verzogen. Der Motor ist eingelaufen. Der Tank gefüllt. Das herrliche Modell von allen Seiten fotografiert.

Nun folgt an einem windstillen Tag der Einsatz über Land.

Eine wenig befahrene Straße zwischen Wiesen und Feldern dient ihnen als Startpiste.

Das Anwerfen eines Flugzeugmotors ist genauso eine Zufallssache wie das Anwerfen eines Außenbordmotors. Manchmal klappt es beim erstenmal, und manchmal dauert es eine Viertelstunde.

Meist klappt es gerade in dem Augenblick, wo sich ein Auto auf der Straße alias Startpiste nähert.

Mit höflich-beschwörenden Gesten wird es gestoppt, meist hält es von selbst, weil sein Fahrer zuschauen will, wie die kleine Maschine, von behutsamen Schaltbewegungen gelenkt, in die Höhe torkelt.

Nun fliegt sie ganz ruhig, surrt dabei wie ein Insektenchor an einem geschlossenen Fenster, gewinnt an Höhe, zieht buntleuchtend Kreise, nimmt Kurs auf eine Waldgruppe, schlägt Loopings, turnt immer mutiger und tollkühner vor der Sonne, jagt eine Drossel in die Flucht, verschreckt seine Zuschauer durch einen in letzter Minute abgefangenen Sturzflug, zieht wieder hoch – sagenhaft! Manchmal fliegen zwei oder drei Maschinen gleichzeitig über den Wiesen. Ballett am Himmel.

Auf der Straße unten stehen verklärt blinzelnde Knaben

mit der Fernsteuerung vorm Magen. Dabei fachsimpeln sie betont nüchtern über Verbesserungsvorschläge vor den Ohren ihrer beeindruckten Zuschauer.
Und dann – eine winzige Fehlsteuerung, ein Defekt am Flieger, ein Aussetzen des Motors – und die Maschine stürzt steil in die Tiefe.
Viele Arbeitsstunden und die gesamten Ersparnisse enden mit der Schnauze in einem Kuhfladen.
Wenn sie Glück haben, läßt sich das Ding noch mal reparieren. Meistens nicht.
Bereits auf der Heimfahrt, mit den Flugzeugtrümmern im Kofferraum, überlegen die Knaben schon wieder, was für ein Modell sie als nächstes bauen werden. Bastlerherzen sind nicht so leicht zu brechen.

Er sitzt am Tisch und knurrt . . .

1. Rätsel

Was ist das? Es beginnt damit, daß etwas wütend auf den Tisch geknallt wird, was man auch ordentlich hinlegen könnte.
Ehe man sich damit befassen kann, muß erst ein ganzes Mittelgebirge an Unlust und inneren Widerständen beiseite geschoben werden. Es geht selten ohne Streit ab, ist

vielmehr ein familärer Nahkampf, der sich täglich wiederholt.

... ist allen Teilnehmern von ganzem, ehrlichen Herzen verhaßt.

... kostet ein bis vier Stunden der goldenen, eh so knappen Freizeit.

... verschlingt schier unmenschliche Mengen an

a) Geduld
b) Nerven
c) Energien.

Um jede Leistung wird gehandelt wie weiland auf dem galizischen Pferdemarkt.

Es macht aus einem frischen, tatkräftigen Jungen einen laschen Bengel, der sich am Tisch lümmelt, als ob er keine Knochen hat,

der selten zuhört, wenn man ihm etwas erklärt,

der indessen an hundert andere Dinge denkt, so tut, als ob er einem eine Gnade erweist, wenn man ihm helfen muß,

einem in Ermangelung eines Schuldigen alle Schuld für alles in die unschuldigen Schuhe schiebt,

zum Dank noch frech wird,

dem man pausenlos eine langen möchte und täglich aufs neue verspricht, nie mehr zu helfen,

und täglich aufs neue hilft.

Was ist das?

Das sind Mutter und Sohn, die gemeinsam Hausaufgaben machen.

2. Rätsel

Es sitzt am Tisch und knurrt.
Es knurrt aber nicht lange, weil es gleich zu bellen anhebt.
Es bellt: Dämlicher Bengel, wenn du alles besser weißt, dann mach doch deinen Krempel allein … Wie komme ich denn dazu … auch noch bockig, wie? Das haben wir gerne … na warte, Bürschchen, das kannst du vielleicht mit deiner Mutter machen. Mit mir nicht, verstanden. *Mit mir nicht!*
Fetzen fliegen. Türen fliegen. Flüche fliegen hinterher. Aus.
Nun, was ist das?
Das ist ein Vater, der einmal in einem Vierteljahr mit seinem Sohn Schularbeiten machen soll.

Da denkt man, sie liegen brav in ihren Betten …

Eines Samstagsabends im Januar raffte Philip seine Buntkarierten zusammen, legte obenauf den Pyjama und die Zahnbürste, küßte mich und sagte, zum Frühstück wäre er wieder da. Zu jener Zeit schlief er ab und zu beim Joschi oder der Joschi bei ihm.
Vom Fenster aus sah ich Philip mit seinem Bettzeug über

den Zaun turnen. Zuerst verlor er die Pyjamahose, dann das Kopfkissen, dann bummerte er an Joschis Tür, worauf dieser ihm öffnete. Dann kam Philip noch einmal zurück, um seine Zahnbürste zu suchen. Dann ging das Gartenlicht aus und die Jalousie drüben herunter. Gute Nacht, Philip und Joschi.

Erst würden sie noch eine Weile Blödsinn machen und dabei eine Menge Guttis futtern. Sehr lange dauerte es mit dem Joschi abends nie, dafür stand er um so früher morgens auf.

Im allgemeinen kehrte Philip mit seinen Betten so gegen halb neun über den Zaun zurück. Aber an diesem Wintermorgen klingelte er bereits um sieben. Er wirkte zwar etwas müd, aber sonst ganz normal. Mir fiel nur auf, daß er es danach ein paar Tage vermied, zum Joschi zu gehen. Er hatte es lieber, wenn der zu uns kam.

Was sich in jener Nacht alles zugetragen hat, erfuhr ich erst ein halbes Jahr später durch puren Zufall.

Wir begegneten einem Polizisten, bei dessen Anblick Philip rote Ohren vor Verlegenheit kriegte. Der Polizist sagte: »Na, Komiker?«, und Philip grinste: »Grüß Gott«, so um die Ecke.

»Woher kennst du den?«

»Ach, der saß im Streifenwagen in der Nacht, wo...« Philip brach ab.

»Wo was?« fragte ich.

»Aber das war ja im Winter – und es war auch nicht mehr Nacht, bloß eben noch dunkel und ein irrer

Schnee, Mami, was glaubst du, was ich plötzlich Lust auf Skilaufen habe, fahren wir dieses Jahr wieder nach Kitz, ja?«

»Was für eine Winternacht, Philip?« wollte ich wissen und nicht abgelenkt werden.

Philip seufzte belästigt auf. Ich fragte ihm zuviel.

»Halt wie ich beim Joschi geschlafen hab. Er ist Frühaufsteher.«

»Was hat das mit dem Polizisten zu tun?«

»Er hat mich schon vor fünf geweckt.«

»Der Polizist?«

»Nei-en, der Joschi natürlich.«

»Ja und?«

»Hatten wir plötzlich beide irren Appetit auf Pommes frites, verstehst du?«

»Nein.«

»Aber es war so. Ehrlich.«

»Und was hat das mit dem Polizisten zu tun?«

»Gar nichts. Wir haben uns überlegt, wo es am Sonntag um fünf Uhr früh Pommes frites gibt.«

»Willst du mich schon wieder vom Polizisten ablenken?« fragte ich mißtrauisch.

Er sah mich kopfschüttelnd an. »Ich will dir erzählen, wie es wirklich war, aber du läßt mich ja nicht ausreden.«

»Also gut«, sagte ich. »Ihr habt überlegt, wo es um fünf Uhr früh Pommes frites gibt.«

»Am Bahnhof, hat der Joschi gemeint. Da gibt's doch schon Züge um fünf, da muß die Bahnhofswirtschaft ja auch schon aufhaben. Haben wir uns eben angezogen und sind auf Joschis Rad zum Bahnhof. Ich hintendrauf.«

»Und Joschis Eltern?«
»Die haben nichts gemerkt«, sagte Phil, »die schlafen doch in einer anderen Richtung von dem Haus.«
»Und am Bahnhof?«
»Hatte noch zu. Leider.«
»Da seid ihr also wieder umgekehrt.«
»Nein«, sagte Philip, »wir haben uns gesagt – wo wir nun schon auf sind und in der Kälte unterwegs – es war ja irre kalt!« Er sah mich mitleidheischend an, jedoch vergebens.
»Was habt ihr da gemacht?«
»Wir haben uns gesagt, wo wir nun schon unterwegs sind, können wir auch gleich beim Kino schaun, was es in der Kindervorstellung gibt. Und so sind wir eben zum Kino geradelt.«
»Und dann?«
»Kam die Funkstreife vorbei. Und hielt. Und die Polizisten stiegen aus und fragten, was wir da machen. Wir haben gesagt, wir wollen nachschaun, was es in der Kindervorstellung gibt, und da haben sie gefragt, ob uns keine noch blödere Ausrede eingefallen sei, aber es war doch die Wahrheit. Wir haben ihnen erzählt, daß wir um fünf aufwachten und Appetit auf Pommes frites hatten und zum Bahnhof geradelt sind und wie die da noch nicht aufhatten, sind wir weiter zum Kino...«
Ich versetzte mich kurzfristig in die Rolle eines Streifenpolizisten, der im Dunkel eines frühen, klirrend kalten Wintersonntagmorgens zwei Knaben auf einem Rad vorm Kino erwischt – der eine elf, der andere

zwölf, beide schlotternd vor Kälte und Behördenangst – und dann diese Geschichte –!

»Was haben sie mit euch gemacht?«

»Ich mußte zu ihnen in den Funkwagen steigen und Joschi mußte mit dem Rad vorausfahren. Der am Steuer hat gesagt, das, was wir beiden Komiker erzählt hätten, wäre so idiotisch, daß es beinah schon wieder stimmen könnte. Er hätte einen Sohn, der kriegte so was auch fertig. Aber der andere, der neben ihm saß, der konnte sich das nicht vorstellen. Er hat gesagt, das sind Automatenknacker. Das sind die Automatenknacker, die wir schon lange suchen. Dann hat er mit dem Polizeirevier telefoniert und unsere Namen durchgesagt, und man sollte Joschis Eltern benachrichtigen. Dann hat der nette Polizist gesagt, das sind doch Buben aus ordentlichen Familien. Aber der andere hat gesagt, die aus den ordentlichen Familien sind manchmal die schlimmsten. Als wir mit der Polizei heimkamen, stand Joschis Mutter schon in der Tür. Vor ihren Augen haben sie unsere Taschen untersucht und nichts gefunden und sind wieder abgefahren.«

»Und dann?«

»Dann hat uns Joschis Mutter was erzählt.«

Dafür hatte ich lebhaftes Verständnis.

»Aber warum hast du mir die Sache verschwiegen?«

Philip überlegte lange und entschloß sich für die Lösung: »Du hattest damals so furchtbar viel um die Ohren. Warum sollte ich dir mit der Sache noch mehr Ärger machen? Es war ja auch ganz harmlos –« er schaute mich voll strahlendblauem Optimismus an.

»Und heute lachst du drüber, ja?«
Ich lachte nicht, aber ich gab mir schon eine Weile Mühe, ernst zu bleiben.

Eine echte technische Stütze und Freude

Endlich haben wir wieder einen Techniker in der Familie, den ersten seit jenem großen Baumeister mütterlicherseits, der im Weltkrieg I eine Brücke von einem polnischen Ufer zum anderen polnischen Ufer bauen mußte. Eine Brücke, welcher kein feindlicher Beschuß etwas anhaben konnte – sie stürzte schon vorher ein.
Mein Sohn (13) ist der neue Techniker in der Familie, eine echte Begabung, möchte ich sagen. Von mir hat er's nicht.
Beispiel: Wenn ich in einem fremden Auto das Fernlicht einschalten will, schalte ich das Abblendlicht erst mal aus, setze die Scheibenwischer in Gang, darauf die Winker und hupe. Nicht so mein Sohn. Er findet auf Anhieb den Hebel fürs Fernlicht. Er weiß eben – das ist er. Ich weiß es eben nicht.
Und so ist mir mein Sohn nun schon seit Jahren eine echte technische Stütze und Freude. Was hat er nicht alles erfunden, um mir das Dasein zu erleichtern. Ich denke bloß an die elektrische Spritzanlage für meine

Topfpflanzen. Ein unvergeßliches Patent. Auch für diejenigen, die unter uns wohnen.

Oder sein automatischer Türöffner zwischen Arbeitszimmer und Flur.

Noch heute künden Löcher in der Wand und am Türholz von dieser Erfindung, die ungefähr so funktioniert hat: Die Klinke war mit einem Kontakt verbunden, der den Elektromotor an der Wand in Bewegung setzte. Im Zimmer waren oberer Türrand und Bücherregal mit einer Nylonschnur und Schießgummis verbunden.

In dem Augenblick, wo man vom Flur her die Klinke herunterdrückte, zog die Schnur an, die Tür ging auf, wenn sie ganz auf war, schaltete sich der Motor aus, die Tür fiel zurück und dem ahnungslos Eintretenden irgendwo hinein. Unserm Hund nur einmal, dann nie wieder – er flitzte wie ein geölter Blitz durch dieses Patent.

Meine scheue Frage nach dem Zweck des Türöffners – man wäre doch vor seinem Einbau so ganz einfach und gefahrlos hinein- und wieder hinausgelangt – stieß beim Erfinder desselben auf blankes Unverständnis.

Und so weiß ich spätestens seit diesem Patent, daß die Technik nicht nur dazu da ist, uns das Leben zu erleichtern, sondern auch, um alltägliche Vorgänge zusätzlich zu komplizieren, indem man ihnen Klingeln, Wecker, Lämpchen und Kurzschlüsse einbaut.

Andere Erfindungen: die Alarmanlage anläßlich meiner Fischvergiftung.

Es ging mir miserabel, und Sohn zeigte ehrliche Besorgnis. Störte irgendwann meinen endlichen Schlaf mit unbeholfenen Zärtlichkeiten.
»Hör zu«, sagte er, als ich die Augen öffnete, »ich habe eine Alarmanlage für dich erfunden.«
Er gab mir ein Stück Strippe in die Hand.
»Die ist mit meinem Bett verbunden«, sagte er. »Wenn dir sehr mies ist, brauchst du nur dran ziehen. Die Schnur reicht bis in mein Zimmer. Wenn du ziehst, fällt an meinem Bett ein Eimer runter, der mit meinem Daumen verbunden ist. Davon wache ich auf und komme sofort.«
Ein guter Junge.
Mitten in der Nacht wollte unsere Afghanenhündin über den dunklen Flur zu ihrem Wassernapf, lief in die Schnur hinein und löste die Alarmanlage aus: Der Eimer fiel dröhnend neben Philips Bett auf den Fußboden.
Die Hündin sprang halb irr vor Entsetzen auf meinen schlimmen Bauch, im Haus wachte alles auf – nur mein Sohn schlief fest weiter.
Noch eine Erfindung: die Haltevorrichtung mit Dreheffekt für den Weihnachtsbaum. Im Einsatz bewährte er sich vorzüglich als Kippeffekt.
Als ich vor den Baumtrümmern stand und schrie und uns allen die Haare raufen wollte, sagte mein Sohn so richtig nett geknickt: »Und ich dachte, du würdest dich freuen.«

Max und Auguste

In diesem Jahr war schon viel los bei ihnen. Zuerst hatte sein Vater zwei Finger in der Autotür, dann wurde seiner Oma die Galle herausgenommen. Onkel Heinz verlor seine Stellung. Und ausgerechnet in der Nacht, in der Max die schlimmsten Zahnschmerzen seines Lebens hatte, mußte seine Mutter ihr Baby kriegen. Keiner kümmerte sich gebührend um sein Zahnweh, nur alle um das neue Baby.

Und dann begann das mit Auguste.

Auguste ist sein Hund. Sie baute auf einmal Nester und kriegte Milch am Bauch und war ganz blöd im Kopf, und alle sagten, schaut euch die hysterische Auguste an. Max war der einzige, der ihre eingebildete Schwangerschaft ernst nahm. Nun gerade. Um das Baby hatten sie sich ja auch wie verrückt.

Als Auguste eine Einbildung nach der anderen kriegte und ihr Fell ausging, so daß sie aussah, als ob sie die Motten hätte, fuhren Max und seine Mutter mit ihr zum Tierarzt. Der Doktor sagte, Augustens Hormonhaushalt wäre total durcheinander. Max sagte, ihr Haushalt daheim auch, seitdem sie das Baby hätten.

Auguste kriegte Spritzen. Es half nichts. Auf dem Rükken hatte sie schon einen richtigen Kahlschlag. Da ist Max wieder mit ihr zum Tierarzt. Während er sie untersuchte, zitterte Auguste vor Angst, als ob sie einen Vibrator verschluckt hätte. Der Arzt sagte, es gäbe nur zwei Möglichkeiten, um Auguste gesund zu machen:

Entweder man ließe sie decken oder eine Totaloperation.

Max ließ sich beide Möglichkeiten genau erklären, dann fuhr er heim.

Auguste trabte neben seinem Fahrrad her, und er malte sich aus, wie schön das erst sein würde, wenn ihre Kinder auch neben dem Rad herlaufen würden.

»Der Tierarzt hat gesagt, sie muß unbedingt gedeckt werden«, erzählte er zu Hause. Seine Mutter schlug die Hände überm Kopf zusammen: ein Baby *und* junge Hunde, Gottes willen!

Das habe er sich schon gedacht, sagte Max. Seine Eltern durften ein Baby haben, er – Max – durfte Augustes Baby nicht.

Seine Mutter sagte, sie habe ja nur eins, aber bei Auguste bestände die Möglichkeit auf ein halbes Dutzend und mehr und »... dann sind die so niedlich, daß du sie behalten möchtest, und zwei Hunde sind zuviel.«

Auguste wurde operiert. Gebärmutter, Eierstöcke, alles ratzekahl raus.

Max ging nicht mit, als sie in die Tierklinik gebracht wurde. Sie sollte nicht denken, er sei mit schuld an dem Massaker. Aber er holte sie ab. Aus seiner wilden, lustigen Auguste hatten sie ein elendes, klappriges Hündchen gemacht. Ein ausgenommenes Hündchen. Wieder zusammengenäht wie ein Sofakissen.

Er verbrachte jede freie Minute an ihrem Krankenbett. Las ihr aus Asterix vor und aus der Zeitung. Er las ihr vor, wie viele tausend Hunde im vergangenen Sommer von ihren Besitzern ausgesetzt worden waren, weil sie in den

Ferien störten. In Schließfächern eingeschlossen, im Wald angebunden, einfach aus dem fahrenden Auto geworfen.

»Weißt du, Auguste«, sagte Max, »vielleicht ist es doch ganz gut, daß wir keine Jungen haben können. Kommen sie wenigstens nicht in böse Hände.«

Er trug sie zum Gassigehen und fuhr sie in einem ausgepolsterten Pappkarton zum Tierarzt. Er war immer sofort da, wenn sie ihn rief. Nach acht Tagen begann die heilende Wunde zu jucken. Da ließ er Auguste keinen Augenblick mehr allein. Seine Oma sagte neidisch: »Als ich an der Galle operiert worden bin, hast du dich nicht um mich gekümmert.«

»Wozu denn«, sagte Max, »du wolltest dir ja auch nicht den Bauch aufbeißen.«

Augustes Wunde heilte rasch. War bald nur noch ein roter Strich auf ihrem kahlrasierten Bauch. Sie brauchte keinen Krankenpfleger mehr. Sie durfte wieder laufen, soviel sie wollte.

Aber Auguste wollte nicht mehr laufen, sondern getragen und gefahren werden. Bedauert, gestreichelt, verwöhnt. Sie parierte nicht mehr, sie klaute, sie stellte ganz Unmögliches an, um sich die schöne Beachtung wieder zu verschaffen, die ihre Wundschmerzen so versüßt hatte. Selbst Max gab zu, daß sich Auguste schon sehr komisch benahm. »Wie du«, sagte seine Oma, »genau wie du, als das Baby kam und du nicht mehr der Mittelpunkt der Familie warst.«

Max stritt das natürlich heftig ab. Er hatte sich nicht komisch benommen, bloß die anderen.

Aber er dachte dennoch darüber nach. Inzwischen kommt es immer öfter vor, daß er »das Baby seiner Eltern« als seine kleine Schwester bezeichnet.
Und auch Auguste benimmt sich wieder normal.

Irene S. (37): Sie meinen es so gut mit mir

Der Weihnachtsmann, der Osterhase und der Pfingstochse haben je zwei Feiertage im Jahr. Dabei sind sie reine Saisonarbeiter.
Wir Mütter hingegen rackern uns tagein, tagaus für unsere liebe Familie ab und haben trotzdem nur einen einzigen Ehrentag. In diesem Jahr auch auf dem Mamertus, was nicht etwa die lateinische Form von Muttertag ist, sondern der Name des ersten der drei Eisheiligen, die bloß dazu da sind, das Maiwetter zu verhageln. Aber ich will mich nicht beschweren, sondern vielmehr erzählen, wie gut ich es am Muttertag habe.
Am Vorabend desselben esse ich mich noch einmal tüchtig satt, sozusagen auf Vorrat wie ein Hamster, und lege einen Zettel auf den Küchentisch: »Meine Liebsten! Wir haben nur noch fünf Tassen vom guten Geschirr. Nehmt bitte nicht das gute. Es dankt euch dafür Eure Mutter.«
Dann gehe ich schlafen.

Mein Ehrentag beginnt ungewöhnlich früh mit dem Knarren der männlichen Betthälfte und einem männlichen Seufzer, welcher mich schreckhaft auffahren läßt. Mitten im Raum schläft mein soeben auferstandener Mann senkrecht weiter.
»Ist dir nicht gut?« frage ich besorgt.
»Doch, doch«, sagt er.
»Warum stehst du dann auf – mitten in der Nacht? Es ist doch Sonntag!«
»Es ist Muttertag«, seufzt er und kann einen winzigen Vorwurf in seiner Stimme nicht verhindern: »Mein Haushalt ruft.«
Stimmt ja. Ich hab' heute Muttertag. »Sag dein Gedicht auf, Anton!«
Er weigert sich. Vor dem Rasieren fällt ihm das Rezitieren immer so schwer. Außerdem weiß er keins.

Nun bin ich allein im Schlafzimmer. Vor seiner geschlossenen Tür findet eiliges Leben statt.
Kichern. Rennen. Geschirrklappern.
Brandgeruch zieht durch die Türritzen. Jetzt verbrechen sie den Toast.
Und dann Stille. Wispernde Stille wie vor einem Weihnachtszimmer. Ich presse die Augen zu, denn zum Muttertag gehört es, daß man sich wachküssen läßt. Geputzte Küsse. Ungeputzte.
Sohn schnurrt, damit er es möglichst schnell überstanden hat: »IchhabenichtssoliebsoliebwiedichmeinMütterleinesmüßtedennderliebeGottimHimmelsein...«
Vater legt Rosen auf meine Decke, Tochter gemischten

Frühling in einer Papiermanschette, Sohn unreife Maiglöckchen aus Nachbars Garten.
Ich habe das, was Heinrich Heine ein weichgekochtes Herz nennt. Ich hab's so gut in dieser Familie.
Mit der Behutsamkeit, die einem Schwerkranken zusteht, führt man mich an den Frühstückstisch.
Mein Teller hat Blumengirlanden. Am Milchtopf lehnt ein Gemälde meines Sohnes: Panzer schießt Margeriten auf unterentwickelte Dame. Dame soll ich sein. Die Eier sind blaugekocht, der schwarze Toast kalt. Macht ja nichts. Ich habe gestern abend auf Vorrat gefuttert.
»Wer von euch hat denn den feinen Tee gekocht?«
Das war Papi, sagen die Kinder, und Papi nickt dazu, behauptet allerdings, er hätte Kaffee genommen, sogar eine ganze Menge, und er verstünde auch nicht, wie daraus solche Plorre werden konnte.
Ich darf nichts mit abräumen, nicht abwaschen, überhaupt nicht in die Küche. Ich muß im Sessel drohnen und mich schonen.
Um mich herum saugt und putzt die Familie, was eh sauber ist. Gestern war ja die Frau da zum gründlichen Reinemachen.
Sohn gießt Blattpflanzen, bis sie ersäufen, der Fußboden auch. Er holt sogar einen Scheuerlappen und schiebt ihn mit dem Hacken durch die Pfützen.
Tochter läuft mit gewichtigem Mienenspiel durch die Wohnung in die Küche. Sie muß das Mittagessen vorbereiten. Niemand darf ihr dabei helfen, höchstens Papi. Er hat ja bereits mit dem Morgenkaffee sein Meisterstück geliefert. Ich möchte mich bitte inzwischen in die Sonne

legen. Es scheint aber keine, ist ja eisheiliger Muttertag. Trotzdem. Frische Luft ist so gesund.
Man packt mich in Decken, und da liege ich nun. »Ruhe dich schön aus.«
Sohn sprengt freiwillig den Garten. Er schont die Beete und den Rasen, zielt in die Baumwipfel, auf einen Schmetterling und die Straße mit den Sonntagsspaziergängern und meinen Liegestuhl und unseren Kater und auf die Hauswand. Er macht nasse Faxen, wohlwissend: Heute ist Muttertag, da darf Mutter nicht mit ihm schimpfen.
Was sich inzwischen in der Küche abgespielt hat, werde ich nie ganz erfahren, bin auch zu fein, um zu fragen. Ich überhöre das hysterische Schluchzen meiner Tochter und freue mich herzlich über den mit forcierter Munterkeit vorgetragenen Einfall ihres Vaters: »Kommt, Kinder, jetzt gehen wir alle ins Lokal!« Später, beim Heimkommen: Was möchtest du jetzt, Mutti? Möchtest du einen Western im Fernsehen? Möchtest du Monopoly spielen? Wir lassen dich auch gewinnen. Im Kino an der Ecke gibt's einen jugendfreien Krimi.
Man hat soviel Programm mit mir.
Man fühlt sich verpflichtet, mich diesen Tag genießen zu lassen. Man tut alles mir zuliebe, was man selber gern tun möchte, und also sehe ich einen Western im Fernsehen und spiele Monopoly und gehe in einen Krimi im Kino an der Ecke und esse zwischendurch Kirschtorte in einer Konditorei und habe nicht den Mut zu sagen: »Macht, was ihr wollt, aber laßt mich in Ruhe. Laßt mich lesen, schlafen, faulenzen, am besten gar nicht aufstehen.

Schenkt mir diesen Muttertag zum eignen Mißbrauch.«
Ich bedanke mich überschwenglich an seinem Ende für die ganze schöne Ehrenstrapaze, die mir zuteil wurde und nehme erleichtert den schweren Lorbeerkranz mit Schleife von meinem Hals.
Der Junge sagt beim Gutenachtkuß:
»Was denkstu, wie das Mühe macht, den ganzen Tag brav zu sein.«
»Ich glaub's dir«, sage ich, »aber bis zum nächsten Mal hast du ja ein Jahr Zeit.«
Als Vater, Tochter und Sohn längst schlafen, gehe ich allein durch die Wohnung und genieße es, daß mich niemand schonen möchte.
Kater Mulle begegnet mir. Er trudelt einen Tennisball mit leichten, schwarzen Pfotenschlägen vor sich her. Ich knie nieder, um mit ihm zu spielen, und stelle dabei fest: Es ist gar kein Tennisball. Es ist eine steinharte Grieskugel. Es sollte also Klöße zu diesem Mittagessen geben, das im Lokal endete.

Nachsatz:
Weihnachtsmann, Osterhase und Pfingstochse haben je zwei Feiertage im Jahr, obgleich sie reine Saisonarbeiter sind.
Wir Mütter hingegen, die wir tagaus, tagein und so weiter... Also, wenn Sie mich fragen – mir genügt ein einziger Muttertag vollkommen, um mich geehrt zu fühlen.

Barbara Noack

Geliebtes Scheusal
Ullstein Buch 20039

Die Zürcher Verlobung
Ullstein Buch 20042

Ein gewisser Herr Ypsilon
Ullstein Buch 20043

Eines Knaben Phantasie hat meistens schwarze Knie
Ullstein Buch 20044

Valentine heißt man nicht
Ullstein Buch 20045

Italienreise – Liebe inbegriffen
Ullstein Buch 20046

Danziger Liebesgeschichte
Ullstein Buch 20070

Was halten Sie vom Mondschein?
Ullstein Buch 20087

... und flogen achtkantig aus dem Paradies
Ullstein Buch 20141

Auf einmal sind sie keine Kinder mehr
Ullstein Buch 20164

Der Bastian
Ullstein Buch 20189

Flöhe hüten ist leichter
Ullstein Buch 20216

Ferien sind schöner
Ullstein Buch 20297

Eine Handvoll Glück
Ullstein Buch 20385

Das kommt davon, wenn man verreist
Ullstein Buch 20501

Drei sind einer zuviel
Ullstein Buch 20426

So muß es wohl im Paradies gewesen sein
Ullstein Buch 20641

Ein Stück vom Leben
Ullstein Buch 20716

ein Ullstein Buch